新诗评论

2008年 第1辑
总第七辑

NEW POETRY REVIEW

北京大学出版社
PEKING UNIVERSITY PRESS

图书在版编目(CIP)数据

新诗评论.2008年第1辑(总第七辑)/北京大学中国新诗研究所编.—北京:北京大学出版社,2008.5
ISBN 978-7-301-13903-5

Ⅰ.新… Ⅱ.北… Ⅲ.新诗-文学评论-中国 Ⅳ.I 207.25

中国版本图书馆 CIP 数据核字(2008)第 078271 号

书　　　名：	《新诗评论》2008 年第 1 辑(总第七辑)
主　　　编：	谢　冕　孙玉石　洪子诚
本 辑 编 辑：	姜　涛
责 任 编 辑：	张雅秋
标 准 书 号：	ISBN 978-7-301-13903-5/I・2047
出 版 发 行：	北京大学出版社
地　　　址：	北京市海淀区成府路 205 号　100871
网　　　址：	http://www.pup.cn　电子邮箱:pkuwsz@yahoo.com.cn
电　　　话：	邮购部 62752015　发行部 62750672　出版部 62754962
	编辑部 62752022
印 刷 者：	北京宏伟双华印刷有限公司
经 销 者：	新华书店
	650mm×980mm　16 开本　14.25 印张　205 千字
	2008 年 5 月第 1 版　2008 年 5 月第 1 次印刷
定　　　价：	25.00 元

未经许可,不得以任何方式复制或抄袭本书之部分或全部内容。
版权所有,侵权必究
举报电话:010-62752024;**电子邮箱**:fd@pup.pku.edu.cn

目 录

观察与言论

几种现代诗解读本 ………………………………………… 洪子诚(3)

文本细读

关于多多的三首诗及其他 …………………………………… 李鹏飞(17)
一切消逝的东西都不会重来吗?
　　——宋炜《还乡记》阅读札记 ………………………… 敬文东(27)
"我在我的哲学中直视"
　　——读王炜的诗作《太阳》 …………………………… 张伟栋(39)

问题与事件:《回顾一次写作》笔谈

当事者叙述的背后 …………………………………………… 程　凯(49)
反思如何有效并可能
　　——关于《回顾一次写作》的随想 …………………… 段从学(60)

周作人研究专辑

从"小野蛮"到"神人合一"
　　——1920年前后周作人的浪漫主义冲动
　　…………………………………… 刘皓明著并校订　李春译(67)
"病中的诗"及其他
　　——周作人眼中的新诗 ………………………………… 姜　涛(119)

诗人研究

多多诗艺中的理想对称 ……………………………………… 王东东(145)

风景与物语
　　——试论邹昆凌的诗 ·················· 一　行(157)
桑克的现实主义 ······················ 曾　园(174)
2006—2007 大陆诗界回顾 ··············· 周　瓒(180)

访谈

林庚先生访谈：厦门大学十年
　　——新诗写作与文学史教学、研究 ······· 张　鸣(195)
殊途不必同归
　　——与古远清谈中国台湾新诗史的书写问题 ······ 杨宗翰(215)

人物简介 ····························· (220)
编者后记 ····························· (222)

观察与言论

洪子诚：几种现代诗解读本

几种现代诗解读本

洪子诚

　　因为前些年在学校开设"近年诗歌阅读"的课程,当时和后来曾经比较留意中国现代诗的阅读问题,翻阅了若干种诗歌解读、评点的书籍。这些年来,出版的现代诗的解读本数量不少,这里就我看到的有限范围,选择在动机、方法、体例上有不同个性的几种,按出版时间做出简要的评述。在此基础上,提出在诗歌阅读上一些值得思考、讨论的问题。这些问题,有的是从这些读本中发现的,而相当一部分则是在我主持"近年诗歌阅读"的课程的时候,参与者在讨论中提出的。

几种中国现代诗解读本

　　《现代诗导读》,张汉良、萧萧编著,台湾故乡出版社1979年11月出版。全书共5册,前3册为导读篇,第4册为理论、史料篇,第5册为批评篇。它的编著出版,是有感于台湾现代诗成长过程中"阅读方法"的缺乏。"导读篇"选入台湾"从纪弦、覃子豪以降的一百位诗人"的作品,每位诗人选录一至三首"代表性的或杰出的作品"。在作品"正文"之后,附有短评。如果某诗人有两首以上的作品入选,短评文字则分别由中文系出身的萧萧,和外文系出身的张汉良执笔,"以避免衡鉴时的偏颇"。在文字分配上,某一位诗人的第一首诗,短评着重于对诗人风格的描述,第二首则偏重于技巧的讨论。在解析这些作品时,导读者注意运用多种不同取向的阅读方法,提供不同的进入诗歌文本的观点、视角。导读者有差异的学科背景①,是实现采用现代、传统、外来、本土的不同工具来观察、解读现代诗的条件。大体而言,萧萧的解读侧重感悟式的风格描述,而张汉良则更关注诗作体制和构成方式的分析。从《导读》全书的总体看来,它显示了编注者设定的这一目标:"不仅是现代诗导读,也是现代诗论导读"②——这是这部较大规模的导读本的重要特色。

《中国现代诗导读 1917—1938》(简称《导读》),孙玉石主编,北京大学出版社 1990 年 7 月版③。这是主编 80 年代在北京大学开设"中国现代诗导读"、"现代派诗研究"等课程的成果汇集。全部 124 篇解读文章,约五分之三为主编本人撰写,其余为选修课程的学生、进修教师的"作业"(经主编修改)。解读的作品集中在 20 年代后期到 30 年代的"初期象征派"、"现代派",或带有"现代主义"倾向的作品上④。"导读"动机,是通过对新诗史上"现代主义"倾向诗歌的解读,来回应朦胧诗论争中有关诗歌晦涩、难懂的问题,推动主编所倡导的"现代解诗学"的建立⑤。因而,其选目、体例编排、解读方法,在现有的中国现代诗解读读本中最具"体系性"。全部解读文章在书中分别列入七个专题,分别涉及诗的"可解性"、对"象征诗"的把握,诗歌阅读与感悟、诗与智性、诗的情与理、阅读与想象等。解读文章对诗作的评析都相当细致,多数采用"串讲"的逐句展开的方式。在解读理论、方法上,主编认为是吸收了西方"新批评"、"结构主义"、"接受美学"的观念,但对其中的"偏颇"又有

---

① 张汉良(1945—)毕业于台湾大学外文系,获比较文学博士学位,为台湾大学外文系教授。萧萧(1947—),毕业于台湾辅仁大学中文系后,就读于台湾师范大学国文研究所硕士班。

② 参见《现代诗导读·序》,张汉良执笔。

③ 《导读》主编的另一收入 40 年代"现代诗"导读文章,和专门解读穆旦诗歌的著作,2007 年已由北京大学出版社出版。

④ 入选最多的诗人是李金发(19 首)、戴望舒(18 首)、卞之琳(24 首)、何其芳(14 首)、废名(8 首)、林庚(8 首)。另有沈尹默、宗白华、梁宗岱、闻一多、徐志摩、朱湘、林徽因、穆木天、冯乃超、蓬子、石民、金克木、施蛰存、徐迟、路易士、艾青等的个别诗作。

⑤ 主编说,在朦胧诗论争中,他坦诚地站在进行诗歌革新探索的青年诗人一边;这场论争"唤起了我对历史上一些类似争论的重新关注",而"渴望让历史来发言",特别是着眼于朱自清当年在论争中扎扎实实所做的难懂的诗的"解诗"的工作。参见《中国现代诗导读 1917—1938》"后记"。

所选择和扬弃。"承认本文分析同作者的联系、承认读者接受中作品的客观意义,即'开放式的本文细读'与'有限度的审美接受'"的"两者结合",是所确立的"主要原则与方法"①。因而,解读时诗人传记、新诗史等背景资料经常被广泛引入,并采用确定地落实文意字义的方式。当然,由于新批评、"结构主义"等在上世纪80年代(特别是80年代前中期)在中国的介绍还嫌粗略,中国新诗研究界的理解、运用也只是初步的,《导读》在这方面借鉴的限度也就可以理解。其解读思路、方法,更多还是体现为传统"赏析"的那种格局和风貌。主编扎实、丰厚的中国新诗史知识积累,对新诗发展问题的细微深入的把握,或许也可以使读者将《导读》看成文本形态的中国"现代派"诗歌史;至少是可以从中寻绎到20世纪30—40年代中国"现代派"诗歌的具体而微的面貌。

《中外现代诗名篇细读》(简称《名篇细读》),唐晓渡著,重庆出版社1998年12月版。著者是诗人,也是有影响的当代诗评家。该书收入的,是著者1990年开始刊发于《诗刊》刊授版"未名诗人"上"名篇指南"栏目的文章,共24篇。分别"细读"中外现代诗名篇各12首。文章的读者,设定为青年诗歌习作者和爱好者,以提高他们的诗歌写作、鉴赏水平。因此,所选外国诗基本上是80年代中国先锋诗界耳熟能详的作品②;中国现代诗人的诗作,也是多数新诗选本都会入选的"名篇"③。从中国新诗部分的入选标准看,这里的"现代诗",并非指有"现代主义"倾向的诗歌,大体上与"新诗"概念可以通用。"后记"中,著者说明了他的"细读"的基本理念和方法,这就是:"将西方'新批评'的所谓'细读'和中国传统的感兴式意象点评加以综合运用,同时注意互文性(首先是'文脉'意义上的,也包括同一作者的其他作品)的把握,以便一方面通过逐行逐句逐语象的拆解、分析,尽可能充分地揭示一首诗的内涵和形

---

① 《中国现代诗导读1917—1938》,第505—506页。
② 叶芝的《当你老了》、庞德的《在一个地铁车站》、史蒂文斯的《坛子的轶事》、弗罗斯特的《未走之路》,以及普拉斯、埃利蒂斯、里尔克、阿赫玛托娃等的短诗。
③ 艾青的《太阳》、闻一多的《死水》、卞之琳的《距离的组织》、徐志摩的《再别康桥》、戴望舒的《我用残损的手掌》、冯至的《从一片泛滥无形的水里》、穆旦的《春》,以及余光中的《白玉苦瓜》、洛夫的《烟之外》、郑敏的《破壳》、牛汉的《华南虎》等。

式意味;另一方面,又将由此势所难免造成的对其整体语境魅力的伤害减少到尽可能小的程度。"① 著者并非"文本自足"的信守者,他十分重视文本内外因素的联通("互文性")。但他设定的落脚点是文本内部的结构分析,关注"外部"因素通过何种特定方式转化为内在的诗歌构成。在细致拆解与感性体验之间,在局部(语象、句、行)与整体把握之间,力求有机综合,警惕着容易发生的各种断裂和偏颇。著者寻求的这种平衡,做起来当然不是很容易。

《面朝大海,春暖花开》(简称《互动点评本》),吴晓东主编,为"中国现代文学名作互动点评本"的诗歌卷,广西教育出版社 2002 年 1 月版。这是面对中学生的读本,目的是为了引导、推动他们亲近新诗经典、名作,以提升其精神、生活质量。入选篇目,原则上着眼于中国新诗史的名篇,也考虑到中学生理解的特点。选目的另一特色,是 20 世纪 80 年代以来的大陆新诗作品占有一定的分量(约占三分之一强),这显示了编选者对近二十年当代诗歌的重视。这个"点评本"方法上的新颖和开创性,主要表现为"作者——学者——读者"的"多元互动"上。它企图创造一种"多元解读、多向交流","尊重个性差异"的开放式阅读格局②。在具体解读方法上,则主要运用中国文学批评史上的那种方式:对"正文"作简洁的,三言两语的点评、眉批,并辅与"总评"和"读后感"加以总体的综合。点评者有学者和中学生两个部分。学者是任教于北京大学中文系的吴晓东,参与点评的学生则多至 79 人,分别来自清华附中、华东师大二附中、南宁市二中、南宁市三中等学校。每一首诗,由学者和一至多位学生参与点评。不同知识层次、不同人生感受的参与者的见解所形成的支持、对比、质疑的并置,确是新人耳目。"学者点评"的眉批注释侧重诗作的某些关键性语词,而总评则对全诗给以总括式的阐释提示,常常表现了切中诗艺的肯綮而要言不烦的特征。至于学生的点评和读后感部分,重要的也许不在他们发表的观点,而是他们的参与本身。对这一读本在"互动"层面可能提供的对比、质疑的成果,

---

① 《中外现代诗名篇细读》,第 251—252 页。
② 《面朝大海,春暖花开》出版说明。

不应有过高的期待。大体上说,学生们的感受、见解,大多是对新诗学者观点的呼应。这自然是可以理解的:他们有关新诗的知识,以及点评时对他们所做的引领、指导,毫无疑问难以离开新诗研究已确立的知识、感受框架。

《在北大课堂读诗》(以下简称《课堂读诗》),洪子诚主编,长江文艺出版社 2002 年 10 月版。与《中国现代诗导读 1917—1938 年》一样,是大学中国新诗课程的成果。不同之处是,《课堂读诗》不是课程中(或课程结束后)撰写的文章,而是课堂报告、讨论的录音整理,有明显的现场感[1]。另一点不同是,《导读》主编在解读过程(课堂教学和解读文章的写作、编辑)具有绝对的统驭、主导地位,《课堂读诗》主编作用则相当有限,在课堂讨论中大体上只担任组织串联的角色。这肯定是缺陷,附带产生的好处是,能让差异、分歧得到展开。《课堂读诗》解读的对象,是 20 世纪 90 年代与"新诗潮"关系密切的诗人[2]。其动机,首先是探索艺术创新的诗歌与读者之间新关系建立的可能性。另外的动机,则是在 90 年代中国内地诗歌备受责难的情况下,进一步了解这个时期诗歌的真实情况。"课堂读诗"多数参与者的信念是,对于现代诗的阅读来说,诗人相对于读者的天然的优越性已发生动摇,但同时,读者也并不因此就取代这种优越地位。"重新做一个诗人"和"重新做一个读者"是调整诗歌"阅读契约"的相辅相成的两个环节。由于参加课堂讨论的有多位是 90 年代诗歌活跃实践者(诗歌写作与批评)[3],因而,个别文本的解读常放置在对诗人的诗歌品质[4],和对 90 年代诗歌特征的探索、变化把握的背景上进行[5],使得不少解读,能深入到诗歌写作的若干具有时期特征的"内部问题"。这应该是这个读本最主要的特色。当然,由于课堂教学的特点,入选诗歌作品的数量、品质,以及解读方式都还存在

---

[1] 录音整理时,在保持讨论的基本原貌的基础上,也做了一些删节和字句上的修改。
[2] 解读作品分属张枣、王家新、欧阳江河、翟永明、吕德安、孙文波、萧开愚、西川、韩东、柏桦、张曙光、于坚、陈东东等人在 90 年代的创作。
[3] 如臧棣、周瓒、姜涛、胡续冬、冷霜、钱文亮等。
[4] 如王家新的互文性和人文主义的诗歌精神,欧阳江河的修辞的"炫技"复杂性和主题上对"公共生活"的兴趣,臧棣的取材和艺术方式所体现的"个人的历史化"的倾向等。
[5] 如叙事性,反抒情,日常生活化,反修辞,去隐喻等等。

一些问题。比如,总要选择一些有更多话可说、能够"细致"解读的作品,因此会给人一种"复杂"的、"难懂"的诗才是好诗的错觉。

《现代汉诗100首》(以下简称《100首》),蔡天新主编,生活·读书·新知三联书店2007年版。与《面朝大海,春暖花开》一样,也是一个点评本。但它的目标、阅读对象有所不同。主编认为,唐诗宋词能被许多人热爱、理解,是因为有历代学者的倾力研究注释,言下之意是,新诗要获得更多的人认可,也必须经历这一持久工作。选入什么作品作为评点对象,总是各种诗歌读本重要的一环。主编在《前言》中说到这个读本挑选作品的两点考虑,"一是对'五四'以降的中国新诗依时间进行注释性的遴选,二是由不同的诗人来挑选并评注自己喜爱的诗歌"。《100首》也选入新诗史上有共识的诸多名篇,但更突出"文革"后大陆诗歌的分量,后者占到将近三分之二。这种情况产生的部分原因,与评注者均为当前活跃的诗人(有的同时也是诗评家和研究者)[①]不无关系。尽管主编认为入选的诗人与作品带有偶然性,"与文学史无关",但还是依稀体现了"文学史"的某种诉求,包括对20世纪80年代之后的诗歌进入"文学史"的或多或少的"焦虑"。这个评点本的体例格式是,正文之后为注释,注释之后为旁白,最后是有助于理解文本的诗人简要传记材料和相关背景知识。注释、旁白涉及意象、语词、诗型、节奏韵律、诗意境界等诸多方面,也常将评点与诗歌史的知识融合在一起。因为由评点者的诗人来挑选他们喜爱的诗,并通过解读说出喜爱的理由,因此,选目和评点都更具个性化,诗人个人的诗歌写作的经验也明显带入评点之中;与由批评家、学者所做的评点相比,表现了独特的风貌。

---

① 他们是张曙光、王家新、余刚、陈东东、黄灿然、杨小滨、蓝蓝、桑克、周瓒、胡续冬和蔡天新。

相关的几个问题

"晓得文义"和"识得意思好处"

统观上述的诗歌解读本,可以看到相近的编写动机和目标之中,也有一些差别。大体说来存在这样的类型:一是主要想通过解读,让更多普通读者能认识、亲近现代诗歌,提升现代诗在现代人的阅读、精神生活中的地位。另一则更多是面向专业读者,它们所要着重解决的问题,或者是提升争议颇多的现代诗的"经典化"步伐和文学史地位,或者是通过对一系列诗歌文本的解读,实践性地探索诗歌批评、阅读的理论、方法的建构。另外,解读的活动和这些读本的编写,也和大学文学教育的学科体制的建构存在密切关联,一些读本,就是大学课程的衍生物。从主要倾向而言,《面朝大海》、《100首》和《名篇细读》应属于第一类,虽然它们之间在预设读者上也有不同。其他的解读本,则更偏重于文学史和批评方法方面的诉求。而解读的活动,又无一不是在指向一个更高的目标,即推动现代诗的"经典化",创造它们进入文学史的条件。

古典诗歌的注释、点评,当然也是诗歌经典化、建立诗歌文本与读者的良好关系目标的一部分。不过,两者之间也有一些不同。主要的区别在于,古典诗歌整体的稳定地位,在公共文化系统中,在一般读者心目中已经确立,评点的功能,主要是印证、加深他们的这一文化"共识"。对于新诗,尤其是"现代主义"倾向的、探索性的先锋诗歌,解决其"合法性"问题,是潜在的居于首位的心理动机。古典诗歌与读者之间,也存在一定的"紧张感"需要协调,但在两者的关系中,优越地位偏向于诗歌文本一边。现代诗尚未获得这样的地位,它尚未在读者中建立起普遍的信任感。比较起来,读者普遍认为自己拥有美学判断上的优势。

因此,从若干现代诗的解读本可以看到,解读是要消除读者的疑惑和不信任感。这种努力主要集中于两个方面。一是现代诗所表现的"新的感性",能否被认可、接受,成为古典诗歌不能取代的发现、感知未知世界和自我的有效的美感方式。另一则是涉及长期引发激烈争辩的晦涩、难懂的问题。晦涩、难懂这一问题其实也存在于古典诗歌的阅读上,但面临这种情境,读者大多会采取"谦卑"的姿态,把责任归结于自身在知识和感受力上的欠缺。现代诗没有这样的幸运,读者通常会把挫折感,转化成讥诮、恼怒的情绪,投掷到诗歌和诗人身上。因此,朱自清先生在《新诗杂话·序》中所说的"晓得文义"与"识得意思好处"的两者之间,"晓得文义"就是首要的前提。"导读"、"解读"、"解诗学"等语词、概念的提出,也和这样的背景相关①。

将一个看起来扑朔迷离的诗歌文本加以疏解,寻绎其思维、想象的"逻辑",廓清其语词、意象的关联和涵义,使其隐藏的"文义"得以彰显,这就是解读者引领拟想的读者去消除他们在面对现代诗的时候产生的恼怒和紧张感。这项工作的必要是没有疑义的,而且在得到大学文学教育"学科化"、"知识化"程度推进提供的支持(各种理论的引进,多种解读方法的运用,和解读成为文类理论的试验场②),"晓得文义"的活动成为一种"自足"的学问。在产生积极效果的同时,伴随的"负面"影响是可能推演出这样的错觉:能够负载各种解读理论、方法,或需要智力和广泛知识支持加以索解的诗便是"好诗"。过度诉诸智力与知识的诗歌阅读究竟是否正常,是个值得思考的问题。而且,对诗歌的阅读来说,"懂"并不是事情的全部,最终仍需引入在美学价值上的批评。

风格历史特征的辨识

不过,也不能把这个现象笼统地看做是"弊端"。在特定的文化语

---

① 《中国现代诗导读1917—1938》主编孙玉石在该书的"代序"《重建中国现代解诗学》中指出,朱自清1936年开始使用"解诗"的概念,是为了面对读者的"象征派"、"现代派"诗歌晦涩、难懂的责难,并开启了超越"传统诗学批评方法"的现代"解诗学"的建立的可能性。"代序"认为"传统诗学批评方法"是"停留在一种评价诗学的范围","在内容方面停留于简单的价值判断和诗情复述;在审美方面停留于感受式的印象批评;在形式方面只限于语言外在音色功能的关注。对于作品本体的深入批评和鉴赏,对于语言内在功能的挖掘和探求,还未引起诗学批评的注意"。

② 张汉良、萧萧的《现代诗导读·序》中说,他们有意识地运用多种不同的阅读方法,"有作品本身语言的描述式分析;有心理学与传记式的投影;有散文的意译评论;有朝向文类理论建立的'诗学'式阅读方法"。因而,它"不仅是现代诗导读,也是现代诗论导读"。《现代诗导读·序》由张汉良执笔。

境(新诗、现代诗在我们的时代遭遇的现实困境)中,着重"晓得文义"的解读方式,有它存在的理由。这是因为,现代诗提供了一种"新的感性",它在一个时期的诗人的集体创造中,已经成为特定的、有历史含义的风格。诗歌艺术的这种"新感性"虽然与现代人的生活、感受、心理密切相关,但作为一种"艺术形态"还未被普遍理解。因此,"晓得文义"有着字面意义上更广泛的内涵。比如现代诗是否应该,又如何接纳过去诗歌未被触及的事物、经验(它们在传统诗歌中通常不被认为是诗意对象),比如探索那种离散的、没有确定方向的、歧义的观念和分岔的情感的表现价值(相对于过去诗歌观念、情感性质、表达上的确定),比如更具"个人"特征的"陌生"语词、意象、隐喻的可能引发的力量(在挑战习习相因的、已经变得陈旧的语词,和语词相连的思维感觉方式上),比如诗人和诗歌陈述人的分裂,诗歌陈述人自身的分裂在诗中的表现(过去诗歌的写作者与诗中陈述者相当大程度的重合),比如"超现实"的方法与诗行的中断、跳跃、衔接所构成的关系……从这样的情况看,"文义"的问题,与"意思"的问题,其实又很难分开。

前面列举的解读本,对于这种具有"历史特征"的风格的辨识,都持积极的态度,期望能够引领读者理解这种种"多少有些新鲜的、陌生的东西"。将某一诗歌文本,放置于诗歌编年史的特定位置,考察它与先前的艺术规范发生何种背离,或对这些规范进行了何种革新实验,是这种风格辨识的主要方法。举个简单的例子,这些读本中有几种都选入了穆旦写于40年代的《春》①,它们解读、点评的关注点,均集中于"春"这一中外诗歌传统题材在穆旦诗中所做的"现代"处理,指出诗中对于青春的欲望、肉体体验的表现,是与传统诗歌"迥然不同"的"现代意味"、"陌生"因素。有的解读本,还由此扩展到相关的"非个人化"、心理探索、玄学思维等方面的问题。

虽然同样注意到辨识具有"历史含义"风格的重要性,也同样经常采用与其他诗歌作品比照、联系的分析方法,但不同的解读本在阐释路

---

① 穆旦的《春》同时被选入《面朝大海,春暖花开》、《现代汉诗100首》、《中外现代诗名篇细读》等读本。

径上也出现了有趣的差异。有的更强调这些新的诗歌经验、运思方式和表达技巧具有的创新价值,在与"传统诗歌"比较中强调新的因素的意义,指出现代社会生活、心理内容和心理方式的变迁必然导致诗歌方式的变革,并通过具体文本的解析,强调这种变革的合法性与文学史意义。另一种思路则是,在中外诗歌史中为这些新的因素寻找来自"传统"的支持:指出它们与具有"永恒性"的诗歌艺术经验之间的契合的实质。因而,虽然辨识了"新的感性",但最终落脚于"日光之下本无新事"的判断。存在着一种"本源性"的,超越时空的艺术原则,经验,是持这一思路的解读者的信仰;现代诗歌的"经典化",就是要落实"新的"诗歌品质与"本源性"艺术构成的契合。在这里,"互文"是经常采用的分析方法。它首先表现为对诗人传记,和对文本中蕴含的语境因素的重视;同时,也表现为经常将文本,除放置于该诗人的"写作史"中加以考察之外,更与超越时(古今)、空(中外)的诗作的对照和互证。这种不同的路径,在解读活动中也许并不都构成对立的关系,不同的思路在一定条件下也有可能形成互补,但是,重视"契合"一脉的思路,可能会导出对诗歌变革必要性的质疑,而强调变革具有的独立价值的一脉,问题则可能是,新的诗歌经验、新的技艺因素虽然是一种事实,但做出价值判断就不是那么容易。它们能否成为诗歌艺术的有价值积累,还是虽然新异,却在后来被证明是失效的因素,对这一问题的可以信服的回答,既需要敏锐的眼光、出色的感受力,同时也需依赖必要的时间。

解读者的身份、意识

在解读活动中,解读对象(文本)、解读者,和一般读者三者之间,构成一种互相推动,也互相制约的复杂关系。解读者当然也是读者,但他的身份有些特殊。在现代社会,由于对读者阅读、阐释的主动性的重视,和阅读上参与意义、情感建构的强调,读者的权力有很大的增强。而作为沟通文本和普通读者的,处于中介地位的解读者,其优越地位和权威性又更胜一等。优越地位既相对于被设定为被引领者的一般读者,也相对于解读的文本。在这里,权力不仅基于"文本的意义为读者赋予"的接受理论的层面,而且也与现代诗的性质有关。这种较高的解读姿态,前面已经提到,部分原因来源于现代诗的经典地位仍有待于确立这一事实。当然,一个"合格"的解读者的优越地位,也根源于他比一般读者在阅读上有更多的准备:更多的知识、能力上的储备。尤其在当代,先锋的、探索性的现代诗,在很大程度上并非面对没有准备的读者,它有时确乎是为现代诗的"知音"写作,阅读上要求对特定的诗歌"语言"的熟悉。这对解读者能力的较高要求是不言而喻的。

不过,事情也有另外的方面。当代对解读者的身份、角色的理解也发生了许多变化,他们的那种"启蒙"的优选者的地位开始动摇,受到质疑。这相应地在解读者如何想象一般读者,和如何对待诗歌文本上,会提出一些新的问题。从"解读伦理"、策略上说,也许可以归结为,解读者是应该更积极发挥其智力、想象力以"规划"、"干预"文本和读者,还是应该取较低的姿态,表现得较为"谦卑"些?或者更合适的提法是,解读者的主动性的发挥与对自身限度的意识如何综合和协调?

诗歌文本存在着客观的、确定的意义,解读就是加以"复原",将看来含混不明的语词、意象,及其结构所包含的意义——予以落实,相信这是解读者通常的预想、态度。这当然有其合理性。不过,它的偏颇也存在。我们可以将它看做是解读者主动参与创造的意识的欠缺。虽然体察诗人的诗歌构成方式,和特定文本的内在特征是解读者始终的着力之处,但解读者显然不应随拟想中诗人的构思步伐亦步亦趋,将落实诗人的意识、思路、方法作为唯一的目标。但有的时候,"复原"的这种预想、态度,也可以认为是解读者对自身能力的高估。一方面,在现代诗中,经常会呈现对世界探索的未知和困惑,另一方面,解读者也许需要承认,他对"文义"和"意思",不见得什么时候都能胸有成竹、了如指掌。同时,这种——落实的目标,也有可能造成对文本的感性成分的遗漏。因为在很多时候,感性体验常常是很难,甚至是不可言说的;有时候,能够"落实"地讲出来的,往往是对感性体验的简化(或窄化)。况且,一种高估自身能力的膨胀的念头,可能导致对文本失去必要的敬意,一味放纵自己的那种满足炫耀感的"深度挖掘",以建立文本之外(或之下)的另一种意义,发现另一个"潜文本"的世界。在这一点上,桑塔格的见解也许值得重视:这种"挖掘","就是去使世界贫瘠",而我们的世界"已足够贫瘠了,足够枯竭了",重要的是,我们要"能够更直接地再度体验我们所拥有的东西"①。

因此,阅读、阐释上的"现代意味",不仅是方法上的变革,而且也是观念、态度上的调整。一方面解读者需要拥有更丰富的专业知识,另一方面也可能要"放低"自身的位置。"解读"当然是为了"驯服"让我们紧张不安的文本,使得它能够加以控制,给予不明的、四散分歧的成分以确定。但是,解读的控制、驯服也需要限度。有时候,要怀疑这种完全加以控制的冲动,留出空间给予难以确定的、含混的事物,容纳互异的、互相辩驳的因素。在这种情况下,对自身的文化构成的性质,对时代、个体局限有清醒意识的解读者,有可能孕育、开发出一种磋商、犹疑、探索、对话的、不那么"强硬"的解读方法。这一解读行为,主要并非对某种意义做出绝对的、结论性的陈述,而是参与了陈述行为、过程(包括诗人写作,也包括确定的或拟想的不同读者的阅读感受)的观察和讨论。上面提到的《互动点评本》和《在北大课堂读诗》,在这方面可能做了初步的,但并不算成功的尝试。

2008年1月

---

① 桑塔格:《反对阐释》,第9页,上海译文出版社2003年版。

文本细读

李鹏飞:关于多多的三首诗及其他
敬文东:一切消失的东西都不会重来吗?
　　　　——宋炜《还乡记》阅读札记
张伟栋:"我在我的哲学中直视"
　　　　——读王炜的诗作《太阳》

关于多多的三首诗及其他

李鹏飞

作为一个当代诗歌的业余关注者,直到2005年《多多诗选》出版之后,笔者才比较集中地读到这位诗人的大部分作品。一读之下,立刻被深深地震动和吸引,并为自己以前竟然不曾留意过他的诗歌而感到诧异。这么说,并不是意味着在经过十分粗浅的阅读之后,我就已经理解了多多诗歌的重要意义。事实上,以我一个门外汉对于现当代诗歌的浅陋知识而言,我甚至难以读懂多多的很多诗作。虽然多多曾自称:"我从来就没有朦胧过,我没有一句话是朦胧的,不能否认,有说不清的地方,但我的基本东西是清晰的,跟他们的不知所云完全不是一回事。"(凌越《我的大学就是田野——多多访谈录》),但要对他的诗歌进行讨论仍然是一件十分困难的工作。我也曾大略地注意到:当代诗歌评论界一面对于多多诗歌的重要性加以充分肯定,一面却表现出令人困惑的沉默。为数极少的几篇访谈和专论,就是目前我们解读多多诗歌的基本依据。按照笔者所在行当的行规(古代文学研究),我们去读一首诗,首先必须全面搜集诗人的生平资料以及相关作品的写作背景资料,然后才可以着手对一首诗进行解说,而多多的每一首诗则除了提供了一个写作年代之外,其他信息我们都一无所知,这是笔者在理解多多诗歌时所遇到的最大障碍。这种类似的情形在古典诗歌中恰恰也有一例,那就是晚唐著名诗人李商隐。尽管时间已经过去了一千余年,也曾有众多的优秀学者为之付出大量心血,但我们对于这位诗人的诸多"无题诗"仍然众说纷纭,莫衷一是。但是这一局面却并不影响历代读者对于李商隐诗歌的无比热爱。李商隐的这些诗,每一个句子都是意象优美、形式精致、情绪充盈的,但是每一个句子之间的内在联系,甚至整首诗的基本主旨都是隐晦的、难以确定的，但是无数的人们还是愿意付出时间和精力去研读这些作品。从这一现象反观当代诗歌曾经遭遇的一些指责，比如晦涩难懂、不知所云之类，或许我们会有一些新的领悟：晦涩难懂之类的理由大概并不是诗歌排斥读者、遭受指责的真正原因，而那真正的原因或许被诗坛和读者有意无意之间回避或忽略了。现在多多诗歌的重新被关注正好又提供了一个契机，让我们再一次看到晦涩难懂、"说不清"或者"只部分地理解"的诗歌仍然可以赢得读者的热爱（只要在网上略作搜索，即可发现很多这方面的言论）。

相对于中国古典诗歌而言，多多诗歌的解读还有一个特殊的难点，那就是他曾受到中西两个诗歌传统的深刻影响（他个人的特殊经历自然也是一个因素）。这让我痛切地感到，无论我们从哪一个诗歌传统所提供的单一角度或知识体系入手，都可能难以真正全面深入地理解多多的诗。然而很不幸的是，笔者对这两大诗歌体系都缺乏足够完整的知识，尤其是对于西方现当代诗不甚了了。因此，在这里我只能以一种最朴素的方式来谈论多多的诗（主要围绕《火光深处》、《通往父亲的路》、《北方的夜》等三首诗），尽管现代诗歌的解读原则十分讲究民主性和多元性，我的解读和讨论也仍然会包含过于主观臆断甚至错误的成分。记得最初翻阅多多的诗，便立刻被那种铿锵苍劲的音色和强悍豪放的气质所镇住，同时很多漂亮的诗句一瞬间便在头脑中扎下了根，从此难以摆脱。于是，每隔一段时间，便会把他的诗集拿出来翻一翻。应该说，在相当长的一段时间内，我的对多多诗歌的阅读和热爱基本停留于咀嚼体会其中的若干警句或段落（我自己的专业研究工作使我不可能投入太多的时间去慢慢地品味一首"晦涩"的当代诗，直至把它大体搞懂），这些句子或段落本身就以其独立的力量令我无法忘怀。比如《火光深处》中的"陆上，闲着船无用的影子，天上／太阳烧红最后一只铜盘"、"像你——正在路程上／迎着朝阳抖动一件小衣裳／光线迷了你的双眼呵，无人相信"；《春之舞》中的"我听到滴水声，一阵化雪的激动：太阳的光芒像出炉的钢水倒进田野／它的光线从巨鸟展开双翼的方向投来／巨蟒，在卵石堆上摔打肉体／窗框，像酗酒大兵的嗓子在燃烧／我听到大海在铁皮屋顶上的喧嚣"；还有《通往父亲的路》、《依旧是》等诗中的几乎每一句……其中强劲、耀目的意象和奇崛的诗境给人以莫名的激动和强烈的冲击。在一次谈话中,多多曾大力推崇超现实主义的"造境"(在此他借用了古典诗学的一个术语),认为诗歌要创造现实,而不能一上来就是日常生活的场景。诗歌创造现实的提法看似十分玄妙,实则是在中国古代许多优秀诗人笔下早已长期存在的一个事实,比如多多所热爱的诗人陶渊明就颇长于造境,其他诗人诸如李白、李贺、李商隐、吴文英、姜夔等,无一不是造境高手。不过多多所推崇的超现实主义的造境毕竟跟古典诗歌已不可同日而语,如果一定要拿他跟中国古代诗人进行勉强类比的话,那我觉得他还是比较接近李贺和李商隐。但二李大量运用神话和鬼怪的题材入诗,显得更加虚荒诞幻;而多多则虽然超现实,却仍然是不离现实的,他的诗境隐含着对大自然和人类情感极其深刻而普遍的一些体验,可以迅速而强烈地打动人心,这跟那些在个人化写作的道路上滑得太远(而仍然号称具备普遍性)的作品完全不是一回事。多多还尤其善于将一些抽象虚玄的观念通过全然创造性的诗境加以传达,比如《通往父亲的路》一诗,有些评论家将此诗十分曲折地解释为表现对作为精神存在的父亲的追寻,这样一种显然来自于某种通行理论的解说令笔者感到十分不适。因为这样一种解说既不能让人感受到多多这首诗有多么多么深刻(恕笔者直言,很多当代诗歌的解读文章除了让人感到某首诗一定具备难以言传的复杂性深刻性之外,再也感觉不到其他的任何妙处了),也无法让人体会到这首诗最为核心的诗意与技巧的高超,更干扰了我们对这首诗的最为直观的美感(至少笔者个人已经强烈地感受到这一点)。其实以笔者的浅见,这首诗传达的只不过是人类对个体或者群体生命源头长久而执著的追寻,这原本是每个人都曾经有过的再普遍不过的一个念头,如果以常规的方式来传达,将会很容易落入俗套,变成一个观念化的作品。但多多却令人惊叹地创造出一个触目惊心的场景:在那块著名的金色的田野上(麦田),"我"和"一个男孩"跪着,挖着自己的母亲;在我们(这些还活着的人)的身后,跪着我们已经过世的祖先(他们的英灵正在向冷酷的太空升腾);而在跪着的人类的身后,还跪着一个阴沉的星球,在茫茫宇宙中寻找出生的迹象……人类与宇宙最终极的源头究竟在哪里?这个曾令每个人都好奇不已而又黯然神伤的巨大疑问,通过这种方式被表现得具体而又浩大,绝望而又神秘,比任何哲学的玄思都要震撼人心。当然,如果一定要从"买下云投在田埂上的全部阴影"、"披着大雪/用一个气候扣压住小屋"、"……我的祖先……升向冷酷的太空"、"跪着……然后接着挖——通往父亲的路"等句子中读出某种追寻作为精神象征的父亲的含义,也未为不可,但终究已经堕入第二义,显得不那么自然。而且即使要做出这一解读,难道我们就非得要以某种理论作为依托吗?从这首诗的文本本身,其实也可以直接看出其中大概包含着某种对于人类传承中后辈与前辈之间复杂关系的思考。至于这种思考的更为具体的历史内涵,则实在难以进行更具体的阐说。因为这首诗中虽然有具体明晰的场景,却仍然具备一种比较抽象的素质。多多诗歌的造境最令人惊奇之处恰恰就在于:他能够将一种或许是十分普遍的情感体验集中而强烈地加以传达。这在《火光深处》一诗中表现得极为突出:我相信这首诗乃是在表现诗人想象中的一种爱的激情。在中国和西方的古代文化中,都有神女从大海中诞生或生活于海底的著名神话,诗人借助于这一神话,表现在"我"的想象中,爱人会分开海浪、从海底一路走来——"就像倾斜的天空,你在走来/总是在向我走来/整个大海随你移动/噢,我再没见过,再也没有见过/没有大海之前的国土……"唐代著名诗人元稹曾说"曾经沧海难为水,除却巫山不是云",这表达的乃是现实中真正的爱的体验。而多多在这里表现的则是想象中的一种爱的体验,或许正要反衬现实中爱的平淡与残缺,或者其复杂内涵。其最核心的技巧乃在于借助大海这一浩瀚深沉而又汹涌激烈的背景来烘托情感的渐趋强烈。我们说他是超现实主义也好,说他是象征主义也好,其实都不如多多自己说的"造境"一语来的明白有力。笔者也曾看到有的论诗者将这首诗解读出十分玄妙深远有如预言般的含义,虽然根据现代诗的解诗原则,我不能不认同他进行这种阐释的权利,但却实在难以认可这一解释的有效性。有一位研究国学的著名学者曾经指出这样一个原则:对经典或历史现象最准确的解释恰恰就是最平易的那一种解释。即使这一论断极有可能触犯当下大行其道的所谓阐释学,我还是愿意拿它来说明自己对于诗歌解读的基本态度(当然,在此我没有任何标榜自己的解读乃是最准确的解读这类意图)。根据笔者研究古代诗歌的切身体验,我感到即使对一首诗歌的解说难免会出现分歧,但还是有一种最为贴切的解释跟诗歌的本文最为契合,并最能激发出一首诗中那强烈醇厚的诗意。我并不完全反对现代诗歌的多解性这一基本命题,但我却怀疑所有这些不同的解释都具备同样的有效性。这些年看到太多关于现当代诗歌的解说或者论著,在多解性或者阐释学的旗号下天马行空地运用各种理论术语胡抡,而恰恰不愿意先对一首诗进行老老实实的阅读与解释。这种诗歌批评的实践只会徒然令人望而生畏,并对诗歌更加敬而远之。我这么说,并不是怀疑当代诗歌批评界的读解力,而是要指出,那种刻意以艰深文饰浅陋的表述方式最终导致的结果只能是:诗歌的理解会成为一个小圈子的秘密活动,而难以成为热爱诗歌的读者共有的能力。

  多多诗歌的精美形式、鲜明意象以及强烈的节奏感已经为众多论者所指出。香港诗人黄灿然更进一步指出多多诗歌在形式以及语辞技巧层面跟传统汉语诗歌的深刻联系。现在依凭一些对于多多的访谈,我们可以更加清楚地看到这些诗歌品质的艺术渊源。多多早年曾经系统地阅读过中国古典诗和欧美现代诗(欧美诗歌的影响笔者在此无法多谈),他热爱陶渊明、李白、杜甫、苏轼、辛弃疾、姜夔等伟大诗人的作品,并对他们的写作技巧深具会心,比如姜夔的意象运用就对他产生过很大启示(多多确实独具慧心,姜夔词的意象确实极其鲜明独特,并曾对英美意象派诗人产生过影响。参看赵毅衡《远游的诗神》)。多多还进行过古诗词的创作,虽然很快中止,但这种训练对他更深刻地领会古典诗歌的艺术技巧一定十分有益。另外,多多又提到他对诗歌节奏感的自觉经营曾经得益于狄兰·托马斯的启示,但他又接着指出:那种造成节奏的谐音字、谐音词的一种串连还是中国的东西,既跟古典诗歌的阅读有关系,又跟他对民间艺术诸如相声、快板、山东快书等的爱好有关系(凌越《我的大学就是田野——多多访谈录》)。如果不是因为多多的夫子自道,肯定很少有人能够想到多多诗歌跟民间口头文艺的这种血肉联系。按照一些人的思维定势,多多既然是一位当代诗人,而且又熟读俄国诗歌以及法国现代诗歌,那么他的诗学传统自然来自于欧美诗歌了(欧美诗歌自然对他产生过重要影响,尤其是诗歌修辞方面,这一点毋庸讳言,也不可否认)。孰知并不尽然。多多的这一言论可以从更广泛的角度来理解。联系到中国古典诗歌史,可以发现古典诗跟民间文艺的传统有着天然的悠久的联系:从诗经、楚辞、乐府、古风、歌行到词、曲、杂剧、弹词,民间的歌曲谣谚在很多重要关头拯救了即将丧失活力的文人诗,从而使古典诗歌重新焕发出活力。长期以来,民间口头文艺的众多形式技巧实际上跟文人诗之间形成了一种比较良性的互动,后来的弹词、大鼓书、快书、快板中的语言技巧早已经包含了过去几千年文人诗与民间诗歌共同创造的形式技巧的成就。多多所受到的影响,正是来自于这样一个强大而丰富的传统。非常可惜的是,这样的一个传统在相当长的时间内被人为地忽略了,在写作技巧方面一切唯西方诗歌是尊。笔者曾经偶然听到已故著名诗人林庚先生说说这样一句话:西方现当代诗并不是一个完全成熟的诗歌体系,而中国古典诗歌已经发展到极其成熟的地步,有更多的东西可以借鉴。这样的说法当时令我十分震动,因为我倒是从来没有想过西方诗歌的传统是否成熟的问题,也不敢贸然同意林先生的这一论断,但中国诗歌作为一个更为成熟丰富的传统、因而也更值得借鉴的说法应该还是大致不错的。而且,作为运用汉语写作的诗人,通过汉语诗歌的成功范例学习汉语诗歌的写作技巧,难道不比通过一种外语诗歌或者其翻译版进行学习来得更为直接吗?以我本人对于英语诗歌的粗浅了解,我也发现英语诗歌跟汉语诗歌确实存在着一些共同的形式技巧。但是这些技巧必须在英文原文中才能保留,翻译诗歌很难予以复现。而如果通过读英文原诗去体会并学习其技巧,必然还要经过一个转化的过程,还是不如读中国古诗来得直接和迅捷。让我们想一想当年欧美的早期意象派诗人,他们当年为了学习中国古典诗歌的意象运用技巧曾经何等地煞费苦心。那些后来被中国诗人奉若圭臬的意象并置、意象叠加之类的写作技巧,不正是他们从中国古典诗歌中总结出来的吗?而且这一历史过程正好给我们指示出一条如何学习中国古典诗歌的有效途径。笔者深知这一问题在当代诗坛十分敏感,也是一个难以谈论的复杂问题。我至今无法忘记曾经看到一位著名诗人在别人问及他的诗歌跟古典诗歌的联系时,激动到近乎恼怒的程度,也看到一些当代诗人撰文讨论这一问题时所提出的某些奇特的言论。而与此同时,我也看到那些跟古典诗歌传统有着密切联系的诗人更受到读者的普遍喜爱,比如顾城、王家新、欧阳江河、西川、多多等人即是显例(当然,这只是我一个圈外人的有限观察,这些诗人自身也许并不认同这一判断;此外,这么说,也并不意味着我认为这是他们受到读者喜爱的唯一甚至最重要的原因)。事实上,不管当代诗坛如何偏激或高傲,是否要借鉴古典诗歌在当前大概已经不再成其为一个问题,问题还是在于该如何借鉴。这一问题实际上很难有一个先在的答案,因为任何学习和借鉴大概都存在着诸多复杂的层面以及个人性的复杂选择,甚至偶然的机缘等。这大概跟诗歌写作本身一样,我们只能谨慎地去谈论其可能性。或者我们还可以从多多这样的成功范例入手,来探讨已有的借鉴传统诗歌的经验。

　　借鉴古典诗歌或许并不是一件容易的事(更何况有效的借鉴应该在一个更广大的文化的范围内进行)。粗浅地了解诗歌史或者熟读"唐诗三百首",都不一定就能发现和领会古典诗歌的奥妙。笔者曾经读到顾城少年时期所作的一首五言绝句——"秋来梧桐雨,春日犹点滴。闲愁甚梧桐,何日方止息?"——不禁极大地震惊于顾城对于古典诗词意象运用技巧及其历史积累的精深领悟以及熟练运用。这样一种领悟乃是一个长期研究中国古典诗词的学者也未必那么容易获得的,而顾城在当时只不过是一位没有受过任何系统文学史训练的自由读者,而他的这样一类领悟很难说没有对他的新诗写作产生过重要影响。让我们再来看一看多多诗歌对古代诗歌形式技巧的借鉴。香港诗人黄灿然曾经敏锐地指出过多多在这方面的一些成就,在此笔者愿意踵武前贤,再略加补充。众所周知,中国古典诗词由于其特定的格律,而造成了和谐优美的音乐性,但是古典诗歌的音乐性并不完全是通过这种表面化、程式化的格律来获得的,而是还要借助大量的其他语辞技巧以及形式技巧,来获得其形式美与音乐美。现代汉诗由于基本放弃了古诗的形式格律,所以其音乐性必须通过其他的途径来获得。以笔者的浅见,这些途径至少有两个方面仍然可以来自于古典诗歌:一是实现古典诗歌形式格律原则的现代转化,其具体格律虽然不可能再继续利用,但那一格律所体现的精神原则还是有借鉴的意义;这一精神原则主要就是声音的和谐,这一点已经经过现当代诗坛的长期摸索,像闻一多、林庚这些前辈都是先行者,但其摸索的成果还有待时间的检验。多多的诗歌则被公认为具备非常完美的音乐感,这很可能与多多早年学过音乐颇有关系,不过这种音乐的素养表现于诗歌的音乐感终究还要通过文字的精心安排来实现。这中间的具体奥秘还有待深入研究,比如对他的句中用字的音调规则进行系统分析等(就像我们分析古诗的平仄一样)。根据笔者的初步印象,我发现多多有在诗句中使用"腰韵(或句中韵)"的习惯,比如"忧郁的船经过我的双眼"、"迎着朝阳抖动一件小衣裳"、"在一个坏天气中我在用力摔打桌椅"、"大海倾斜,海水进入贝壳的一刻"(《火光深处》),"蝙蝠无声的尖叫震动黄昏的大鼓微微作响/夕阳,老虎推动磨盘般庄严/空气,透过马的鼻孔还给我们的空气"(《北方的夜》);这种技巧的运用在中国古代诗词中有非常悠久的历史,比如王维的杰作《同崔傅答贤弟》就十分典型,还有元代散曲和元杂剧对此也有比较多的运用(王力先生在《汉语诗律学》中早已指出)。这种技巧造成的诗句节奏感是显而易见的。借鉴古典诗词形式技巧的另外一个方面则是多多自己提到过的对谐音字、谐音词的自觉运用。这在多多诗歌中乃是触目皆是的常规技法,比如完全相同或大体相同的字词在同一诗句中的重复或者在前后诗句中的重复,这两种技巧在《火光深处》和《北方的夜》中运用非常普遍,一看即知,不必在此一一列举了。笔者需要特别指出的乃是:这些语辞安排的技巧在中国古代的乐府民歌、歌行以及词曲中乃是极其大量地存在着的,比如南北朝时期著名的民歌《西洲曲》,就此一首诗中就可以包括多多所运用过的几乎全部语辞技巧规则(当然,我并不认为多多的语言技巧就一定来自六朝民歌或者某一类型的古典诗歌,而只是要通过这样的比较指出一些可能性)。再比如:在六朝和唐代的歌行体中还有一种叫做"双拟对"的句式,采取诸如"楼前相望不相知,陌上相逢讵相识"(卢照邻《长安古意》)、"相思相见知何日,此时此夜难为情"(李白《秋风词》)之类的格式,在多多的《北方的夜》一诗的结尾采取的也是类似的"对仗":"开始,在尚未开始的开始/再会,在再会的时间里再会……",运用跟古典诗歌大体类似的句式,但表达的却是完全现代的意义。正所谓大匠无弃材,运用之妙,存乎一心焉。在谐音字、词的运用上,最为精微的技巧还在于利用声音的特点以强化诗意,《火光深处》的开头两句"蝙蝠无声的尖叫震动黄昏的大鼓微微作响/夕阳,老虎推动磨盘般庄严",第一句中的"……震动黄昏的大鼓微微作响"运用谐音、双声、叠字模拟隆隆鼓声极为精确,尤其"震动"二字仿佛同时就是象声词,这一手法为这一描写黄昏景色的悠长诗句带来极为强烈优美的音乐感,使人获得对于北方冬天黄昏浓重暮色的鲜明直观感受(古代有所谓"暮鼓晨钟"的说法,似乎长久以来,黄昏就跟鼓声具有了天然联系)。第二句"磨盘般庄严"五个字的声音本身就让人感到十分地"庄严",而不必再去追问为何"夕阳"会具有"老虎推动磨盘般"的"庄严"。这种对于声音的高度敏感在古代诗词中屡见不鲜,比如南唐李璟《摊破浣溪沙》中的千古名句"细雨梦回鸡塞远,小楼吹彻玉笙寒"为古今论者所激赏,尤其是前一句被认为"富于远韵",个中的奥妙有很大一部分还在于声音的安排,我们细心地观察此一句的全部字音,就会发现:除了一个"梦"字之外,其余字音都包含轻细的"i"或"y"音(这两个字音本来就很接近),梦醒时分的迷惘恍惚,四周的清幽冷寂,都被这一语音特点所加重了。这种技巧的运用不管是出于有意还是无意,都说明了古典诗词在运用汉语声音表情达意方面所具有的高超技巧与高度敏锐。这一技巧其实在后来的宋词中的运用尤为自觉,因为宋词的遣词用韵直接关系到其能否跟词调乐曲和谐配合的问题。此外,汉字作为一种象形文字体系还具备天然的图画效果,虽然汉字简化以后,这种效果的一部分被人为地削弱了,但也并未完全丧失。我注意到黄灿然在他的论文中提到多多诗歌对汉字象形特点的巧妙利用,但我已不记得他是否举出过这方面的实例。在笔者读《火光深处》和《北方的夜》两首诗时,倒注意到两个可能的例子(如果跟黄灿然所举例证重复,纯属巧合)。第一处是"大海倾斜,海水进入贝壳的一刻/我不信,我汲满泪水的眼睛无人相信",在这两行诗中,有两个设置极为巧妙的形似意象——灌满海水的"贝壳"和汲满泪水的"眼睛",构成强烈的形象对照与诗歌张力(意向并置)。其实,这种意象的相似性在文字上就已经隐含了:"贝(其繁体字为"貝")"与"目("泪"、"眼睛"、"相"中都包含"目")"在字形上的相似是一目了然的。而我充分地相信,在生于1951年的诗人多多的脑海中,当时闪现的一定是那个繁体的"貝"字,这启发他写出了这样一句奇妙的诗。第二处乃是《北方的夜》中的这一句:"心,有着冰飞入蜂箱内的静寂",这一奇崛的修辞句法很可能部分地来自"心"这一字形的一种启示:如果我们略微仔细地观察"心"的字形,那个竖弯钩上三个飞动的点,既像冰屑飞溅,又像群蜂飞舞,尤其巧合的是,那个"冰"字的偏旁正好也是两"点"水。这种对于汉字字形特点的关注和利用,对于中国古代精通小学的文人来说,更是雕虫惯技。这甚至不必举诗歌方面的例子,只要从那些层出不穷的文字游戏中即可见一斑。比如笔者曾见一则唐代笑话,说两个书生拿驼背人开玩笑,以行酒令,一个便说:拄杖欲似乃,播笏还似及……(这是利用"乃"和"及"的字形像驼背来嘲笑驼背人。这个笑话载于隋·侯白《启颜录》,其中杂入了唐代故事)。而在一篇唐传奇中,作者则给一个滑稽的猫精取名"苗介立"(参见《东阳夜怪录》。"猫"字的反犬旁类似立着的"介"字,而立着的"介"字又像一只半蹲着的猫,这是利用字形来暗示猫精的原形)。这种巧妙的文字游戏显然只能在汉字的体系中得到训练和运用,拼音文字基本上无能为力。如果一个中国诗人要获得对于汉字的这种敏感,难道还能够从西方诗歌入手吗?以上所举数例在古典诗歌中只不过是沧海之一粟。考虑到中国古典诗歌过于悠久精深的传统积累,笔者倒是突然意识到一个更为现实的问题,那就是学习借鉴古典诗歌本身就是一种需要去努力获取的能力。正如多多所说,这需要非常长的时间的沉淀,才能达到理性和自觉的程度(凌越《我的大学就是田野——多多访谈录》)。

一切消失的东西都不会重来吗?

——宋炜《还乡记》阅读札记

敬文东

在 1986 年前后长达数年的时间里,四川省沐川县文化馆的小干部、20 出头没多少时辰的小青年宋炜,一个面色清癯、蓄有稀疏胡须的当代古人(我碰巧在一本书上瞻仰过宋炜当年的照片)①,居然一反来自于力比多(libido)内部的狂乱教诲,一门心思沉迷于从土地中生长出来的各种古旧的事物,至少从表面上看是反对里比多的那些事物:节气、雨水、青草、农事、毛竹、蓑衣、司南、善意的疾病、草药、丝绸、亮瓦(四川乡下用于房间采光的玻璃瓦)、天籁和发黄的、手感柔软的经卷……似乎一切可以用古典中国的术语来指称的事物,一切可以用农耕中国的术语来称谓的心绪,都是他感兴趣的,都能让他如痴如醉,神魂颠倒甚至口若悬河②。

说起来真有些令人惊讶,即使是在 20 世纪 80 年代,那个一切向西方看齐的"新"时代,古旧的事物看起来仍然在向少数人发出吁请,倨謇、固执、平心静气又锲而不舍,一直在请求他们继续留居在它身上,请求他们相信它尚未死去,请求他们相信它仍然具有自身的价值。出于对这种吁请的主动回应,那时节,宋炜和其他许多年轻诗人一道(比如张枣、海子、柏桦、赵野等)③,正一门心思怀念士大夫清贫、安静、高雅而落寞的

---

① 参阅杨黎《灿烂》,青海人民出版社,2004 年,第 32 页。
② 从宋炜按年度编选的个人诗集(未出版)来看,这段时间持续了大约 5 年左右(尤其以 1986 至 1989 年为最),这段时间的主要作品有组诗《家语》、《户内的诗歌和迷信》、《戊辰秋与柴氏在房山书院度日有旬,得诗十首》、《下南道:一次闲居的诗纪》、《留备过冬的十首诗》等。此处所说的口若悬河,指的是四川诗人在诗歌写作中具有的那种典型的雄辩特性(参阅敬文东《指引与注视》,中国文史出版社,2001 年,第 17—25 页)。
③ 比如在 20 世纪 80 年代,张枣的《镜中》、海子的《亚洲铜》、柏桦的《在清朝》、赵野的《春秋来信》等都是这方面广有影响的作品。

生活,心系古物却心态平和,鲜有剑拔弩张、情绪冲动的极端时刻①。1988年盛夏之时的某个下午或黄昏②,宋炜,在诗歌想象中渴望与先人的生活相重叠、相交汇,甚至愿意回到古代和山高水长一起吟啸、一同烂醉如泥的宋炜,对他臆想中患有轻度"道德昏迷症"的妹妹喃喃自语:

  还有你,我一直爱护备至的妹妹,
  ……
  愿你此刻便及时醒转,
  某一日绝早起来便随我出走。
  但你同时须要牢记:
  你和我,不会这么永远浪迹。
  我们将经历他们所有秘密的异地,
  伤痕累累却心地洁静,
  走过天涯就定居。
    (《户内的诗歌和迷信·组诗中唯一的一篇劝导文》)

  这应该是宋炜首次在诗中提到天涯、提到浪迹。尽管按常理估算,他20出头,理应热衷于天涯,钟情于和天涯裙带相连的浪游,但早在1987年,在著名的组诗《家语》中,宋炜却出人意料地对天涯和浪迹持明显否定的态度:"我想起多年以前的这一天,另一批 / 身形消瘦的人,手捧书卷和司南, / 渡海前来,劝我拖带一家老小 / 迁居繁华的州城。 / 如今时光流转,他们多数已有功名, / 我还是这样起身迎客, / 听他们讲述惊天动地的事迹; / 大伙纳头便拜,思谋落草, / 然后摆下酒席,击掌高歌, / 灯火通宵达旦。 / 天明时我送走他们,大风又起, / 我心里已经一片安宁。"(《家语·好汉》)这样的好心境当然是有来历的,因为在那时节,他臆想中那种古旧的士大夫生活足够完满、平静、悠长、

---

 ① 据钟鸣介绍,在20世纪80年代的四川诗人那里,喜好古旧的事物,以较为古旧的情怀写作,是很常见的事情(参阅钟鸣《秋天的戏剧》,学林出版社,2002年,第24页;钟鸣《回顾,南方诗歌的传奇性》,民刊《北回归线》,1995年号;肖开愚则从地域文化的维度较为成功地解释过这种现象(参阅肖开愚《南方诗》,《花城》1997年第5期)。
 ② 自1986年以来,宋炜在每首诗后都附有准确的写作时间,有时甚至连时辰也不放过。

柔和与细致,一个人应该拥有的美好价值似乎无一例外都能在庭院中找到,都能在目力所及的范围内被人触及:"足不出户的日子多么来之不易,/让人围住烤火的炉灶,又可以 /搓手取暖,无一多事可做。/我自顾想念某本书中的人物,/他们也静守家中,不分名姓,/只管写字和饮酒。"(宋炜《家语·病中》)出于对布洛赫(Herman Broch)所谓"绝对尘世"(the earthly absolute)的完全信赖,出于对庭院生活中明摆着的完满抱暗中拜服的态度,他,宋炜,抑或诗歌中那个平心静气的抒情主人公,根本没有必要外出浪迹,没有必要把猎获完善价值的希望寄放在天涯身上。界限这边足够美好、圆润与完善,何必费力杜撰一个彼岸或远方?那时节,天涯、浪迹最多只是供庭院中人想象的事物,不是供他们费力践履的对象。但16个年头之后的2004年,当宋炜情绪激昂地再次提到天涯时,情况显然发生了巨大的变化,比他第一次提到天涯时要严肃、严重、严峻和严厉得多:

> ……现在就算我们一道
> 往更早的好时光走,过了天涯都不定居,
> 此成了彼,彼成了此,我们还是一生都走不回去。①
> 看呀,千百年后,我依然一边赶路一边喝酒,
> 坐在你的鸡公车上,首如飞蓬,鸡巴高高地翘起!
>
> (《还乡记》)

依照诗中所述,妹妹的"道德昏迷症",一个纯属农耕时代的小小疾病,仅仅来自于她竟然天真地相信,这个世上还存在着既清高又富贵的尤物,并较为荒唐地对这类人"所代表的世事敬爱无比"。看起来,一个在臆想中抱持着士大夫情怀的道德洁癖爱好者,对妹妹身上那点几乎称不上道德迷失的病症都无法容忍,也不愿容忍:在诗中,宋炜,或宋炜不费吹灰之力就炮制出来的那个抒情主人公,在轻轻责备妹妹"为何也这般不分清白";为了荡涤妹妹身上的道德污点,还扬言要带她先"浪迹",途径所有"秘密的异地",然后"走过天涯就定居"——出于对一个

---

① 笔者迄今为止见到的对这句诗的有眼光的赞赏来自秦晓宇(参阅秦晓宇《七零诗话》,敦煌文艺出版社,2006年,第101—102页)。

道德洁癖爱好者的正确呼应,为的是将妹妹带到一个道德洁净的处所。因此,天涯是一道显明的分界线:它的一边代表洁净的生活,不虚伪,不夸饰,本色、自然,合乎"道"的要求;它的另一边则代表不那么纯粹与洁净的生活,但跟上述那一边所裹挟着的全部情形相比,唯一称得上严重情况的,不过是界限这边轻微的虚伪和不经意间出现的小小夸饰——尽管在经过了"他们(即那些既清高又富贵的人——引者注)所有秘密的异地"之后,我和妹妹很可能会"伤痕累累",但这个惹人心烦的旅途终归是有限的,是很快就会结束的。很明显,在1988年盛夏,洁净处于一个毋庸置疑的明确方位:它就位于一过天涯之后最多一米的那个位置上——洁净安居其中,乐意让每一个涉过天涯的人前来认领、居住或安息。

而在《还乡记》中,"我们"之所以悲剧性地"过了天涯都不定居",仅仅是因为"我们"想"往更早的好时光走",遗憾的是,无论"我们"如何努力迈动步伐抑或机关算尽,"我们还是一生都走不回去"。和1988年的天涯相比,2004年的天涯显然是一道虚拟、含混和晦涩的分界线,一道性质极为严重的难题:它既要呼应"走"从而标识出地理／空间维度上的界标,又要呼应"更早的好时光",因而始终无法竖起分辨好时光与坏时光的界碑——地理／空间维度上的天涯,不可能构成测定好时光和坏时光的度量衡。在后一种情况下,情绪饱满、激昂、满腔冲动的《还乡记》早就暗示过:天涯早已成为一个漂浮的、不定的、动态的浮标,永远没有固定的那一刻,永远没有被完成的那一瞬,因为我们手中被借贷而来的光阴,缺斤短两的光阴,让我们没有任何机会抵达好时光和坏时光之间那条秩序井然的分界线,连让我们撞到分界线上当即死去的那种细小的幸运都不可能存在,也不允许我们通过虔诚的祈祷将它呼唤出来。在这里,"过了天涯都不定居"的那个"天涯"是一道不断退让、不断后移的分界线,尽管从《还乡记》的最初层面看好像不是这么回事——实际上,"过了天涯都不定居"只能理解为根本"过不了天涯",因为天涯始终是陆地上的最后一个边界;至于如何退让与后移,完全取决于我们对它进行追逐的具体情形——这跟追逐的决心、力度和激情密切相关。

"我"和妹妹的天涯表征的是道德和伦理的分界线,尽管它首先隐含着地理／空间维度上的明确分野（毕竟这才是天涯一词的原始语义），但它在抒情主人公的臆想中分明是固定的、明晰的、不可更动的，"我"和妹妹不需要"这么永远浪迹"就能抵达那座界碑，抵达自然、质朴、洁净的生活境地，所以"走过天涯就定居"；"我们"的天涯因为语义上的含混，正好明确无误地说明了：那条划分好时光和坏时光的分界线永远不会出现，永远不会成为现实中的尤物——尽管它在地理／空间维度上也许是清晰的、最好是清晰的、但愿是清晰的。我们奔向它，就像夸父奔向落日，它永远奔走在气喘吁吁、疲惫不堪的我们的前边，我们跑得快，它也跑得快，我们慢下来，它却一如既往地倾向于加快步伐，所以，我们"过了（地理／空间维度上的）天涯都不定居"——事实上，既不可能定居，也无法定居；事实上，那条分界线的游动位置始终取决于我们对它进行追逐的程度。

　　构造"我"和妹妹的天涯时宋炜仅仅二十余岁，嫩得能一把拧出水来，对善恶的明确分界有笃定的看法，根本不值得责备——谁又没有过二十余岁的极端绝对主义和轻率呢？构造"我们"的天涯时宋炜已经年届四十，迈入了庸俗、平凡、经不起推敲的中年，距离"对生命的拙劣模仿"〔波伏娃（Simone de Beauvoir）语〕已经相去不远。多年放荡不羁、花天酒地的日子既掏空了他，也从严厉规训（discipline）的角度上塞满了他①。这全部的意思仅仅是：即使善恶之间有明确的分野，我们这些凡人也无力触及那个伟大的、几乎不可能存在的分界线。但时光碰巧（？）替我们改变了问题，时光在暗中挪动了生活的位置与生活的疆界，时光偷换了语词的涵义，时光替我们改换了世界的面貌、打发了令人恼火的障碍，因此，"我"和妹妹的天涯是静止的，因为善恶是固定的（它甚至能清楚地将每一个细小的道德污点给监测出来，比如妹妹的"道德昏迷症"），地理／空间上的分野总是被认为亘古不变；尽管"我们"的天涯在地理／空间上的分野方面也静止不易，但我们的天涯中划分好时光、坏时光的那部分语义却始终和时间相关，和消逝相关，更何况好时

---

　　① 关于宋炜在现实生活中的狂放、荒唐，可以参考老威的有趣描述（老威《底层访谈录》上卷，长江文艺出版社，2001年，第103—111页）。

光与坏时光天然以善恶、尤其是以善恶的杂呈与糅合为内涵①。一边是多年前不会"永远这么浪迹"下去的乐观,一边是短暂乐观后"一生都走不回去"的心绪上的绝对荒芜,因此,"我们"的天涯既包容了"我"和妹妹的天涯,又修改了后者的原始语义:不仅善恶的界限不再静止不动,较之于妹妹那小小的"道德昏迷症",那个天真的小"污点","我们"的天涯还有更多的秘密、更深的内涵、更复杂的情绪、更辛酸的指称。

"我们"的天涯在骨殖深处意味着:在界限这边,在"我们"的天涯这边,生活发生了可怕的、悲剧性的霉变——那是一种刺鼻的、足以让人发疯狂奔或彻底麻木不仁的霉变。"我们"通过透支自己谋取生活的片段,从表面上看,"我们"透支了多少,就能让那个片段在体积上增加多少;"我们"通过自我扭曲收取蝇头小利,扭曲的幅度有多大,据各种利益词典和利益理论保证,"我们"的利益的额度就有多大。在界限这边热火朝天的摸爬滚打中,在经历过令人难以置信的尔虞我诈、偷鸡摸狗、窃国窃钩之后,在经历过无穷多的烈日、火焰、鲜血和泪水之后,我们并没有赢得渴望中健康的生活,甚至连渴望中想要赚取的财富都不过是"短斤少两的散碎银子"(《还乡记》)。"短斤少两"在界限这边的世界上固然是失败生活的超级物证,大把的银钱是否有能力证明界限这边的生活的成功与健康?《还乡记》对此不屑一顾,只用一句话就将这个无聊的问题给彻底打发掉了:"富裕即是多余。"在"新"时代,无论有多少人从表面上看生活得多么光芒万丈,都不能改变"我们"的生活是如此破败、"我们"的生活破败得如此彻底这个基本事实。

依据"我们"的天涯的固有内涵(它包容了"我"和妹妹的天涯的全部语义),"我们"的天涯还同时意味着:在界限这边的生活发生霉变时,"我们"唯一有效的自我救赎,或许只存在于对"我们"的天涯的热情追逐之中,正如同那个悲怆的夸父一般——因为宋炜的还乡根本就不是荷尔德林的还乡,宋炜的乡村根本就不可能有上帝或别的神灵②,因为

---

① 有关这个问题可以参考理查德·麦尔文·黑尔(Richard Mervyn Hare)在《道德语言》(商务印书馆,中译本,2004年,第90—105页)中的论述。

② 关于荷尔德林在天地人神的维度上的还乡,可以参阅海德格尔的精辟论述(海德格尔《荷尔德林诗的阐释》,中译本,商务印书馆,2000年)。

中国人，尤其是像宋炜这样只愿意生活在人间的中国人，根本就不相信超验的神灵；即使他在另外的诗作中别有用心地提到过"某个星君"，但那个人格化而非超验化的"星君"，也只是在为人间作证、为乡村做见证时，才能来到他的诗歌写作之中：

　　……某个星君
　　会在后半夜从上往下打探，
　　看见拥挤的房事，涟漪颤动的水缸，
　　和连夜长起的草木，瞬目间
　　就盖过了屋顶：这是连神仙也看不尽的人间。

（《土主纪事》）

"我们"的天涯既是测度我们的生活肌体健康与否的精密仪器，对它的热情追逐又构成了修复我们有病的生活肌体的唯一方式。这是《还乡记》这首辉煌的长诗得以成就自身的逻辑起点，是它得以让自身迈入杰作王国的那条令人侧目的地平线：所谓还乡，就是追逐"我们"的天涯时迈出的第一个步伐，是那个最初始性的动作，第一记心跳，是那个完成了一次深呼吸的第一个肺泡伸出的第一个短促、有力且必不可少的懒腰——

　　其实我从来不曾离开，我一直都是乡下人，乡村啊
　　你已用不着拿你的贫穷和美丽来诱拐我。
　　我想也许你丰收的时候更好看。

（《还乡记》）

对"其实我从来不曾离开"的唯一正确的理解只能是："我"离开过但眼下"我"又回来了。出于对第一个步伐、最初始性的动作、第一记心跳和那个短促的懒腰善解人意的应和，所谓还乡，更准确地说，就是从远方归来以便与乡村汇合、与乡村结盟，进而将单数的"我"变成复数的"我们"，就是要和乡村一道共同奔赴"我们"的天涯，那道不断移动、不断退让的地平线。单数转渡为复数是意味深长的："我"有病的生活需要乡村来医治，但仅仅只有一个乡村又是绝对不够的。因此，与乡村结盟最多只意味着自我救赎的起点：在生活彻底毁灭之前，在指日可待的

毁灭即将来临的那一刹，拖着病体残躯，从热火朝天而又腐烂发霉的生活中抽身而出（但肯定不能全身而退），尽管乡村从来都是既贫穷又美丽。是的，它是贫穷的然而它美丽；是的，它是美丽的可它依然贫穷。但这正好构成了一个质地优异的借口——引诱一个生活在"富裕即是多余"的界限这边的人与乡村结盟的绝佳借口。

"我们"的天涯："我"和乡村的天涯，它既不是"我"的，也不是乡村的，它是"我"和乡村共同拥有的，是还乡人与乡村本身的共同财富，是"我"和乡村有意结盟的直接结果，是"我"和乡村要共同面对的那个遥远的、永远不会到来的乌托邦。这构成了还乡这个从表面上看如此轻而易举的行为得以成立的逻辑起点，异常悲壮的逻辑起点，因为还乡的目的——《还乡记》无处不在暗示——并不是要重新寄居在乡村，实际上，它只是一件蓄谋已久、处心积虑的事件的开篇、引言和楔子。但另外一个看似隐秘实则无比彰显的悖论恰好是：还乡者与乡村汇合、结盟是一件值得庆幸的事情，毕竟当"我们"在界限这边的生活发生广泛的霉变时，还能找到自我救赎的有效方式；但从骨殖深处观察，却是一件至为悲哀的事情：它表明，"我们"永远生活在一个不义的辰光，永远生活在以恶为主要元素组装起来的时间段落，"我们"唯一能自救的方式就是迈向乡村，"走上了多年以前多年以前多年以前走过的路"①。"我们"唯一仅存的希望就是乡村的健康，希望它还能像从前那样接纳"我们"，善待"我们"，继续按原样养育"我们"，否则，还乡、结盟的意义和价值不用说就要大打折扣。在比喻的层面上，这或许就如施米特（Carl Schmitt），那个在法理上兢兢业业为纳粹张目的施米特所说："人是一种陆地生物，一种脚踩着陆地的生物。他在坚实的陆地上驻足，行走，运动。那是他的立足点和根基；他由此获得了自己的视角；这也决定了他观察世界的印象和方式……我们所有此岸的存在，幸福与不幸，欢乐或痛苦，对我们而言皆是'属地的'（irdische）生活，地上的天堂或者地

---

① 韩少功：《山南水北》，作家出版社，2006年，第11页。

上的苦海,这要看具体的情形。"①但还是瞧瞧中国人眼中的天地吧,它们被中国古人异常直观地认为各有其德:"今夫天,斯昭昭之多,及其无穷也,日月星辰系焉,万物覆焉。今夫地,一撮土之多,及其广厚,载华岳而不重,振河海而不泄,万物载焉。"②在人世间的所有事物中,一如中国古人亘古以来坚定不移地认为的那样,唯有土地(或泥土)所居有的位置才是最低的,甚至连支撑海水、让海水有机会肆意咆哮的都是土地,那个看似只有"一撮土之多"却能"万物载焉"的土地,否则,从泥土中就不可能生长出任何肉眼能够看见的事物。事实上,土地不仅孕育了乡村、盛纳了乡村,还一并把拯救的方式预先提供给了我们,尤其是提供给了那些愿意还乡的人、还有兴趣还乡的人、还相信乡村的人。出于对地之德所饱有的谦逊品格的高度尊重,那个还乡人,那个抒情主人公,与乡村结盟的方式是令人钦佩的:

……我终于活转了过来,用我的泥腿子
在田埂间跋涉,甚至跌了一个筋斗:一下子看见了你。
乡村啊,我总是在最低的地方与你相遇,并且
无计相回避——因为你不只在最低处,还在最角落里。

(《还乡记》)

或许只有与地之德相匹配的谦逊的结盟方式才算得上可靠,因为这是一个渴望自我救赎的人与乡村唯一的结盟方式、唯一的相见方式,因为这是一件"无计相回避"、"不得不如此"(贝多芬语)的事情。这一切的由来,仅仅是因为地心引力不仅在把乡村往最低处、最角落里拉,也在将还乡人往那个幽暗的位置上拽,因为渴求救赎的还乡人早已大彻大悟:"既然明知过不去",他就根本没必要,当然也没有能力"与地心引力过不去"(宋炜《在中山医院探宋强父亲,旁听一番训斥之言,不觉如履,念及亡父。乃记之成诗,赠宋强,并以此共勉》)。这是作为陆地动物的还乡人在土地上获得自己的观察视角后,得出的十分自然的结论。

---

① 施米特:《陆地与海洋——古今之"法"变》,中译本,华东师范大学出版社,2006年,第1—2页。
② 《中庸》。

"我们"的天涯跟时光相关,跟消逝相关,但消逝了的绝不仅仅是时光,还有随时光而黯淡、而老去、而灭亡的事物,那古往今来让人始终惋惜不已的事物。从回荡在《还乡记》中哀悼与赞颂相杂呈的语调推测起来,消逝显然是一个选择性的概念:是好时光的消逝而不是坏时光的消逝,是时光中美好事物的消逝而不仅仅是时光本身的消逝。但让还乡人难堪的是,永远都是好时光和美好事物在消逝,坏时光和腐朽的事物倒是长存于世,而且还在不断地被发明、被制造、被大批量地生产出来。"停一停吧,你真美丽!"浮士德博士要挽留的绝不只是片刻的美好光阴,而是那片刻的光阴里边包裹着的美好景致;在宋炜的《还乡记》里,时光的好坏始终要靠以时光为披风的事物的属性来测度。在还乡者的脑海中,所谓消逝,似乎从来都是美好事物的固有属性。

"我们"的天涯:"我"和乡村共同的天涯。还乡者在土地的最低洼处和最角落处与乡村相逢、结盟的最初一刻,就心知肚明,乡村,那个土地最辉煌的受造者,之所以像还乡者一样也需要天涯,也需要一个遥远的乌托邦,仅仅是因为属于乡村的好时光已经随风飘逝了:"啊,这么多的鸡坶,这么多的鸡不吭一声,一齐忍住了禽流感;/这么多的敝猪儿,这么多的甩菜,这么多的脆臊面!"(《还乡记》)伴随着消逝而来的是疾病,永远都是疾病:"不,随这哄动的春心而来的 / 是时疫:疫者,民皆疾也,就像这台 / 人人都赴的田席:五谷生百病,百草咸为药。/ 啊,时疫得寸进尺,更倾向于夏天。"(《土主纪事》)看得出来,在眼下,在时疫统治的土地上,曾经自足的庭院并不是自足的,它并不拥有 16 年前在完满方面的自足性;要命的是,在还乡人的目力所及之处,似乎土地上生长的一切都正在丧失它悠长、细致、平静与柔和的特性:

> ……乡村啊
> 我知道这么说的时候,有很多植物
> 都认为我的脾气变坏了,因为它们的绿叶子
> 变黄并且飘零。我估计你对此也有相近的看法,
> 因为船在疾行,鱼在追赶,河水却凝滞不前;
> 你的头上,一只风筝静止,天空不知飞去了哪里……
>
>   (《还乡记》)

乡村被败坏了,连绿叶都随季节的转换"变黄并且飘零"。但这一切是如何来临的?是什么促成了乡村中美好事物的消逝?"我们"在界限这边已经发霉的生活仅仅是时光的错抑或仅仅是"我们"的错?在人与时间结盟、在人的罪恶与时间结盟的过程中究竟发生了什么事情?"我们"在界限这边把欲望发挥到极致,却将善毫不犹豫地剔了出去,当然是"我们"而不是时间促成了乡村也需要一个天涯这个阴险的事实。乡村无法拯救还乡人,它甚至连自己都拯救不了,它需要还乡人的搀扶,需要"我们"相互搀扶,才能往"我们"的天涯赶去,朝那条永远游弋的分界线赶去。事实上,在界限这边的所有恶当中,那些饶舌的"思想者"要承担大部分的责任:他们像麻雀一样叽叽喳喳,怂恿无知之徒——更多的时候是胆大妄为之徒——掏走乡村的五脏六腑。看看乡村中最普通的事物之———红薯——是怎么被败坏的,就知道乡村被败坏的大部分原因了:

> 今天,对红薯的态度将人们分为两类,一类是"新左派",一类是"自由主义"。"新左派"缅怀过去的红薯,夸大过去的红薯的美学价值,批判今天的红薯时尚,将它妖魔化。"自由主义"迷恋今天的红薯,批评过去的红薯,义愤填膺地控诉过去的红薯的罪状。他们的观点针锋相对。这种"红薯社会学"弄得世道浇漓,薯将不薯……①

在这里,红薯的被败坏刚好是乡村被败坏的一份大纲,事实上,乡村正在按照"红薯社会学"规定的路数一步一步走向腐败。乡村的好时光的消逝实在是一件处心积虑、蓄谋已久、其来有自的事件,庭院中完善价值的消逝和庭院自身无关,而妹妹那纯属农耕时代的"道德昏迷症"倒是被成功地改变为"新"时代的道德麻木症。

时间始终在朝着正轴方向流逝,所谓在流向未来;"我们"的天涯却处在无限遥远的相反的方向上。追逐"我们"的天涯,"我们"那唯一自我救赎的事件,只能在这个方向上去进行。尽管还乡者在和乡村结盟

---

① 张柠:《土地的黄昏》,东方出版社,2005年,第117页。

的最初一刻就知道,他们连一丝撞线的希望都没有,但他们必须尽快上路,不能有任何耽搁。

《还乡记》在"我"与乡村一道出发奔赴"我们"的天涯那一刻戛然而止,这是《还乡记》以寻找消逝之物为主题的隐秘证据。它设置了一个往后看、朝种子的方向看的坐标轴,天涯处在这个坐标轴的最终端,尽管那是个无法抵达的最终端、不断后移的最终端——无论是对于还乡人还是对于被败坏的乡村,情况都是这样。《还乡记》再一次向我们证明,所有的诗篇都是关于消逝之物的,所有伟大的诗篇都是对消逝之物的悲壮寻找,它们指向过去、过去、永远都是过去,那个埋藏种子的地方:

> 你在河流中看到岸上的我,这种短暂的相遇,你可以认为是一种告白,我在这个世界上无处可去所以又撞见了你……①

2007年12月9—13日,北京魏公村。

---

① 路内:《少年巴比伦》,《收获》2007年第6期,第198页。

"我在我的哲学中直视"

——读王炜的诗作《太阳》

张伟栋

作为当代诗歌不合格的读者,我的阅读一直带有着某种可以自我辩护的狭隘性,无论这种辩护是否能够成立,但是那种阅读的狭隘性里面的确包含了艰难的取舍,它多少都掺杂了尼采在《查拉图斯特拉如是说》中所宣扬的教条:"一切写作之物,我只喜爱作者用自己的心血写成的。用你的心血写作罢:你将知道心血便是精神。"如果我们不把这里的"精神"简单地理解成一个概念的话,你将会确切地知道它仍是写作最为精美的内核,或是布罗斯基在其卓越的写作中所完美地实现的,对"存在之真理"书写的信念。他在谈到散文与诗歌的差别时说道,你如果能在欣赏诗歌中的优美之后还能继续阅读散文,"这意味着,那位作者像我们刚刚提到的这些诗人一样,对我们的存在之真理的确有某些补充"(《怎样阅读一本书》)。对当代诗歌的某些读者而言,这种信念和精神也表现出了一种让人不屑的固执:诗歌中的修辞并非是单纯的遣词造句,而是思想,尽管这种思想的提法和哲学有着近似之处,但我们仍不能把两者视为无差别的事物。之所以这样讲,是因为那种信念还隐藏着一个在今天看来有些不合时宜的想法,那就是诗歌可以和任何伟大或是卑微的事物对话,如果我们能够认真而仔细地阅读那些伟大的诗歌作品,我想很多人都会明白,这一切绝非是空谈。

我对青年诗人王炜诗歌的阅读正是在这种狭隘性中发生的。他的诗歌几乎是在无人提及的情况下进入了我的视野,我仔细所阅读的仅限于他 2005 年自印的一本薄薄的诗集《冬天》,里面的大约 20 首诗所营造的艺术世界,自足而丰饶,有些惊动我的诗行,我甚至认为堪与康拉德精彩的语句相媲美,后者是王炜所迷恋的作家。即使不与那些已经确立写作范式的作家相对照,仅凭那些诗行本身,我们也可以确认那些诗作本身的优秀与不凡,起码对那些对诗歌有着足够的热爱的人来说是如此。与当代诗歌中很多无根基的写作相比,王炜的诗歌始终萦绕着对身世之谜、命运之谜和语言之谜,甚或根源之谜的眷顾,它们不动声色地撕开了停留于事物表面的粗糙意见,而回到事物自身。这难道不是喧嚣的当代诗歌所缺少的吗?诗人张曙光有句诗写道:"诗人,做好你的功课",无疑也包含一种孤独的清醒。另外就王炜诗歌的书写方式而言,很容易让人联想到斯宾诺莎孤绝地打磨镜片的情景,一道道光束从手中色彩缤纷地折射出,足以让人惊喜,更何况那里面还躲闪着德勒兹所言说的"贞洁"的意志和美德。因而王炜那些成熟的诗作里都往往存在着一个坚实的基座,它犹如一座建筑深埋地下的地基,这使得他的诗歌在向上生长的同时,也获得了相对宽广的空间。

我所要解读的《太阳》这首诗出自于王炜的诗集《冬天》,是诗集里的最后一首诗,它即使不能包含王炜诗歌的全部艺术特色,但从中至少对其精心而细致的写作可获得一个片面的感受。在《太阳》这首诗中,诗人所着重的主题"太阳",在 90 年代以后的诗歌中已经很少有人触及,在现代汉语诗歌中,太阳的能量在二三十年代诗歌以"超人"哲学的方式对太阳能量的呼告和 80 年代朦胧诗对太阳的诅咒中被耗尽了,两者之中都运行着强大的线性时间逻辑,这种逻辑要求在过去和未来之间只能作出一种非此即彼的决断,王炜的这首《太阳》恰恰避开了这一点,在空间的结构与时间的交织中来展开,如果我们细心挖掘,会发现"直视"这一动词自身所具有的含义以及围绕"太阳"这一意向所衍生的复杂情态在诗中构成了一个艰深而又令人深思的基座,因此,"太阳"被嵌入有关黑暗与忍耐、秩序与重压,"忽视"与寻找新的视野的争执之中,它与某种根源性的问题相关。"直视"一词所带有的洞穿的力量,似乎是要使这种根源呈现自身,因而"直视"作为一种内省的力量在诗中如发动机那样反复运转着,它在量度光束的距离,"被凶狠照耀的一切",它在最低处寻求"一个弱于任何一种期待的视野"。布罗斯基说:"一首诗,是某种必需的结果:它是必然的,它的形式也是必然的。"(《文明的孩子》)诗人自云:"我在我的哲学中直视",也就必然使这首诗带有强烈的精神自传的特征,按照任何一件艺术品都是作者的自画像的观点,这一点是毋庸置疑的,需要强调的一点是,这种精神自传必然带有着当代生活的最深刻的体察,否则它也就面临着在艺术上打折扣的危险。下面我将逐行地来阅读这首诗歌,从而期待着对这首诗有着更细致的理解。

> 下午,从农大那边回来的路上
> 风一直很大。
> 我紧紧攥住两手上呼呼啦啦的塑料袋
> 在我身边
> 公路已经成为一柄光束。

这首诗从"下午"开始。从一个时间点来开始一个事件的叙述,在90年代诗歌语言中较为常见,"那一年"、"早晨"、"星期六下午"等等时间状语的使用,使事件获得了具体的时间性,也使空间时间化,这是现代主义诗歌较为典型的特征,诗人张曙光的《1965年》就是这方面的典范之作。王炜的诗歌既有着受到90年代诗歌影响的因素,也有着避开90年代诗歌的脉络而独自营造新的诗歌叙述方式的努力。在这一节诗中,从"下午"这个时间点开始,我们看到的是不为外物所动的冷静,需要说明的是带有自我解剖特征的自省和逼视事物根基的冷静观察是王炜诗歌探究世界的主要视角,它有效地剔除了妨碍我们对事物进行理解的道德判断和喧嚣的政治评价,以及这一判断和评价背后所隐藏的社会学视角,而使得事物在语言中获得澄明,在这一节诗中,自省和观察的角度同时进入了事件的展开,"下午,从农大那边回来的路上","下午"与"那边"的描述带有一种近乎苛刻的"准确",而"路上"则像是一个早已铺陈好的舞台,为一场"直视"的戏剧给出足够开阔的空间,因而"风一直很大。/我紧紧攥住两手上呼呼啦啦的塑料袋"也就从描述和判断的句法中解脱出来而指向了事物最为感人的一面。紧接着"在我身边/公路已经成为一柄光束",则以一种突然的方式打断了舞台的布置,真正的戏剧从这里开始了,"我"与"公路"在"一柄光束"中构成惊心动魄的关系,这是两行不乏启示意味的诗句,整首诗的基调也在此奠定下来，它瞬间洞开了平庸现实背后的深渊，以隐喻的方式来审视当代生活中最为紧张的一面，但其中的克制和冷静，似乎超越生死的诱惑，而又有着几何学式的雄辩。

"太阳是不能直视的。"
这座巨大的球体，已经搁放在黑蒙蒙的百望山顶上。
光从一个遥远的，我不能够量度的距离，直扑过来
抵住我的眼皮。

从成为光束的公路到不能直视的太阳，这样的描述尽管合情合理，但这里其实有着一种跳跃式的递进关系，原因在于"太阳是不能直视的"以格言体的方式从另一个语境带来的复杂含义，偏移了语义的进展，使整个"舞台"也开始漂移，这种方式是王炜比较惯用的手法。按照最基本的理解，格言的体式在于瞬间对真理的洞察，这句带有斯宾诺莎意味的格言以插入的方式来给这首诗增加能量，显得既谨慎又大胆，诗人对此仿佛成竹在胸，诗歌的基座"直视"以一种不可见的形式悄悄地给出。"不能直视"带有着禁止和无能为力的双重意味，同时也带有着格言体所具有的告诫的力量，我们也可以感觉到这力量里面散布着一种灼热的重压，因而在"太阳是不能直视的"这句中，也出现了一个高度，它既是音调上的高音也是叙述视角的一个仰视，下面的两句诗中的两个动词"搁放"和"直扑过来"则继续把这种音调升高，犹如莫扎特音乐中突然出现的高音，让人心里猛然颤动。那么，让我们来细心体会一下这两个动词，它们将是理解这节诗的关键。"搁放"一词具有的被动语态的效果，使得这个词在此沾上了操纵意味，将事件和命运的不可测推向一个难以辨识的深渊，"直扑过来"在这里不能不说有些凶险的味道，并且是"从一个遥远的，我不能量度的距离，直扑过来"，则使"直视"的戏剧，赋有了另外的意味，它从"直视"一词本身所具有的洞察的属性中引申出"盲视"或者说"盲目"的一面，这也源于我们都感受到的但诗歌里所未澄明的，不可量度的事物，太阳在这里只是它的可见形式而已，"抵住我的眼皮"这句，相信很多人在此都会体验到一种无所不在的重量的压迫。

> 在这个季节,太阳的光亮正达到一年中的顶点,
> 我仍不能说出那些被凶狠照耀的一切,那直白到了
> 我无法直视的大树、道路和房屋。
> 　　我必须先通过那些中间的,微弱的,
> 在这个距离中,一切都必须被努力抑制着,几近尖锐。

在重压的现象学的描述之后,诗人在这节诗的一开始做出了一个几乎是预言式的判断:"在这个季节,太阳的光亮正达到一年中的顶点",我的阅读感受是,诗人被卷入一片白晃晃的光中,被卷入一个无法摆脱的坚固的秩序中,因而这个预言式的判断所包含的坚定的音调显然无法满足实证的要求,它来自于意识中对闯入其中的映象的迫不及待的抉择,有如米沃什在对专政和人类自身灾难的反思后,说出"人类的理智美丽而无敌"的诗句那样的坚决,那迫不及待的意识所传达出的信息却是:一种不得不承受的现实或者是一种无法忽视的境遇。接下来两行带有强烈的抒情色彩的诗句则有反抗的意味,但却是一种试图去纠正某种错误的反抗,"大树、道路和房屋"以最简洁的形象刻画生活的面貌,连同在这之外的一切都被凶狠地照耀着,最后这种错误也被原谅,像诗人在另一首诗中写到的那样:"一个错误在生长并构成了/你的未来"(《错误》),诗人企图通过"那些中间的,微弱的"来达成和解,无论这样是否可能,"中间的"和"微弱的"传达了一种近乎哲学的意念,它构成了"我的哲学"中的核心的想法,它也意味着对某种边缘的、新颖的东西和道路的祈求,尽管我们并不能说清它是什么。但无论是在纠正的反抗还是原谅和祈求当中,我们都体验到了那难以企及的黑暗。"我仍不能说出"所包含的沉默,在这节诗的最后两句被尖锐的低语所打破,它从艰难的道路上传来。

> 　　我一再谨慎,目睹太阳。我在我的哲学中直视。
> 　　我有一些对炎热的了解,但是不够。
> 　　即使我的语言炽热,在炽热中,我有一些对空间的了解,
> 但是不够。

诗人在这段中努力摆脱幻觉的诱惑,他无比地清醒,但又无比地衰弱,

"太阳"的能量足够"炎热"地在他的"哲学中"照耀着,显然在整首诗中,我们越来越明了的是太阳是作为一个主宰存在的,它所具有的根源性的力量,使我们几乎可以用形而上学中最核心的一个词汇来替代它,那就是"存在",在西方哲学中,它曾以不同的面目出现,如理念、实体、物自体、精神等,因而王炜在这首诗中对太阳的"直视"与体察多少都带有形而上的意谓,只不过是在价值上有着反形而上的信念。"我一再谨慎,目睹太阳。我在我的哲学中直视"就这样构成了一个巧妙的反驳,"一再谨慎"在这个语境中不再具有小心翼翼的姿态,而是细致、深刻的寻求和探索,这首诗在此突然转向,诗人进入了孤独的探索者的角色,一种依靠否定的力量而不迷失事物的内省,它诉诸于并不完美的理性,因而也失去了发现的喜悦。这里的"直视"无疑也就带有强烈的反思的色彩,诗人在物象和语言的表征里,在"炎热",在"空间"里寻找线索,"但是不够"。诗歌的音调也从这里开始下降,它降到个人残存的感受里。

　　这座强硬的球体,我很快忽视了;我也很快成为一具影
子,忽视身体。
　　一年年过去,浪费和毁掉了。我只看见了,那弱于任何一
种对他的期待的人
　　他缔造了一个视野,一个弱于任何一种期待的视野。

在这段中,"忽视"一词呈现出急剧向内旋转的语速,是对外部的放弃而进入越加幽暗的内部,直到缔造出"一个弱于任何一种期待的视野",它是上段的内省的继续,但与上段不同的是,诗人在内省中完成了对精神的探索,以此来抵挡衰败的世俗生活和凶狠的根基的照耀。与海德格尔重新寻找存在的根基不同的是,诗人选择了取消任何依据。在"忽视"那些照耀的光源、那些光源的基座,以及被照耀的身体之后而出现的"视野"给生命以存活的空间,一切都被推向了远离"太阳"的边缘,在诗人那里它几乎就像是一种美德,被某种隐忍的坚韧所维持着,但那是足够的吗?我想很多人会对这种犬儒主义的态度表示不满,也会有人对这种自足表示赞赏,我们在此无需要求诗人的世界观会是怎

样,重要的是,他以精微而富有魅力的语言去传达它。请注意一下"缔造"这个词里所隐含的创举的含义,它在抵制住了某种现实的同时也把诗歌带向了一个幽深的语境。

　　许多年前,我曾说:"我想写出太阳",我想成为光。
　　太阳每天都在。有时,我似乎真的接近了片刻,然后离开。

　　在这首诗的结尾,诗人忽然从内省意识中跳转出来,而回到了记忆中的个人的历史,从而完成对精神自传的书写。需要补充的是,自然与历史一直是王炜比较钟爱的主题,其中自然是18世纪人们借以探究自身和世界的视角,19世纪则代之以历史。王炜的这两个主题虽然也带有强烈的认知特征,但却是取消了其中的宏大叙事,而沿着一条幽暗的道路,"投向他全部的理解欲"(《普林尼的一页》),借以探知一切使他存活的形式。因而在这首诗的结尾,诗人借助时间的线索"许多年前"进入个人的历史,这两行诗的意思较为明朗,它通过前后变化的一个对比来结束了整首诗,"有时,我似乎真的接近了片刻,然后离开",几乎像是一个无效的总结,它所留下的空白和确定,指向了一种微茫的可能。

问题与事件
——《回顾一次写作》笔谈

程　凯：当事者叙述的背后
段从学：反思如何有效并可能
　　　　——关于《回顾一次写作》的随想

当事者叙述的背后

程 凯

有生命力的历史总是会不断回到它的原点,通过回到原点来检讨自己究竟从何而来,如何成为今天的样子,将从什么样的起点上再出发。

新文学研究在今天就面临再出发的问题。今天推动新文学研究的动力太多来自学术生产所催生的新理论与新方法,这些研究方法在不断细化、深化问题的同时渐渐失去与自身历史血脉的关系,也使研究者失去和研究工作、研究对象的价值关联。因此,停下脚步,回过头去看看它的来路已经是再出发前必要的工作。这种回顾不是"研究综述"意义上的回顾,而是追踪它的特殊品质是如何获得的,它的问题关联性是如何建立的,它在历史中曾经扮演的角色,乃至,它和一代代的研究者相互塑造的互动关系。

当然,所谓原点不是一个单一的构成,而是一系列关节点,这些关节点标志着新文学研究与同时代史发生密切关系而激发出新范式的时刻。五十年代无疑是产生新文学研究基本范式的时段。五十年代初,以王瑶《中国新文学史稿》为代表的一系列专家著作奠定了新文学的学科基础。然而,之后不久就出现了针对《中国新文学史稿》的批判,以及由青年学生、教师撰写的一系列新文学史著作。北大中文系五五、五六级六位同学撰写的《新诗发展概况》就是其中一部。虽然,它以完整的形式公之于众是在 50 年后的今天。

当年的作者,今天的编者声称:"这些特定时代催生的文字并没有什么学术价值";出版它的目的在于:"作为了解 50 年代诗歌观念,诗歌史叙述方式,大学教育和学术体制的资料。"(谢冕、孙绍振、刘登翰、孙玉石、殷晋培、洪子诚：《回顾一次写作——〈新诗发展概况〉的前前后后》，第1页，北京大学出版社，2007年。下文未注出处的引文均引自此书，仅标明页码）不过，我宁愿把撰写《新诗发展概况》看成一个动态的历史事件，围绕在其周围的那些前前后后、大大小小的政治背景、文化氛围、人事因素、思想状态乃至个人体验共同构成了这一事件。它涉及的问题其实超出了今天常常被静态化处理的"学术生产机制"。全书定位在"回顾一次写作"，表明编者也是力图呈现一个动态的过程[①]。五位亲历者的回忆、讲述构成了这本书最有特色的部分。不过，由当事者提供的讲述自然带着他们今天的自我解读。尤其他们日后都成为深具影响力的学者，这种自我解读、评判的倾向就更强烈。因此，看待这段历史，一方面理应充分利用当事者叙述提供的内在线索，另一方面又有必要突破当事者自我解读的逻辑。同时，当事者叙述的差异和今昔立场的对照同样应该成为正面处理的内容。

在《回顾一次写作》中，各位作者都提到《新诗发展概况》的写作是处于"科研大跃进"的余脉当中。对于"科研大跃进"的定位，刘登翰的表述最具代表性：

> 这年夏天开始的以批判"资产阶级学术权威"为中心的"科研大跃进"，便是社会上各行各业"大跃进"在校园里展开的一个侧面。（11页）

值得注意的是，"科研大跃进"不是以"跃进"为中心，而是以"批判'资产阶级学术权威'为中心"。这意味着所谓"大跃进"的核心并非"生产"而是政治斗争。与其说"科研大跃进"是"生产大跃进"在科研领域的扩张，不如说"科研大跃进"的意识形态斗争性突出体现了"生产"与"革命"的辩证关系："革命"中的"生产"不是像今天理解的那样是对立于政治或在政治之外的经济行为，"生产"（经济）本身就在政治之中。这和后来提出的口号"抓革命，促生产"一脉相承。

[①] 书的《前言》中提到编者在设计问题时主要考虑："……尽可能地呈现推动这一事件产生的历史条件，和这些条件如何塑造写作者自身。这既涉及整体性的政治、文化气候，也与个人的生活经验、思想情绪相关。"（2页）

《新诗发展概况》的写作虽然已经摆脱《文学研究与批判专刊》那样的"批判"模式,但它的核心仍然是一种"斗争"。它特别体现在以对年轻人的扶植颠覆"专家"在学术领域内的权威。而且,除了"颠覆"之外,它还有另一层面的意图。洪子诚在《回顾》中提到了毛泽东在1958年3月成都会议以及中共八大二次会议上的谈话。其主旨强调"从古以来,创新思想、新学派的人,都是学问不足的青年人",针对的现象是共产党的"怕教授":"怕教授,进城以来相当怕,不是蔑视他们,而是有无穷的恐惧。看人家一大堆学问,自己好像什么都不行。马克思主义者恐惧资产阶级知识分子,不怕帝国主义,而怕教授,这也是怪事。"①

　　毛泽东这个时期对资产阶级知识分子的警惕大概不是空穴来风。1957年前后的"大鸣、大放"和"反右"均使毛泽东意识到思想文化领域内争夺领导权的斗争并未真正有效展开。1958年2月他在给周扬《文艺战线上的一场大辩论》所做的修改中特别提到1957年的"反右"斗争是"全国范围内举行一次最彻底的思想战线上和政治战线上的社会主义大革命",而之前,"这个历史任务是没有完成的"②。所谓思想、政治战线的社会主义大革命包含一破一立两个向度:一是打击资产阶级思想,二是"解放文学艺术界及其后备军的生产力,解除旧社会给他们带上的脚镣手铐,免除反动空气的威胁"。

　　在同一段话里,毛泽东提出了建成"无产阶级知识分子大军"的说法。这个对立于"资产阶级知识分子"的"无产阶级知识分子"的内涵、标准是什么,由哪几部分人构成并没有明确的说明。但,联系青年人堪当大任的说法可以推测出,毛泽东当时曾把产生"无产阶级知识分子"队伍的希望寄托在青年人的身上。而且,他是在提议出版党的理论刊物的语境下提出青年人问题的(随后,1958年6月,《红旗》杂志在北京创刊)。不难看出,培养青年人的问题是和理论斗争的急迫性联系在一起的:一方面,理论斗争需要依靠没有历史包袱、敢想敢干的青年;另一

---

① 杨永兴:《毛泽东为何倡议创办〈红旗〉》,《党史博览》2008年第1期。
② 毛泽东:《对周扬〈文艺战线上的一场大辩论〉一文的批语和修改》,《建国以来毛泽东文稿》(第七册),第94页,中央文献出版社,1992年。

方面,青年也只有在理论斗争中才能成长为"无产阶级知识分子"。与之配合,1958年3月陈伯达在"科学规划委员会第五次会议"上提出了科研领域内"社会主义革命"的具体方针:"厚今薄古"和"边干边学"①。《新诗发展概况》的立项以及偏重当代状况无疑同"着重研究现实的问题"一致;而充分信赖青年人,不加干涉又和培养青年人的激进风潮相关。还原"概况"写作的历史逻辑就有必要看到:它并非今天意义上的"学术研究",而是科研、思想领域内"社会主义革命"、理论斗争的一部分,其目的在于争夺思想、文化、学术上的领导权,建立无产阶级知识分子的队伍。

然而,仅仅还原事件的逻辑出发点是不够的,更重要的是它在实现过程中的状态。具体到1958年,学术领域内"社会主义革命"的成效如何,对无产阶级知识分子的召唤是否得到有效的回应,都是需要考察的问题。

首先是那些"历史使命"的承担者对这样的工作有怎样的自觉意识。在"回顾"中,当事者很真实地描述了自己参加集体写作时的心境。一方面,虽然毛泽东的讲话当时不为人知,但大家普遍认同青年人应该掌握话语权:"我们都完全认同如下的看法:即这个工作不能依赖那些资产阶级的或小资产阶级的专家来做,只能由我们这些敢闯、敢干、没有思想负担的年轻人来做。"(谢冕,19页)但另一方面,这样的写作又是作为"任务"布置下来的,个人对"任务"的真实内涵似乎缺少完全的自觉。几位当事者都提到接受任务时的"被动性":"就我们来说,几乎是没有想过有什么自己明确的动机。"(孙绍振,19页)"那时候的政治和生活气氛,造就了我们这些人,做一件事,往往首先是服从需要,不大自己去想动机和缘由。"(孙玉石,21页)"当时我对发生的一切,经常处在懵懵懂懂的状态中。在五六十年代,我'政治'上和'学业'上都很幼稚,基本上是个让'潮流'推着走,努力想跟上潮流的人。"(洪子诚,22

---

① 陈伯达:"对于整个国家的社会科学研究力量的布署,在哲学、经济、历史等等学科,应该着重研究现实的问题。""我们的学术界不要总是面对古代,背对现代和将来,要站在工人阶级的立场上,认识中国人民斗争的新面貌,认识中国全局的新面貌,认识中国和世界的新面貌……"(《厚今薄古,边干边学》,《红旗》1959年13期)

页)这种个人的懵懵懂懂与召唤无产阶级斗争主体的意图形成饶有趣味的反差。

同样矛盾的是:一方面这些青年人有天然的使命感和自信,认为自己与革命、与新中国有内在的一致。像孙绍振所说:"敢想,敢干,就什么困难都能克服。这是官方的语言,也很难说不是我们的思想。这是因为,我们当时对于历史使命有一种新的自信。"(9页)但另一方面,知识分子的暧昧身份、"反右"斗争的残酷同样对他们有着制约和冲击,因此,除了使命感和服从之外,促使他们紧跟步伐的还有对"落后"的恐惧。孙绍振的经验颇具典型性,他在1957年的"反右"中被划为"中右","'差一口气'就沦为右派",这使他"处在精神危机之中长达一年左右"。"我本来是以大学生的叛逆性格自豪的,但,处在右派边缘的恐怖日子,却使我彻底地对自己失去了信心。……我把重新理解评价'讲话'以后产生的新诗,作为自己思想改造,趣味改造的一种良好的机遇。"(34页)孙玉石也提到"反右"使得"我们这些幸免者,也多从'寻梦者'的世界中,回到冷峻的现实生活中来,开始了一种不断自惭自审自赎、'原罪'式的小心翼翼的求学生活。"(13页)洪子诚的描述相对温和、克制,也更具一般性:"1958年暑假我因为执意要回广东老家,没有参加班里批判王瑶先生的活动。回到学校看到同学已经写出许多文章,在北大学报、《文艺报》、《文学评论》上发表,硕果累累,就有一种'临阵脱逃'的内疚。所以,我肯定会在后来的类似活动中,争取有积极的表现,以弥补我的过失。"(18页)①

这些矛盾的因素体现出这一批知识青年内在的不确定,这和知识分子身份在革命话语中的不确定位置密切相关。当"无产阶级思想"作为一个不断流动、转移的存在,只有在斗争中才能把握和延续时,谁也不能证明自己就是它的可靠持有者。而当知识分子不是作为知识的载体而是思想的载体时,他如何保持对革命思想的持有,成为其内在持续

---

① 同时,洪子诚也谈到在写作的过程中支配大家情绪的主要还是一种热情而不是谨慎:"那个时候,僵硬的教条还没有形成笼罩一切的地步。……内心的那种追逐、呼应潮流的热情,有一种不自觉的夸张和膨胀,自己也陶醉在这种热情里。"(42页)这从《新诗发展概况》行文的昂扬中也可以感受到。

焦虑感的来源。革命召唤的、理想的"无产阶级知识分子"应该是同革命一体的、自信而主动的。然而,"无产阶级知识分子"的说法实际上使得知识分子随时处于使命感的引导与自我检讨、自我改造相交织的状态中。这就是当事者的自述中传达出的状态:对使命"自信"但不完全"自觉"("使命"的内涵不掌握在自己手中),对"自我"不自信而自觉地改造。

事实上,毛泽东大概也没有试图把"无产阶级知识分子"的称号安在一个特定的群体头上,它和"无产阶级思想"一样是一个"斗争"式的概念。在某一时段强调青年人的作用是为了激发青年人成为与既有权威斗争的工具,这并不保证这些冲锋陷阵者不会在下一阶段的斗争中成为被斗争的对象。

可以说,在谁掌握了正确话语权的问题上,相互的争夺主要不是发生在所谓无产阶级阵营和资产阶级阵营之间——被划进后者范畴内的人显然已经不可能有话语权了——而是发生在自认的无产阶级阵营内部。《诗刊》副主编徐迟在向谢冕等人交待任务时说:"这件事情靠一些专家做不好,因为他们没有正确的观点。"这里的"专家"表面上指"资产阶级专家"、旧知识分子,但"资产阶级专家"和"无产阶级专家"之间的界限随时在变动。实际上,在谁最有资格"革命"成为政治核心问题的语境下,"为青年人让路"的潜在威胁对象正是那些已有"专家"地位而自认"革命派"的学者、意识形态工作者。

在那个特殊时期,青年人与"专家"之间的关系颇为微妙。从"概况"的写作过程看,一方面,老一辈专家给予青年人充分的信任,很少加以"指导"、"干涉"[1],但另一方面,青年人自己的观点实际上很依赖专

---

[1] 孙绍振:"《诗刊》编辑部好像十分信任我们,几乎没有正面提出过任何思想上或者政治上的要求。这可能是当时早已形成的社会舆论,就是青年人意气风发,斗志昂扬,早已走在了前面,老一辈的人士,只有紧跟的份,最多也就是为我们服务。"(25页)

家已有的成果①。如果对比"概况"和《中国新文学史稿》的诗歌部分就会发现在基本立场、研究方法上二者没有根本的区别。所谓"正确观点"更多体现在一些对政治时效性命题的直接反映上。但是,客观地推测,如果此时由"专家"来重新撰写新文学史,他们的政治敏感未必比青年人低。因此,重用青年人其实是一个特殊的激进时期的意识形态姿态,与其说是对他们更信任,不如说是以对他们的信任警示那些已经地位稳固的意识形态专家不要丧失革命的斗志。

不过,革命的激进化在50年代中后期仍受到主观、客观多种力量的牵制,因此,是被控制在一定限度内的。这反映在每一次激进行动之后总会有相应的调整。如果说《概况》的写作本身是一次激进的革命行动的话,那么,当它起到短时段内的促动效用之后,它的基本任务也就完成了。特别是它本身就在时间上有些滞后。相比"红皮文学史"引发的轰动效应,它的后续发展甚至有些尴尬。且不说其反响有限,就是在《诗刊》连载几期后还被原因不明地停发了。

有关停发的原因当事者有不同的估计。在孙玉石看来,1959年"庐山会议"引发的"反右倾"运动造成意识形态领域的进一步紧张,"在那样一种举国反右倾的政治气氛之下,虽然《新诗发展概况》书写历史的整个倾向,已经够'左'的了,但是毕竟涉及了过去历史的纷纭评价……谁知道里面会被挑出什么问题来呢?当时《诗刊》的徐迟和其他编辑们,凭他们的政治嗅觉,大概已经敏锐感觉到。这样的情况下,停止刊登,也就是自然的事。"(54页)而洪子诚做出了另一种估计:

> 对58年的学术批判运动和集体科研,文学界、学术界一开始就存在不同看法。……虽然周扬、林默涵、何其芳他们对当时的"大跃进"风潮,有程度不同的支持,有的甚至是推波助澜的,但是他们都是文学、政治"精英",他们的修养和文学理

---

① 洪子诚:"58年发表的一些重要文章,如周扬的《文艺战线上的一场大辩论》,茅盾的《夜读偶记》,周扬的《新民歌开拓了诗歌的新道路》,邵荃麟的《门外谈诗》,以及当时如火如荼的新诗道路讨论,肯定对我们的编写起到直接作用。"(30页)孙玉石:"就史料的发掘和引述的例证,也没有什么太多新鲜之处,不过是对于王瑶、刘绶松先生新文学著作中诗歌部分论述的一种选择集中和重新组合。"(53页)

想,显然不会认同众多经典作家和有成就的学者受到贬斥、蹂躏的局面。……所以,"概况"没有登完,最大可能是文艺界、学术界对58年的那种路线斗争的文学史观,批评和矫正的力量已经占了优势。(55页)

两种估计可能都有道理,而我更重视第二种说法,因为即便它不是"概况"被"腰斩"的真正原因,也是理解这一事件内在脉络的重要角度。1958年学术批判和跃进表面针对的是资产阶级学术,暗含着也针对社会主义阵营内部的"精英"。其背后是毛泽东等人对于"革命派"有可能变成新"精英"、丧失革命动力的警惕。而何其芳等人对"红皮文学史"的批判则体现了"精英"们的反击。审视何其芳《文学史讨论中的几个问题》①,可以发现,"精英"的立场除了兼顾修养、趣味之外,更注重"史"的包容性与传统的延续性,反对一味斗争,体现出一种与革命斗争逻辑相反的"正规化"倾向。

反讽的是,在被赋予革命使命的青年学生身上也恰恰有挥之不去的"精英气"。如果说何其芳等人代表"精英"的话,那么,"概况"的作者们就是未来的"新精英"。他们对"革命"是自觉接受的,但身上的"精英"倾向是不自觉而具有的。他们之中的不少人都承认自己的诗歌趣味与"概况"树立的诗歌标准之间存在差异。谢冕自己的书信体散文《遥寄东海》"既充满革命激情,也'小资'情调浓郁"。孙绍振喜欢"七月诗丛"的风格,认为"新民歌"艺术上"太狭隘,太陈腐了"。孙玉石模仿林庚写"格律体的现代四行绝句"。刘登翰最喜欢郭沫若和艾青。洪子诚在新诗道路讨论中,"内心是倾向何其芳、卞之琳、雁翼、红百灵他们那一边",常常苦恼于"自己的有些爱好、情感,与提倡的东西的距离"。他们的趣味恐怕代表着当年"参加'革命'的知识青年"的典型趣味。它的特征是:"革命激情和'小资'情调""奇妙也和谐的结合"。(洪子诚,17页)

对自身趣味的克服背后其实是世界观的改造。像孙绍振当时反思的:"自己的艺术趣味之所以与劳动人民格格不入,肯定是剥削阶级的

---

① 何其芳:《文学艺术的春天》,作家出版社,1964年。

世界观在作怪。"(34页)但是,50年代初的大部分知识青年恐怕无法像胡风等前辈革命知识阶级那样具备自觉的、坚持的、在斗争中得来的、可系统表达的世界观。他们的世界观更多是被赋予的。"趣味"其实代表了他们自身的世界观的状态:缺乏自觉的主体状态。而对趣味的克服是通过理论完成的——离开不听话的、模糊的"趣味",接近"清晰"的理论。何其芳在《夜歌和白天的歌》的《重印题记》中解释自己为什么中止写诗:"这是因为有相当长一个时期,我觉得当务之急是从学习理论和参加实际斗争来彻底改造自己的思想情感,写诗在我的工作日程上就被挤掉了。"①可以看出,"理论"是与"世界观"、改造思想直接联系的,而写诗仅是情感表达,两者间构成一种对立关系。而且虽然"理论学习"和"实际斗争"成为"世界观"的并列来源,但是对于知识阶级来说,通过掌握"理论"来改造"世界观"显然是更得心应手的途径,特别是当自己原有的"世界观"并未获得自觉形态时。

于是,对"没有历史包袱"的革命知识青年来说,对世界观的克服无需通过世界观与世界观之间的碰撞,而是通过从"趣味"到"理论",从"写诗"到"写史"就可以完成②(当然会有一些内心挣扎,但不会像胡风、冯雪峰那一代人由于坚持自己的立场而导致悲剧)。在这一过程中,由于没有自觉的主体可以坚持,因此对正确的"论"的把握也成为一个没有矛盾的、一致的、清晰的过程。有关"概况"写作过程的访谈中有一个问题是关于集体科研中"如何统一思想观点",谢冕的回答很具代表性:"几乎没有分歧,意见非常一致。"(23页)孙绍振对此做了详细的解释:

> 在进入研究之前,我们都还只是现代中国诗歌的热情读者。个性和爱好各有不同,尤其是阅读趣味,差异很大。但是,并没有形成非常明确的系统的观念。要统一观念,在政治思想层面,没有多大障碍。何况当时,进行了对"资产阶级专

---

① 何其芳:《重印题记》,《夜歌和白天的歌》,人民文学出版社,1954年。
② 孙绍振提到,参加"红皮文学史"写作的最大效用就是"逐渐把自己的'差一口气'的身份淡忘"了。

家"王瑶的现代文学史的批判,昭示了真理,认识到中国现代史,是党所领导的向社会主义方向前进的历史,中国现代文学史,则是社会主义因素逐步强大的历史。认为抓住了新史诗的这个命脉,再加上敢想敢干的精神,就无往而不胜。(25页)

也许正是这种统一观念"没有多大障碍"的状态使得他们成为科研革命依托的力量。问题是,没有障碍的认同和接受是否能创造出"革命"需要的理想主人翁?这里隐藏着革命伦理中最核心的问题,也是最纠缠的问题:是打造一个个自觉的、不衰竭的"革命主体"作为革命的前提,还是打造自动认同"正确思想"的群体作为革命的前提?① 前者是终极理想,但实际上造成革命内部的异端因素,后者是革命成功的保障,但也是革命衰退的源头。

时代在个人身上的作用总是很复杂的,但是相似的经历也会在特定的群体身上留下时代赋予的"症候"。五五级、五六级作为新中国第一代红色大学生从"学术批判"进入了自己的研究生涯,这注定了他们与革命的内在关联。在革命不断激进化的历史进程中成长起来的一代人,忽而成为革命的工具,忽而成为革命的追随者,忽而成为革命的对立面。"不断革命"以不断寻找敌人、不断将革命者转化为对立面、不断吞噬它的追随者为动力而前进。在这样的洪流中,个体很难建立起真正确定的"自我",似乎只能在对革命的追随中疲于奔命。而当革命也自我耗尽后,确定"自我"却又成为新的"时代要求"。在《回顾一次写作》的附录中,我们看到五位当事者的学术自述,大部分人都力图梳理自己学术道路中一以贯之的东西,来为"自己"的学术定位。最有意思的是孙绍振的自述。他说自己的全部理论有四种成分:观念基础是康德的审美价值论、具体方法是结构主义、内容是弗洛伊德的心理分析、成为系统的是黑格尔的辩证法;但这些都是他不自觉而具备的,是通过别人的提示才意识到的。这其实表示出一种自我确认的困境,更因为

---

① 20年代末,"革命文学论争"时期,郭沫若和李初梨围绕"当不当留声机"展开的辩论,其核心即在于此。事实上,主观能动性与"正确思想"之间的矛盾、主观优先与客观优先的论争一直在革命内部或隐或显地延续。

"自我肯定"成为今天时代的正题而使得这种寻找自我确认的困境有时以近似悖论的方式表现出来。

事实上,虽然这一代人的"自我"更多地是与时代相联、随时代而转移的东西,但它的定位一定不是在对过去的否定和今天的肯定中,也许反而是在那些承接性的脉络中。谢冕说:"我个人对于'朦胧诗'的态度,应当说是在编写《概况》时就在酝酿并逐渐明确的。"(56页)这大概并非虚言。对新生力量的认同、不遗余力地扶持,历史使命感,集体责任感,宽容的态度……这些一代学者身上较为共通的特点不能不说同他们的成长经历相关。

洪子诚在《回答六个问题》中说到:"80年代我和刘登翰回忆这段经历时,总是很惭愧,说过'重读这些文字,除了为当时的勇气吃惊和幼稚汗颜之外,已无多大价值可言'(《中国当代新诗史》后记)这样的话。现在再想起这些事,歉疚的成分比较少了,有时反而会觉得有趣;漫长而偏于乏味的一生里,毕竟还有一些能记得住、有趣味的事情。"(280页)我想,这里所说的"记得住、有趣味的事情"也许和作者在同一个访谈中所说的"具有'积极意义'的个人经验"有相关之处。它们"不一定是已为主流的历史建构,为公共历史叙述所整合的那些,而是未被赋予'合法性'而被忽略、遮蔽的'异质'的部分……"在作者看来:

> 这些"逸出"的,被忽略部分的发掘,目的并不一定是为了建构相反、对立的历史,在许多时候,不过是为了呈现差异和复杂,而质疑主流叙述的构造方向。(283页)

在《回顾一次写作》的讲述中既有过去"合法性"的叙述也有今天"合法性"的叙述,同时还有"逸出"的部分①。如何在这些经验、叙述的碰撞中转化历史叙述的单一方向,把当事者提供的"具有'积极意义'的个人经验"点化成再理解那段历史及其与今天关联性的出发点,正是有待后进者进一步开展的工作。

---

① 书中提供的一些经验描述很有助于理解50年代特定的时代气氛和历史状况。比如,青年学生与老一辈专家之间相互信任的关系,写作过程中热情多于谨慎的感觉,50年代大学校园的"身份文化"等。

反思如何有效并可能

——关于《回顾一次写作》的随想

段从学

1958年底到1959年初写成的《新诗发展概况》(以下简称《概况》),是一个特殊历史时期的产物。自从"文革"结束以来,人文学者对这个特殊历史时期的反思就一直没有中断过。不过,反思的愿望,并不等于的反思能力。反思的实践,也不等于有效的反思成果。时至今日,六位作者仍然觉得有必要对《概况》这一文本,以及这一文本的生产过程展开清理和反思,这说明我们此前进行的反思,并没有取得相应的成效。因此,真正的问题就只能是:反思如何有效并可能?

我们看到,六位作者虽然不同程度地对《概况》,以及此前《中国文学史》等著作的写作表达了质疑和否定性的意向,但却肯定了这些工作对锻炼和养成自己学术研究能力的积极作用。孙玉石先生的有关文字,最为典型。换言之,六位作者正是通过这些今天看来需要进行反思的工作,走上了学术研究道路,使自己变成了学者,在新的历史时期里延续了自己的学术生涯,推动了中国新诗和中国当代文学研究的发展,并最终获得了回过头来反思历史的能力和机会。这一悖论性境遇,不仅揭示了我们所要反思的对象与今天的我们之间的整体性关联,澄清了反思过去的必要性及其现实意义,更重要的意义,乃是提醒我们重新认识那些推动六位作者进入《概况》之写作的力量之性质,以及它们的分布和运作方式。

正如孙玉石先生一再谈到的,在老一辈学者被剥夺了学术研究的权利和个人尊严的历史情境中,包括六位学者在内的青年学子,却被赋予了新的历史使命,获得了意外的学术机遇,继《中国文学史》之后,开始了《概况》的写作。借用福柯的话来说,老一辈学者在当时遭遇到的是传统权力,以禁止、剥夺和消灭为基本运作方式,而六位作者遭遇的则是充满了快乐的现代权力,以诱惑、发明和生产为基本运作方式。正是这种新型的现代权力及其运作方式,给六位作者带来了"自信与豪情"(谢冕语,第7页),使得概况的写作过程弥漫着"一种浪漫之感"(孙绍振语,第8页),最后在今天的记忆中变成了一个好的故事。而如何统一思想观点,《诗刊》的负责人在《概况》编写过程中的具体作用等问题之所以未能获得预期的回答,原因也就在这里:有关的观点和立场已经提前植入六位作者,变成了一种自觉的生命体验。孙绍振先生说得非常清楚:"当时的氛围就是大跃进,打破常规。资产阶级专家皓首穷经地积累资料,正是我们要批判的。政治挂帅,把党的文艺方针贯彻到底,这就是我们的优势。敢想,敢干,就什么困难都能克服。这是官方的语言,也很难说不是我们的思想。"(第9页)在我看来,面对这种生产性现代权力的诱惑,不仅《概况》的六位作者当年没有意识到它与主流意识形态之间的复杂关联,今天的不少人文学者,也未能摆脱这种诱惑。对当年被制造出来的青春激情,以及空前多样的历史机遇的向往,固然是未能摆脱这种诱惑的症候,把主流意识形态的运作过程理解为简单的禁止和直接发出指令的提问方式,也暴露了同样的症候。

事实上,主流意识形态对《概况》的历史作用,既不是通过《诗刊》的具体要求,也不是通过明确的文学史观念,而是通过粮票、学校食堂的饭票等日常生活的形式体现出来的。这一点,洪子诚先生在谈论谢冕先生之所以自然而然地成为六位作者的实际"首领"时,已经有了明确的剖析。洪子诚先生指出,"谢冕的'头'的地位,原因之一是他的学识、才情,工作的热心负责和组织能力,以及做出决断的本领。另一方面是他的'老革命'身份"。而这种"老革命"身份,正是弥漫在当时大学校园中的日常生活景观:

> 50年代为了"迎接社会主义建设高潮",国家鼓励干部考大学,成为专门人才。凡是参加工作三年以上考进大学的,连同从"工农速成中学"毕业进入大学的,称为"调干生"。他们一般是党员,有社会阅历、工作经验,在学校一般担任年级、

> 班、党团支部、团委、学生会等的主要干部。我们中学毕业的，对他们有一种"高山仰止"的心理。在生活上，他们有令我们一般学生眼红的"调干"助学金。"调干生"有自己的食堂，在"小饭厅"，实行饭票制；一般学生在"大饭厅"，吃大锅饭，实行包伙制。（第 29 页）

通过饭票和食堂的划分，主流意识形态其实已经渗透到了日常生活的每一个角落，变成了一种生活方式，乃至个人的生活习惯。用孙玉石先生的话来说，就是公共的标准，多数时候已经变成了个人神经和血管里的"自觉"（第 36 页）。这种分散在日常生活每一个角落的意识形态力量，以规范和管理的方式，平静而自然地完成了塑造社会主义新人的思想感情和自我意识的基本任务。明确的强制性意识形态指令，实际上只有在这种弥漫在整个社会生活中的日常意识形态规范失败的地方，才会被迫直接出场。强制性意识形态直接显现之处，因此也就是意识形态规范失败之处。

现代权力的生产性特征，消解了个人快感与政治快感之间的区分，使得青春激情变成了社会主义新中国，以及包括六位作者在内的一代社会主义新人的共同需要。而这种旺盛的共同需要又反过来刺激着青春激情的再生产，在整个社会机体内部分泌更多的激情，把新人的快感和新时代的快感凝聚成了一个蠕动的整体。相应地，新型意识形态的日常化实践，则使得意识形态规范渗透了我们的日常生活，变成了我们自身内部的一种生存元素，消解了政治与审美之间的知识学划分。在六位作者的回顾和反思中，我们既看到了主流意识形态如何通过食堂饭票和粮票的形式进入我们的胃，变成我们的生命元素，另一方面又看到了唐诗宋词等艺术作品如何进入我们的生活，改变了我们的内心世界和生活道路。借用洪子诚先生的叙述，就是：个人的艺术趣味，并不能阻止体制对个人无孔不入的侵入和控制。在我看来，《回顾一次写作》的六位作者尽管还不同程度地延续了个人与历史、审美与政治之间的二元对立，甚至自觉或不自觉地借助这种对立来叙述当年的写作实践，但他们对当年的日常生活场景的还原，却无形中消解了这种二元对立，提出了重新建立反思和清理历史的知识框架的问题。

　　善良的愿望是一回事,能力的缺失是一回事。是否需要对历史进行反思和清理的问题已经不再重要,是否有能力对历史进行反思,才是我们今天真正需要面对的问题。正如洪子诚先生所说的那样,"我们能活到今天,拥有了评说前人的机会和'权力',并不意味着精神、学识、品格就更崇高,更有智慧"(第288页),只有我们的知识能力,以及看待历史的态度和方法,才能决定我们对历史做出有效反思。过去的时代里,并不缺乏像顾准那样对自身历史处境有着清醒认识的智者,而今天所谓的"新时代"里,也充斥着把那个特殊时代的一切都理想化的论者。而事实是:六位作者所要反思的时代,同样是一个禁止和诱惑相互渗透、相互激荡的时代,压抑和禁止老一辈学者进行学术研究的力量,也就是诱惑和鼓励六位作者打破常规进行学术研究、占领历史舞台的力量。简单的好坏判断,和简单的正误之分一样,无助于我们深入理解历史。与此相应的是,这种力量通过召唤和创造新的意识形态主体的方式,也是它在社会历史文化氛围中出场和发生作用的基本方式。准确地说,这种力量既是我们的日常生活,又通过具体的个体生命的日常行为而扩散到生活的每一个角落,最终扩张成为一个时代的主流意识形态。每一个个体,既是意识形态的承受着,又是意识形态的携带者和传播者。在主流意识形态已经通过日常生活衍化为我们的生存要素的情形之下,《回顾一次写作》提醒我们面对的第三个事实,乃是消除个人与历史、审美与政治之间的二元对立,从生存论的立场来重新认识和想象我们与历史之间的关联。我们并不是历史之外的存在,传统意义上的审美之维既然不能对历史之恶有所承担,自然也就无力帮助我们对历史做出清理和反思。相反的是,六位作者置身于历史之中,接受了主流意识形态的诱惑与塑造,最终获得了回过头来清理和反思历史之能力的复杂经历,却既宣告了主流意识形态无所不能的神话的破灭,又消除了历史中及其主流意识形态中的个人无所作为的恐惧,昭示了反思历史的有效性与可能性。

　　无须多说的是,把意识形态理解为一种充满了诱惑的生产性力量,进而在主体内部,以及主体的日常生活形式中来勾勒其发生作用的基本方式和条件的思路,也是我们面对今天高度技术化和日常化的新型意识形态生产出来的诱惑与幻象的有效途径。在这个意义上,我愿意承认是主流意识形态在当前的生产方式和存在形态,使我从六位作者的《回顾一次写作》中读出了福柯式的结论。

周作人

周作人研究专辑

刘皓明著并校订　李春译:从"小野蛮"到"神人合一"
　　——1920年前后周作人的浪漫主义冲动
姜　涛:"病中的诗"及其他
　　——周作人眼中的新诗

从"小野蛮"到"神人合一"

——1920年前后周作人的浪漫主义冲动*

刘皓明著并校订　李春译

"你不明白吗",我说,"我们先从给儿童讲寓言(mythos)开始,寓言从整体看是假的,但是其中也有真实。"

——柏拉图《城邦》

与一切活的合一,在蒙福的自我遗忘中重返自然的宇宙,这是思想和喜乐的巅峰……

——荷尔德林《旭裴里昂》

在中国现代文学史和思想史上,就兴趣的广博和思想历程的漫长与曲折而言,无人能出周作人其右。1920年前后是周作人成为新文化运动主要人物之一的关键期。我们只需把目光投向这个短暂的时期,周的文学观和哲学观,就已经显示出微妙的、不容忽视的变化和修正。这些变化和修正之所以引人瞩目,就在于周作人在其中有明显的挣扎和痛苦的痕迹;[①]它们之所以重要,乃缘于它们是理解周作人未来发展的一把钥匙。尽管它们显得零散、不成形也不系统,但在1918年末至

---

* 本文原系用英文写成,发表于《大亚细亚》[*Asia Major*, Third series Vol. XV. 3(2002)第三系列,第109—160页]。作者感谢冷霜博士对本文翻译为中文的提议和支持;感谢《大亚细亚》编辑部授权允许本文翻译为中文发表;感谢李春同学在将本文翻译为中文的过程中所付出的心血。

① 参见《山中杂信》第一封,所署日期为1921年7月5日;周作人:《周作人书信》(1933/2002;以下简称《书信》),第5页:"我近来的思想动摇与混乱,可谓已至其极了。"本文所引周作人结集著作,均使用止庵所编的《周作人自编文集》,全35册,河北教育出版社,2002年版。引用这一套文集中个别作品时,如在标题后有圆括号,圆括号中有为斜杠所分割的两个不同年份,例如上面的(1933/2002),则斜杠前为初版年份,其后为止庵版出版年份,但是页码依照止庵版。本文所引用的1949年前周作人所有未结集作品,均收在陈子善、张铁荣合编的《周作人集外集》(海南国际新闻出版社,1993),全两卷。周作人作品具体系年,参考了张菊香和张铁荣的《周作人年谱》(天津人民出版社,2000)。

周作人

从"小野蛮"到"神人合一"

1921年底,这些观念和思想的变化,明白无误地昭示出一种趋向,而这种趋向所指,我称之为浪漫主义。认定这一趋向为浪漫主义,对我们理解周作人此时和此后的思想世界有工具之效,对我们理解中国现代文学史和思想史,也有很重大的辐射意义和连锁功能。

我对浪漫主义或浪漫派这个词的使用,是遵循了20世纪中期以来确立的批评传统。这个传统把在主要是世俗的处境中、在内心里对于拯救的寻求,看做是"浪漫派的崇高主旨"。① 在1918年末以降的三年里,周作人的文学观和哲学观,与浪漫主义的某些最核心的方面均相吻合。目前迅速扩大着的周作人研究,尚未把周作人的思想纳入浪漫主义的历史和理论框架中来考察。但是倘若不把它纳入这种历史和理论的语境里,就将很难——如果不是完全不可能的话——解决属于他后来生活的许多问题,同时也会让我们很难获得对五四时期更深刻周密的理解。在本文中,我将通过考察周作人的白话诗和他在1920年前后

---

① 参见 M. H. 艾布拉姆斯(M. H. Abrams)《自然的超自然主义:浪漫主义文学中的传统与革命》(*Natural Supernaturalism: Tradition and Revolution in Romantic Literature*)(NY:W. W. Norton,1973)第一章"这是我们的崇高主旨"("This is Our High Argument"),第17—70页。除了《自然的超自然主义》,20世纪中叶以来在北美论述浪漫主义的最有影响的著作还包括——但不仅仅限于:诺思洛普·弗莱(Northrop Frye)的《恐怖的对称:威廉·布莱克研究》(*Fearful Symmetry: A Study of William Blake*)(Princeton:Princeton U. P.,1947)、M. H·艾布拉姆斯的《镜与灯:浪漫主义理论与批评传统》(*The Mirror and the Lamp: Romantic Theory and the Critical Tradition*)(Oxford:Oxford U. P.,1953)、哈罗德·布鲁姆(Harold Bloom)的《雪莱的神话创造》(*Shelley's Mythmaking*)(New Haven:Yale U. P.,1959)和《异象中的伴侣:英国浪漫主义诗歌解读》(*Visionary Company: A Reading of English Romantic Poetry*)(Ithaca:Cornell U. P.,1961)、杰弗里·哈特曼的《华兹华斯的诗 1787—1814》(*Wordsworth's Poetry 1787—1814*)(New Haven:Yale U. P.,1964),另外还有保罗·德·曼(Paul de Man)关于让·雅克·卢梭、威廉·华兹华斯和弗里德里希·荷尔德林的许多论文。我对北美浪漫主义研究的最新发展状况并非不了解,比如那些新历史主义(New Historicism)旗号下的研究专著。但就是这些最近的浪漫主义批评学派也都或公开承认或默认弗莱、艾布拉姆斯、布鲁姆、哈特曼和德·曼的著作中的前提和基本观点。我这篇论文中的讨论,并不会因为回避了这些最新学者所提出的问题而被削弱。需要特别强调的是,遵循这个批评传统,本文所使用的浪漫主义概念,不同于李欧梵在《中国现代作家的浪漫一代》(*The Romantic Generation of Modern Chinese Writers*)(Cambridge, MA:Harvard U. P.,1973)中不加说明地作为理论前提的那个"浪漫(the Romantic)"的概念。尽管在他的研究中,他所触及到的某些个别问题和本文的论题不无关联,比如,郭沫若的泛神论和神话创造,但是他不加检讨所认定的"浪漫",实质上是感伤主义(sentimentalism),同本文乃至西方批评传统中的浪漫概念判然有别,倒是符合庸俗意义上的所谓"浪漫"。

所写的那些重要的批评文章——特别要集中考察和儿童文学、文学中的超自然主义、超验主义和社会乌托邦等有关的问题——来证明和阐发周作人的浪漫主义倾向。通过识别他所接受的资源、追踪他的某些文学和哲学构思的形成过程,并通过阐明它们在跨国的、历史的、思想的和文学的背景中的意义,来试图实现历史和理论的融合。我的目标是要提出一种清晰的理论和历史模式,这个模式将展示为同浪漫主义完全吻合。

从前,有个寓言:《小河》

今天,周作人最长的白话诗《小河》①曾经引起的轰动,以及它被称为白话诗的"第一首杰作"这一事实,可能会让中国普通的诗歌读者感到惊讶,但是周作人的弟子、批评家和诗人废名(1901—1967)1930年代中期在北京大学讲新诗时,就这样褒奖过这首诗。当时,废名还解释了,这首诗在白话诗歌史上之所以重要,就在于它在1919年前后带来一种"新鲜感"②,而这种新鲜感建立在"其所表现的东西,完全在旧诗范围以外"。另一位同时代的批评家朱自清(1898—1948),在树立新文学经典的选集《中国新文学大系》的诗歌卷导言中,对这一评价表示赞同。③ 两位批评家都暗示,这首诗除了与传统诗歌形成鲜明的对比外,就是与当时所发表的其他白话诗相比,也具有创新性。废名特别指出,是周作人的这首《小河》,而不是胡适(1891—1962)的那些被认为是打响了反传统诗歌战役第一枪的早期白话诗,让一种全新的诗学破土而出,并因此标志着白话诗与传统之间根本的决裂。这就是为什么这首诗,用废名的话来说,被看做"新诗中的第一首杰作"。④

---

① 不包括收在周作人的白话诗集《过去的生命》(1929/2001)后面的那些散文"诗"。
② 废名:《谈新诗》(北京:1944),收入陈子善编《论新诗及其他》(沈阳:辽宁教育出版社,1998),第70页。
③ 尽管并没有专门谈到这首诗,但朱自清指出,周作人的白话诗及其兄鲁迅的白话诗,都在根本上同传统诗歌决裂了,因此之故,在早期其他白话诗人中间特立挺出。参见朱自清《中国新文学大系·诗集·导言》(上海:1935;以下简称《大系》),第1—3页。
④ 陈子善编:《论新诗及其他》,辽宁教育出版社,1998年,第70页。

周作人自己也很看重《小河》，他在晚年写成的自传《知堂回想录》中，就用了两章的篇幅来记叙这首诗的写作背景。因而可以说，这首诗受到的关注是独一无二的，超过了他所有其他白话诗。在关于《小河》的这两章中的第二章里，周作人用大量篇幅引了他在1944年所写的一段关于《小河》的札记。① 这则札记含有对这首诗的形式的论述，宣称这首诗的形式可以归为"譬喻"。如今，"譬喻"一般理解为"明喻(simile)"或者"比喻(metaphor)"。然而，在周作人那里，这个词所指的，必是某种类似于"寓言"的东西。在现代汉语中，"寓言"这个词常被视作对应于英语的"fable"，而fable在英文中本义是虚构的故事，其中虚构是这个词的核心意义，同事实或纪实相对立。② "譬喻"在这里应被理解为"fable"(寓言)，因为周作人曾在别处提出，形象化的譬喻表现(figurative representation)，或者说象征手法(symbolism)——周作人将它等同于中国传统诗学中三个基本概念之一的"兴"——应该成为中国现代诗歌的主要表达方式。③ 照他看来，在传统诗学的三个基本概念中，"兴"较"赋"和"比"更为根本。按照这种对中国古典诗学的主要概念所进行的重新阐释，周作人自己的这首诗就必须放在"兴"——即形象化的譬喻表现——的范畴内来考察。

《小河》所讲述的，是一条流动的小河被一个农夫的堤堰所截的故事。这首诗包含会说话的稻苗、能表情活动的桑树和小动物等形象。它们都能用语言来表达对受阻遏的小河的同情和对它们自己状况的担

---

① 周作人：《知堂回想录》(1970/2002)下册，第442—448页。关于1944年的札记，参见周作人的《老虎桥杂诗》。这是周作人在1946—1949年间写作的旧体诗的合集，其首次出版的完整的版本，见止庵编《周作人自编文集》(见注释1)，第92—94页。

② 见《牛津英语大辞典》(OED) "fable"条。

③ 参见他在1926年为刘半农(1891—1934)的诗集《扬鞭集》撰写的序言；收入《谈龙集》(1927/2002)，第41页。需要指出的是，周作人对"兴"这个术语的解释是具有创新性的，与这个术语的经典解释有差异。对"兴"最为重要的传统解释之一，参见詹锳：《文心雕龙义证》(上海古籍出版社，1989)卷八，第1329—1372页。近来对"兴"的经典解释的讨论，参见苏源熙(Haun Saussy)：《中国审美问题》(*The Problem of a Chinese Aesthetic*)(Stanford：Stanford U. P.，1993)，第122页以降。宇文所安(Stephen Owen)把"兴"理解为"能感情的意象"(affective image)，同周作人把"兴"视为譬喻或象征的看法较接近，见《中国文学思想选读》(*Readings in Chinese Literary Thought*)(Cambridge, MA：Harvard U. the Council on East Asian Studies，1992)，第45—46页。

忧。显然，这首诗所包含的，绝不仅仅是"比"。它与"赋"——这个词往往和它在古典模式中可见的那种铺张、甚至浮夸的文风是同义的——也没有什么关系，因为从风格上说，它是那样地朴实。作为一个明白无误地用非现实主义的模式（会说话的水稻和动物）写成的故事，《小河》所讲的故事，是靠"象征手法"，即靠"形象化譬喻"，来传达其含义的。出于这个原因，按照周作人的术语定义，这首诗应该属于"兴"的范畴。"譬喻"，作为"兴"的一种形式，可以被翻译为"fable"，因为一个"fable"就是"一个虚构的、与超自然的或者非凡的人物和事件有关的故事"，而且往往含有某种实用的教训。① 由于《小河》讲述了一个虚构的故事，利用了被赋予生命和智能的物体作为故事中的人物，以此来传达——据作者自己的说法——某种伦理的和政治的信息，因此，《小河》符合"fable"（寓言）这个词的所有定义。②

如果我们把前面两位批评家对这首诗的评价，同作者自己对它的形式的评价结合起来，那么把这首诗看成是一个突破，就很有理由了。因为和当时的其他白话诗相比，《小河》中那个详尽的虚构故事是很独特的。比如，它与胡适早期的白话诗相比，就有明显的不同。尽管胡适率先试验写作白话诗，但他对抒情诗的理解是诗主要还是由景物的瞬间构成的，或者就是为诗人的情绪或转瞬即逝的情感状态所引导支配

---

① 见《牛津英语大辞典》(OED)"fable"条。
② 在1944年的札记（见注释7）中，周作人以他特有的自贬的口气指出，《小河》在形式上并没有什么新鲜之处，而对譬喻的使用，在外国文学中，但尤其是在中国文学中，已有先例。然而，在这里，他似乎有些自相矛盾。因为在这首诗于1919年第一次在《新青年》上发表的时候，他在"附记"里将他这首散文化的诗与波德莱尔《巴黎的忧郁》(Le Spleen de Paris)的散文诗联系在一起，见《新青年》1919年第2期，第91页；收入陈子善、张铁荣编《周作人集外文》(以下简称《集外文》)上册，第306页。在那时，他并没有说这首诗从中国的什么先例那里得了灵感。20年后，他却具体举出《中山狼传》为中国文学中使用譬喻的一个先例。《中山狼传》是一个16世纪的寓言，其中的角色有一只会说话的狼和一棵拟人化的树。(参见马中锡〔1446—1512〕：《东田文集》，《丛书集成初编》2150—2151，上海：商务印书馆，1936)。他还把自己的这首诗同运用寓言的"外国民歌"相提并论；但是并没有具体说出是哪些民歌。(接上页)1944年，他实际上推翻了先前关于《小河》与欧洲文学的关系的陈述，转而声称这首诗传统的成分多于西方的成分。然而，正如后文将要证明的那样，这并不符合事实。

的。① 在风格和语言方面,《小河》与沈尹默(1883—1971)的白话诗相比,也很突出。沈尹默在新诗运动之初发表的那几首白话诗还保留着明显的传统诗歌的痕迹,读起来很像乐府和词。② 与那时产生的大多数白话诗不同,《小河》并不是一幅风景素描,③而是包含着一个完整的故事,而且这个故事显然是虚构的、寓言性的,或者用周作人的话来说,是用了"象征"手法的。而且,与同时代的很多白话诗不同,《小河》的语言是平实的、不做作的。特别是在废名那里,诗歌构思的整体性,以及句法的整体性,是现代诗的两个决定性特征,④因此,正是这个用平实流畅的语言叙述出来的虚构故事的完整性,使得这首诗在废名眼里,成为白话诗的第一首"杰作"。

个更理论化的解释,可以进一步揭示周作人的叙事诗所具有的革命性意义。中国传统诗学,在其形成阶段,摇摆于表现说和教化说之间。⑤ 其中表现的倾向,是这两者中更为根本的,这在郑玄的《诗谱序》中,表述为那句众所周知的名言:"诗言志。"⑥当"志"受到了道德原则的规范时,诗的表现说,就变成了教化说。这种表现理论,和西方诗学

---

① 他在《新青年》第2卷第6期上发表的一组早期白话诗,大部分和传统的山水或景物绝句差别不大,特别是其中的《朋友》、《月》三首、《江上》,第1—2页。

② 他的有词的特征的白话诗,见《落叶》,《新青年》4卷2期(1918),第104页;他的乐府风格的白话诗,见《除夕》,《新青年》4卷3期(1918),第229页。

③ 小诗的泛滥变成了一个十分严重的问题,以至于让周作人在《论小诗》(1922年6月)中将它作为一个问题提出来。见《自己的园地》(1923/2002),第43—49页。朱自清后来也谈到了二三十年代蹩脚的景物短诗泛滥的现象,见《短诗与长诗》,《朱自清全集》(台南出版社,1967),第107—109页。

④ 陈子善编:《论新诗及其他》,第25—28页。废名关于作为现代诗必不可少的"完全"概念,参见刘皓明:《废名的表现诗学:梦、奇思、幻与阿赖耶识》,《现代中国文学与文化》(*Modern Chinese Literature and Culture*)第13卷第2期(2001),第37—39页。中译见《新诗评论》2005年第2期,第91—124页。

⑤ 参见刘若愚(James J. Y. Liu):《中国诗歌艺术》(*The Art of Chinese Poetry*)(Chicago: The U. of Chicago P., 1962)。刘若愚将中国传统诗学分为四类,其中头两类为"教化论(the didactic view)"和"个体论(the individualistic view)",而且先于后两类出现。他所说的"个体论",与我所说的"表现论"是一致的,而且,在理论上,这种观点比"教化论"更为根本。

⑥ 引自《尚书》。毛诗《大序》诠释这一思想为:"诗者,志之所之也。在心为志,发言为诗。"《十三经注疏》(北京:中华书局,1979),上册,第262和269页。《大序》对《尚书》中论述的诠释,可参考宇文所安《中国文学思想选读》,第40—41页。

的根本观念形成鲜明对比。后者将诗歌看做摹仿。① 通过语言的中介来摹仿人类的行动,就必然导致叙事或者讲述故事,有时候还要加以戏剧化,在近代以前,就是竖琴式诗歌也有很强的故事甚至戏剧化成分;与此相反,表现观的诗歌理论不利于编造或者讲述故事。② 实际上,它更有利于那种直接的主观感叹的泛滥,这在早期白话诗中经常能见到。同这样的"表现论"相对立,诗人的角色——他个人的天赋、感情或者欲望——在西方直到 18 世纪下半叶才得到很大重视。③ 对诗歌本质的"表现论"看法,在中国传统诗学中的后果就是,虚构性故事并没有占据突出的地位,相比之下,西方诗学从一开始就在故事和诗歌之间建立起了一种密切的联系。比如,在《城邦》中,柏拉图就用"mythos"这个词——在英文中,或译为寓言(fable),或译为故事(story),④或译为志异(tale)——来指像荷马那样的诗人所讲述的虚构的故事。⑤ 后来,亚里士多德在《诗学》的篇首,将 mythos(故事情节)的组织,列为一首好

---

① 关于中国诗学与欧洲诗学之间的这种根本差异,余宝琳(Pauline Yu)以出色的明晰和精确作出过表述,参见余宝琳:《中国诗歌传统的意象解读》(*The Reading of Imagery in the Chinese Poetic Tradition*)(Princeton: Princeton U.P.,1987),第 1 章,第 3—43 页。对摹仿论的历史和理论的简要说明,读者可以参考艾布拉姆斯:《镜与灯》,第 8—14 页。自公元前 5 世纪以来,"摹仿论"在西方诗学史和文学批评史上的大部分时期一直都占统治地位。与西方诗歌的"摹仿论"和中国传统诗歌的"表现论"漫长的传统相比,在西方,诗歌的"表现论",是伴随着浪漫主义美学兴起的,因而是一种较晚的现象。对西方传统中各种"表现论"的总结,参见上书第 21—26 页。苏源熙关于中国传统诗学中"中国喻言(allegory)的不可能性"的论述,进一步突出了周作人寓言化的《小河》的革命意义。参见苏源熙《中国审美问题》,第 13—46 页。

② 关于乐府作为有条件的叙事诗,参见余宝琳:《中国诗歌传统的意象解读》,第 37 页。

③ 在评论亚里士多德在《诗学》中将不同的功能赋予诗歌中不同的要素时,艾布拉姆斯说:"诗人凭自己的技巧从自然事物中提炼出形式,再把这形式赋予人工的媒介物,因而他是不可或缺的能动因,是办事人;但是他个人的能力、情感或欲望却不要用来解释一首诗的主题或形式。"艾布拉姆斯:《镜与灯》,第 11 页。

④ 初版于 1871 年的便雅悯·乔伊特(Benjamin Jowett)的英译本,一直到周作人的时代,都是最通行的,其中就用了"故事(story)"来翻译"mythos"。

⑤ 比如 John Burnet 编的《柏拉图全集》(*Platonis Opera*)(Oxford: Clarendon P.,1902)第 4 卷,377a—d。

诗所必需的几个根本特征之一。①

还没有证据表明,作为首个或者首批学习古希腊语的中国人,以及第一个对柏拉图和亚里士多德有系统了解的中国人,周作人是在研究了柏拉图和亚里士多德之后写下这首诗的。然而,《小河》在根本上背离了本质上是表现派的中国诗学的基本原则,采用了柏拉图和亚里士多德最先提出的欧洲诗学的最基本的宗旨:作诗就是作故事(poesis is mythopoesis)。② 然而如果无论柏拉图还是亚里士多德都不是其直接来源,那么周作人在《小河》中是如何抵达西方诗学的这一根本原则的呢?

……这寓言是儿童 样的

《小河》是一个化用了万物有灵论(animism)的寓言,其中的角色是会说话的植物和能表情的物体。就万物有灵论而言,它在本质上与主角是一只会说话的猴子的《西游记》没什么不同,也与几篇其他没有《西游记》那么有名的中国传统小说或者传说并无不同。这类小说或寓言包括 15 或 16 世纪的《中山狼传》,周作人曾把它同自己这首诗相比较。然而,这样的类比会引起麻烦,特别是在 1910 年代末和 1920 年代初新文化运动如日中天的时候。这些传统小说中的万物有灵论,与五

---

① 亚里士多德:《诗学》(De arte poetica liber),Rudolf V. Kassel 编(Oxford:Oxford U. P.,1965),1447a。又见 S. H·布切尔(S. H. Butcher):《亚里士多德的诗歌与美术理论》(Aristotle's Theory of Poetry and Fine Art with a Critical Text and Translation of the Poetics)(NY:Dover Publications Inc.,1951),第 6 页。布切尔将"mythos"翻译为"情节(plot)"。傅汉斯(Hans H. Frankel)指出:"双重身份或者变形的故事,在中国的民间传说中,和在其他文明的神话和传说中,都很普遍。但在中国文学中,它们更多地出现在散文、小说和戏剧中,而不是诗歌中。在中国,没有奥维德这样的诗人让变形成为诗歌中的焦点。"《梅花与宫帏佳丽:中国诗歌赏析》(The Flowering Plum and the Palace Lady:Interpretation of Chinese Poetry)(New Haven:Yale U. P.,1976),第 5—6 页。这一评论与下文的讨论有关。

② 后来,在 1924 年的两篇散文《神话的辩护》和《续神话的辩护》中,他公开为文学中的神话辩护。两文均收入《雨天的书》(1925/2002),第 160—162 页,和第 163—165 页。他的这种辩护,又见于一次公开的演讲《神话的趣味》,收入《集外文》上册,第 631—636 页。在上述两篇散文的前一篇中,他使用了希腊字"mythopoios(作神话者)",这表明他知道神话(mythos)和诗歌(poesis)之间的关系。

四作家所倡导的科学与人道主义人生观岂不相冲突吗？万物有灵论的寓言,比如《小河》,不也同此前不久周作人所谴责的传统小说一样,犯了宣扬迷信的罪吗？① 这种超自然的寓言,难道不应该从周作人及其五四的同仁作家们所设想的新文化中清除吗？——就像柏拉图要把荷马从城邦中驱除那样,因为据说他的那些故事(mythoi)诽谤和丑化了诸神,因而被看做是不真实的。毕竟,周作人怎样才能够将《小河》(写于1919年1月)与他一个月前刚发表的著名的《人的文学》调和起来呢？在《人的文学》中,他把《封神演义》、《绿野仙踪》、《聊斋志异》统统贬斥为"迷信",说它们宣扬"神仙""妖怪"。②

在启蒙运动之后的欧洲文学发展中,超自然主义让出了长期占据的中心位置,退回到一两种专为超自然主义保留的体裁里。其中,儿童文学可能是最重要、最无邪的。这一点在西方,从格林兄弟(the Grimm brothers)、汉斯·基里斯督安·安徒生(Hans Christian Andersen,周作人译作"安得森")、刘易斯·卡罗尔(Lewis Carroll),直到最近的哈利波特系列的儿童文学传统中,都得到验证。如果我们把《小河》看做是安徒生等人的传统下,针对儿童而写的一个寓言——这在德语中通常被称为 Märchen(童话),③一个德文借词——或者至少是为仍保持着一颗童心的现代成年读者写的,那么,诗中的万物有灵论对那些潜在的理性主义批评家来说,就应该能说得过去些了。的确,周

---

① 参见他著名的《人的文学》。在文中,《西游记》和其他一些传统志怪小说,被列入"迷信的鬼神书类"这一名目下,并要从现代文学中清除出去;《艺术与生活》(1931/2002),第13页。

② 同上书,第12—13页。在这篇文章中,在批判了中国古代的志怪小说之后,周作人指出,它们在"民族心理"研究上,可能会有价值,甚至在文艺批评上也可以容许,但作为一种主义,应该被排斥。

③ 从词源学上说,Märchen 是 Mär 的一种小品化形式,即 kleine Mär。Märchen 与一般的叙述(Erzählung, Geschichte)首要的区别在于,Märchen 与"真实的故事"("wahre Geschichte")是相对立的。换句话说,Mär 或者 Märchen 是一种虚构(fiction)。正是出于这一原始的意义,格林《德语词典》(*Deutsches Wärterbuch*)中,将 Märchen 解释为"fabula"(故事)。英语单词"fable",正是由这个拉丁词演化来的。这个词的词源、意义和用法,见雅各(Jacob)和威廉·格林(Wilhelm Grimm)兄弟:《德语词典》(Leipzig: Verlag von S. Hirzel, 1885)卷6,第1618—1620页。在谈到"童话"的时候,周作人坚持使用这个德语词,而不是常见的英语词"fairy tale";《童话的讨论》,《集外文》上册,第375页。

作人正是以这样的方式,来让这首诗和他对描写超自然生灵的那些传统小说的指责,得到调和的。

在《小河》写作的半年前,即 1918 年 6 月,周作人在一篇题为《安得森的十之九》的文章中,①对汉斯·克里斯蒂安·安徒生的童话("童话"丹麦语为 Eventyr)的中文翻译做了评论。在这篇评论中,周作人认为,把安徒生的童话翻译成文言,是个双重错误,因为这位丹麦人的文学作品具有两个特征:"小儿一样的文章……野蛮一般的思想",它们与汉语文言所必有和所暗示的东西是背道而驰的。一方面,他的童话的风格,是孩子般的,或者,用与安徒生相识而又常被周作人当做权威来引用的英国文学学者 G. 戈斯(G. Gosse)的话来说,"它是松弛的、不规则的、直接的儿童语言"②。周作人认为,口语化是安徒生童话的第一特色。另一方面,他的童话所体现出的思想和想象方式,十分接近儿童的思维。而儿童的思维,周作人援引戈斯的话说,类似于野蛮人的思维。③

周作人从安特路·阑(Andrew Lang,1844—1912)、哈利孙(Jane Harrison)④等人类学家那里得知,野蛮人的思维,其特征常常是相信万物有灵(animism)。⑤ 同样的信仰,或者至少,这种万物有灵论的倾向,

---

① 此文的写作日期,系依据周作人将此文收入《谈龙集》(第 148—153 页)时所署的日期。它最早以《随感录》(第 24 篇)的题名发表于《新青年》"5 卷"3 期(1918 年 9 月 15 日)。

② 戈斯:《北欧文学研究》(*Studies in the Literature of Northern Europe*)(London:1883),第 180 页。周作人曾多次引用此书。

③ 周作人引用了两大段戈斯论安徒生的文章,其中出现了"小野蛮"这个词(《谈龙集》,第 151 页)。周的戈斯引文我没能找到原文,但是,戈斯在别处曾用"野蛮人"(savage)这个词来描述儿童。参见戈斯的《原创诗》(*Original Poems*),《叶与果》(*Leaves and Fruit*)(London:William Heinemann,1927),第 187 页。

④ 阑、哈利孙和詹姆斯·弗雷泽爵士(Sir James Frazer)所属的人类学学派,叫做进化人类学。作为一种学说,它在人类学领域早已过时了。同弗雷泽不同,阑和哈利孙都算不上是现代人类学史上的重要人物。这两人的影响,主要限于文学批评领域。仅就周作人受阑和他所属学派的影响而言,阑和哈利孙的理论从今天的人类学角度看是否正确,与我们无关。我们所关心的,是周作人如何接受他们的理论并用来服务于自己的目的。

⑤ 阑的《神话仪式与宗教》(*Myth, Ritual and Religion*,London:Longmans,1887)中"野蛮人的心灵状况"("The Mental Condition of Savages")一章指出:"野蛮人在自己和世间万物之间不划固定的界线。……日月星辰与风均被他赋予人类的感情和言语,不仅鸟兽鱼类为然。"第 48—49 页。这段话对周作人非常重要,以至于在他评论安徒生的中译本十年之后,还将这段话大段翻译并录入一篇 1933 年的文章中。见《习俗与神话》,《夜读抄》(转下页)

也见于喜欢幻想和阅读像安徒生等所写的那类故事的孩子身上。在这样的故事中，玩具、家具器物和动物，都有了生命，并且依照社会常规法则行事。显然，周作人所指出的安徒生童话的两个特征，对于《小河》也是适用的：它的风格也是纯口语的、松弛的，几乎就像对小儿说话一样的语言；它具有"野蛮人"的想象，因为它使用了能表情的植物、会说话的动物以及其他被赋予了生命的事物，来演出一个寓言。然而，正如周作人在《人的文学》中所指出的那样，这两个特征与新文化运动的宗旨可能并不完全协调。不错，安徒生的童话与周作人这首诗的口语化风格，与新诗运动的一个主要目标的确是完全符合的，即用白话来反对文言以及旧的诗歌辞藻；但是，作为寓言的标志的万物有灵式的想象却不会，因为这似乎和当时所鼓吹的启蒙原则相悖，就像《西游记》和其他中国旧的志怪小说一样，很可能在煽动迷信。在五四作家反对古代迷信的热潮中——他们其中一些人公开反对所有宗教——①《小河》中的万物有灵论可能会造成严重问题。它可能会被看做是迷信的、蒙昧的过去的残留物，而且会潜在地危及五四运动所拥抱的严格的科学主义信条。周作人在 1918—1919 年间的写作中的这种矛盾，反映了他在欧洲启蒙运动的理性主义原则和艺术想象力原则之间做出选择时，所经历的挣扎。它还突显出包括周作人在内的持论较公允的思想者们，在五四时代所面临的理论难题的严重性。

然而，周作人的困窘，很快就得到克服。与其他五四作家不同，由于对西方文学以及人类学的最新发展了解较全面，周作人最终能够承

（接上页）(1934/2001)，第 16—17 页。在他又一个十年之后写成的自传性文章《我的杂学》中，周作人又概述了这段话，并补充道："由此可得到类似的神话传说之意义也。"周作人：《苦口甘口》(1944/2002)，第 69 页。关于哈利孙，周作人发表了他翻译的她的《神话学》(*Mythology*)(Boston: Marshall Jones, 1924)一书的引言，其中讨论了万物有灵论在神话形成过程中的作用；《神话学》，第 xviii—xix 页；参见《希腊神话引言》，收入《谈龙集》，第 60—61 页。除了阑和哈利孙的著作外，周作人还收藏了爱德华·克洛德(Edward Clodd)(1840—1930)关于这一主题的著作《万物有灵论，宗教的起源》(*Animism, the seeds of religion*)(London: 1905)。见他 1913 年 6 月 20 日的日记，《周作人日记》3 卷影印本(河南郑州：大象出版社，1996，以下简称《日记》)上册，第 454 页。

① 比如李大钊(1889—1927)和蔡元培(1867—1940)两位最著名的五四人物，就支持 1922 年成立的非宗教大同盟。

认,万物有灵论和其他形式的超自然主义对想象力来说是不可或缺的,并为之开脱。在 1920 年后不久,他便得出结论说,超自然主义出现在文学中,不仅是说得过去的,而且确实是必要的,在根本上是人道的。在《人的文学》与《小河》发表差不多三年半之后的 1922 年 4 月,周作人发表了一篇重要的文章《文艺上的异物》。在这篇文章中,周作人第一次毫不含糊地宣称,科学的原则"不能为文艺批评的(唯一)标准",而万物有灵论,尽管对国民文化的发展是有害的,然而用于艺术中还是很有意义的。① 而且,他还特别为欧洲浪漫主义作品中所运用的超自然主义进行了辩护。这将在下文中作为重点提及。② 实际上,他不但对文学中的万物有灵论持宽容态度,而且在同一年,甚至还在一份提倡宗教自由的宣言上签名。③ 因而,如果《人的文学》代表了周作人对理性原则和艺术想象之间的关系所进行的思考的第一个阶段,那么,《文艺上的异物》则体现了它的最终结果。正如《小河》与其他 1920 年之后的文章所表明的那样,周作人表现出一种对超自然主义越来越兼顾全面的态度,这种态度让《人的文学》中的立场向《文艺上的异物》中的立场的过渡,变得清晰可辨和可理解了。尽管经过了一些内心的挣扎才得出《文艺上的异物》中的结论,但他也是当时唯一有资格得出这一结论的人,因而能在 1920 年代认可和保卫超自然主义在艺术想象中的作用。从某种角度说,1920 年代中期著名的科学与人生观的论战——那些相信科学的力量可以解决人生中所有问题、并因而宣布一切不严格遵守科学原则的观念为不足信的一派人压倒了他们的对手——显示出周作人与五四和五四后以科学和理性启蒙为中心的关于现代性的权威话语

---

① 《自己的园地》,第 27、30 页。
② 同上书,第 27 页。需要注意的是,周作人将"Romantic"这个词翻译为"传奇",而不是通常的音译"浪漫"。
③ 《主张信教自由者的宣言》反对的是李大钊和蔡元培刚刚建立的非宗教大同盟(见注释 31)。该宣言刊于 1922 年 3 月 31 日《晨报》;收入《集外文》上册第 395 页。参见苏文瑜(Susan Daruvala):《周作人与中国对现代性的另类回应》(*Zhou Zuoren and an Alternative Chinese Response to Modernity*)(Cambridge, MA: Harvard U. Asia Center, 2000),第 200—202 页。

之间，存在着很大的分歧。① 与许多五四的同代人和后继者不同，周作人的人性观念和对现代中国文学的展望，在1920年前后得到很大拓展，最终超越了那种严格要求"从科学性上说必须是正确的"的诗学准则。其结果，是他拒绝不分青红皂白地谴责超自然主义。对他来说，超自然主义，对于作为物种的人和作为个体的人的发展来说，都是不可或缺的。相应地，它在人的文学中的出现，同样也是不可或缺的，而且实在是有裨益的。

周作人从人类遗传的角度对超自然主义所得出的理解，是他对万物有灵论和文学中其他形式的超自然主义看法的理论基础，而这种理解主要来自19世纪末和20世纪初在西方占统治地位的进化人类学（evolutionary anthropology）。其实，周作人对人类学的了解也就仅只这些。② 进化人类学是在他钻研希腊神话时进入他的视线的。③ 早在1903年，周作人甫抵东京时，他就对神话，主要是希腊神话及其现代研究，产生了浓厚兴趣。这种兴趣产生的最初动力，仅仅是出于了解西方文学基础知识的需要。但是，他很快就认识到通过人类学来研究神话——不仅限于希腊神话——的更大价值。④ 这特别是因为当时在英语世界里主宰着希腊神话研究的，是以哈利孙、安特路·阑和詹姆斯·弗雷泽（周译：茀来若）为代表的人类学研究。这些人类学家的著作，将他引向了关于人和文化的更为普遍的问题。在1944年写作的自传性文章《我的杂学》中，周作人透露说，他在人类学中作进一步探索的动机，就是要了解人在自然中的位置，而人在自然中的位置，首先要涉及文化的起源和发展问题。在思想上，对文化起源问题的好奇，最终将他

---

① 参见当时的论战文集，张君劢、丁文江编：《科学与人生观》（上海，亚东图书馆，1925）。周作人可能参与了这场论战，参见苏文瑜《周作人》，第177页。

② 苏文瑜在她书中，称安特路·阑等人的人类学为"文化人类学"，这是错误的。

③ 周作人：《我的杂学》，《苦口甘口》，第66—68页。更早的记述，参见《发须爪序》，《谈龙集》，第36—37页。近来的研究，参见王靖献（C. H. Wang）：《周作人的希腊学》（"Chou Tso-jen's Hellenism"），黄德伟（Tak-wei Wong）编《东西笔较文学：跨文化话语》（*East West Comparative Literature：Cross-Cultural Discourse*）（香港：香港中文大学出版社，1993），第335—336页。

④ 苏文瑜详细论述了周作人在日期间对西方，主要是对英国的神话传说研究的浓厚兴趣；苏文瑜：《周作人》，第84—90页。

引向了对"野蛮人"的研究。他指出,"野蛮人"可以分为三类:古代的"野蛮人","小野蛮"和文明的"野蛮人"。① 作为一个业余的人类学研究者,也由于中国缺乏可以提供证据资料的海外殖民文化背景,不难理解,周作人对第一类原始人没有机会接触。他在人类学研究领域中所做的任何工作,都只能限于第二和第三类,即"小野蛮"和"文明的野蛮人"。周作人所说的"文明的野蛮人",指的是那些仍然表现出某些原始习俗的"文明"人。不难理解,周作人在中国社会能找到很多这样的例子。中国旧时的志怪小说和故事,根据《人的文学》的说法,正属于这一"野蛮人"的范畴。而至于"小野蛮",周作人根据戈斯和其他人的说法,指的是儿童。儿童是"野蛮人",因为他们处于个人发展的原始时期,就像原始人是人类发展过程中的儿童一样。②

周作人对他所说的"儿童学"——这是个来自德文(Pädologie)的新造的词——的兴趣,和他对神话和人类学的兴趣一样由来已久,事实上前者是后者的一部分。这一兴趣产生于他在东京的时候。作为其儿童发展研究的重要部分,周作人转向了儿歌文学或为儿童而作的文学。他在1912年,即由东京回到故乡绍兴后一年,到1917年定居北京之间这几年的日记,表明他的很多研究都集中在儿童文学上:他到处收集英文和日文的相关著作;③他还在家乡分发搜集儿歌童话的告示;④他撰

---

① 《我的杂学》,第72—73页。
② 尽管他使用了"小野人"(die kleine Wilden)这个术语来表达不同的意思,但迪特尔·里希特(Dieter Richter)关于18世纪人们对"野孩子"的兴趣的讨论,与我的讨论有关。他从若望·保禄(Jean Paul)那里引用的"儿童半是兽半是野人"的说法,可以用来诠释周作人的"小野蛮";里希特:《陌生的孩子:论市民时代的童年形象》(*Das fremde Kind : Zur der Kindheitsbilder des bürgerlichen Zeitalters*)(Frankfurt: S. Fischer, 1987),第139—165页。
③ 他这一时期收藏的关于这一主题的著作包括格林的《童话》、安徒生的《童话》;刘易斯·卡罗尔的《阿丽思漫游奇境记》(*Alice in Wonderland*);莉娜·蔼堪斯泰因(Lina Eckenstein)的《儿歌比较研究》(*Comparative Studies in Nursery Rhymes*)(London: 1906);波特·兰德·麦克林脱克(Porter Lander MacClintock)的《小学里的文学》(*Literature in Elementary School*)(Chicago: 1907);高木敏雄(Takagi Toshio)(1876—1922)的《童话研究》(《童话の研究》)(无出版日期)。见《日记》1921年10月1日、11月4日、12月5日、12月24日;又见1913年1月13日、1914年3月30日日记和1917年7月得书书目。
④ 周作人:《征求绍兴儿歌童话启》,《集外文》上册,第151页。

写并在当地发表了关于童话和儿歌的论文。① 其中的四篇,连同后来在北京写的七篇关于同一主题的文章,都收入了1932年出版的文集《儿童文学小论》中。这四篇文章属于他首批严肃的文学论文。还有更多1917年前写作的关于儿童文学或相关主题的文章和翻译,没有被作者收入集中。更为重要的是,在新文化运动的高潮时期,周作人是将儿童文学作为他对中国现代文学的总构想中的一个基本组成部分来呈献的。然而这一事实几乎被所有的文学史家忽略了。他关于儿童文学的文章《儿童的文学》(1920年10月首次进行演讲,两个月后发表),紧随他对中国新文学的构想的三篇著名文章之后:《人的文学》(1918年)、《平民的文学》(1918年12月)、《新文学的要求》(1920年1月)。这四篇文章一起成为《艺术与生活》(1931)这本文集的前四篇。这本重要的文集所收入的文章,其作者认为表达了他迄于1920年代中期对文学和生活的确定想法。② 很明显,论儿童文学的文章,被作者置于和前三篇更著名的文章同等的位置,而人们如果认识不到这第四篇文章的意义,就不可能理解他对中国现代文学的整体构想。③

从一开始,周作人就把儿童文学,或者说 Märchen——他执意使用这个德文词,而不是英语的 "fairy tale" 或者 "wonder tale"④——理解为在根本上是与神话或传说(saga)一样的。⑤ 早在1908年,周作人就发表了一篇题为《论文章之意义暨其使命因及中国近时文论之

---

① 在这些论文中,有一篇关于安徒生的生平的文章《丹麦诗人安兑尔然传》,《集外文》,第147—150页。

② 另外一篇写于1921年的文章《个性的文学》(《谈龙集》第146—147页),根据其标题来看,似乎是"……的文学"这一系列中的一篇,但没有收入到《艺术与生活》中。这一事实可以确证我的观点,即将《儿童的文学》收入这本文集中,是经过周密考虑的,同时也表明了周作人对这一问题的重视。

③ 批评家们对这四篇关于儿童文学的文章尚未给予足够的重视。《中国新文学大系》建设理论集的编者决定收入前三篇,但没有收入第四篇。参见卜立德(D. E. Pollard)《周作人与自己的园地》("Chou Tso-jen and Cultivating One's Garden"),《大亚细亚》(Asia Major New Series) 11. 1(1965),第186页以降。

④ 关于他为什么更青睐德语词 Märchen 而不是英语词 fairy tale,详见他后来给赵景深的回信,《童话的讨论》,《集外文》,第375页。

⑤ 参见周作人:《童话略论》,《儿童文学小论》(1932/2002),第4—5页;《童话研究》,同上,第1—13页;《童话的讨论》,《集外文》,第375—376页。

失》(以下简称《文章及其使命》)的重要论文。这篇论文和鲁迅在同一年写作、发表在同一份刊物上的《摩罗诗力说》一样,都是用文言写的。① 在这篇论文中,周作人引了约翰·哥特弗里特·封·赫尔德(Johann Gottfried von Herder,1744—1803)的观点,即认为文学是民声的表达。根据赫尔德的说法,"民声"(Stimme des Volks 或 vox populi)在一个民族的早期历史阶段,或者在其人民文明的原始阶段,表达得最为有力,它被保留在那些含有古代神话和英雄传说的歌诗中。② 依照赫尔德的"民声"说,周作人在《文章及其使命》一文中认为,童话同样也是天籁(vox caeli)的表现。③ 他从赫尔德那里推论出,童话与原始人或古人的歌谣一样,保留着同样的灵的纯洁和同自然的亲近,因为童话与生命的早期阶段相关,正如古代的歌谣是人类历史早期阶段的产物一样。因而,童话和那些古代歌谣一样,同样可以被看做是天籁的载体。

后来,在1910年代和1920年代,周作人转向了安特路·阑,并转述了他对童话所做的人类学解释,提出童话在根本上与"mythos(神话)"和"saga(传说)"是一样的。周作人在转述时特地使用了西文原文。④ 周作人将阑的《神话、仪式与宗教》(*Myth, Ritual and Religion*)奉为圣经。在这本书中,童话被当做神话的一个体裁分支,对它的研究构成了人类学的一部分。⑤ 以阑为依据,周作人试图通过展示不同民族和文化的童话之间的相似性,来把童话以及其他文学体

---

① 《摩罗诗力说》连载于1908年2、3月号的《河南》杂志,后收入《鲁迅全集》(北京:人民文学出版社,1981)第1卷,第63—115页。周作人的文章发表在同一杂志的5、6月号上。见《集外集》上册,第33—58页。
② 赫尔德充满激情地主张和捍卫这一观点,在其《论我相和先民歌谣的通信节选》(*Auszug aus einem Briefwechsel über Ossian und die Lieder alter Völker*)中表达得最详尽,《赫尔德作品集》(*Johann Gottfried von Herder Werke*)(Frankfurt a,M.:Deutscher Klassiker,1985)第2卷,第447—473页。
③ 《集外文》上册,第58页。顺便说,赫尔德被认为是现代人类学的先驱之一。参见多马·海兰德·埃里克森(Thomas Hylland Eriksen)和芬·西维尔特·尼尔森(Finn Sivert Nielsen)合著:《人类学史》(*A History of Anthropology*)(London:Pluto,2001),第13页。
④ 见《童话略论》,《儿童文学小论》,第4页;《童话研究》,同前,第12页;《安得森的十之九》,《谈龙集》,第149页。
⑤ 阑:《神话、仪式与宗教》第2卷,第301—307页。

裁中那些明显非理性的因素合法化。这种普遍论的观点认为,在那些彼此之间差异巨大的民族和文化中所各自产生的童话里,存在着共同的模式和结构。这种观点为周作人的文学和哲学主张提供了很好的支持,作为基础支撑着并统一了周作人多种多样的观念和思想兴趣。没有这个基础,这些观念和兴趣会显得散漫无章,甚至相互矛盾。因而,周作人对童话及其与人类处境中更广泛的关注之间关系的思考,其背后的推论,就可以进行如下的概括:既然,按照阑和其他进化人类学家的说法,在地理上和文化上相隔遥远的民族的神话和童话,具有一些相似之处,而这些相似之处又意味着人类发展的共同模式,那么,仅因为古代神话和童话中含有超自然因素,就简单地排斥或清除它们,在思想上就是幼稚的;既然儿童时期在很多方面与人类进化过程中的早期相似,那么,儿童对万物有灵论的故事或童话的需要,就像我们的祖先需要神话一样,是完全可以理解的、合法的。确实,这些故事对他们的心理和精神的健康来说,是不可或缺的。更重要的是,古代神话和现代童话的模式与结构,正如周作人从阑和其他人类学家那里了解到的那样,并不是某种过去的东西,或者某种仅仅属于原始人的东西;它们渗透在我们各个时代的文明和文学之中。①

周作人建立在进化人类学基础上的关于童话的想法,使得他对文学之一般,而不仅只是对儿童文学,有一个更为全面的理解。把文学看做一种人类活动这样一种文学观所具备的全面性和历史感,使周作人有别于许多持一种狭隘而实用的文艺观的同代人。他对文学更开阔的看法,让他最终超越了他早些时候基于"迷信"对中国传统文化和文学的批判。我们后面将会看到,这种文学观使他甚至接受了超验主义(transcendentalism)。

周作人的童话观和超自然观,如上所述,来自像阑这样的人类学

---

① 阑:《神话、仪式与宗教》第 2 卷。在周作人沉浸于阑关于当代文化中的神话的思想大约三四十年之后,诺斯洛普·弗莱区分了未移位的神话(undisplaced myth)和移位的(displaced)神话。前者主要指那种以传统神话系统为基础的神话,后者指现代作家常在自己的作品里暗示与古代神话传统等同的原型结构。弗莱:《批评的解剖:论文四篇》(*Anatomy of Criticism: Four Essays*)(Princeton: Princeton U. P.,1957),第 136—140 页。

家。在接受了阑的进化人类学之后,周作人在讨论儿童文学的时候不再提赫尔德。然而,在西方文学和思想史的广阔背景下,阑的人类学和周作人由之派生出的观念,特别是有关童话的观念,不应该被看成是一种孤立的学说。事实上,它可以回溯到赫尔德的时代。人类学在19世纪末和20世纪初取得的进步,除了欧洲人在非洲、大洋洲和美洲进行殖民的因素外,也是18世纪晚期以来欧洲的几种文学和思想潮流的结果,这些潮流不仅仅是达尔文的进化论。① 这种广泛的思想背景,在周作人那些取材于或者传播英国进化人类学思想的文章中,都可以感觉到。在他最重要的文章《儿童的文学》中,周作人用进化人类学作为论说的根据:"照进化说讲来,人类的个体发生原来和系统发生的程序相同:胚胎时代经过生物进化的历程,儿童时代又经过发达的历程。"②但是,在这个进化论的外表下,在更深的层次上,这种人类发展观同样可以回溯到欧洲的浪漫主义。③ 进化论早已被认为是支撑着中国文学和民族现代性话语的主要西方理论之一。与之相比,周作人对儿童文学所做的理论说明中的浪漫主义因素,还没有得到充分的、学术上的关注。然而,它们同样对中国现代文学史和思想史具有深远的影响和意义。在讨论周作人的儿童文学观的同时,有必要介绍一下有关的浪漫主义概念和这些概念的相关历史。

对童年的文学兴趣的浪漫主义根源

珀西·比希·雪莱(Percy Bysshe Shelley,1792—1822)在其著名的反击一位理性主义者对诗歌的攻击的时候,曾经说:"野蛮人之于时

---

① 参考埃里克森和尼尔森论浪漫主义的那一节,《人类学史》,第12—15页。
② 《艺术与生活》,第25页。
③ 参见埃里克森与尼尔森:《人类学史》,第12—15页。

代就如同儿童之于年龄。"①用"野蛮人"比况儿童,雪莱走在了周作人前面。实际上,以"小野蛮"这个词指儿童,周作人是从19世纪晚期英国文学批评家戈斯(Gosse)那里转借来的,它成为周作人最喜欢用的词。然而,雪莱其实并不是唯一的也不是第一个持这种看法的人。若望-雅克·卢梭(Jean-Jacques Rousseau,1712—1778)把人的自然状态同文明状态相对比,才是现代童年崇拜的真正根源,②而德国的大历史(Universalgeschichte)观,为那种把人类史想象为个体生命历程的观念,提供了基础。③ 对卢梭和受他影响的欧洲浪漫派来说,文明状态是堕落状态,它偏离了与生俱来的天然的优雅状态,给人类戴上枷锁。弗里德里希·席勒(Friedrich Schiller 1759—1805)修正了卢梭的观点。他意识到真正的自然状态,很可能远非让人感到愉快和舒服,并认可用理性来取代自然状态的必要性;然而,他还是承认,自然状态是人类想象中最理想的状态。

在《美育书简》(Über dieästhetische Erziehung des Menschen in einer Reihe von Briefen)的第三封信中,席勒用童年和成年的比喻来分别描述自然状态和文明状态,他的描述揭示了自然状态(人类史上的野蛮状态和个人的童年)何以对文明人具有怀旧的吸引力:

> 因此,人在他的成年,以人为的方式找补回他的童年,在

---

① P. B. 雪莱(P. B. Shelley):《诗辩》(*A Defense of Poetry*)(1821);Donald H. Reiman and Sharon H. Powers 编:《雪莱的诗歌与散文》(*Shelley's Poetry and Prose*)(NY:W. W. Norton,1977),第481页。雪莱的论敌是多马·拉夫·皮科克(Thomas Love Peacock),他在《诗歌的四个时代》(*Four Ages of Poetry*)(1820)中认为,在理性、科学、形而上学和政治经济学的时代,诗歌是一种无用的过时的东西。参见 H. F. B. Brett-Smith 和 C. E. Jones 编《多马·拉夫·皮科克文集》(*The Works of Thomas Love Peacock*)(London:1934)第8卷,第24—25页。

② 参见彼得·柯文尼(Peter Coveney):《童年的形象,个体与社会:对英国文学中这一主题的研究》(*The Image of Childhood, Individual and Society: A Study of the Theme in English Literature*)(Baltimore:Penguin,1967),第40—41页。乔姆巴蒂斯塔·维柯(Giambattista Vico)与卢梭的观点相似,见《新科学》(*The New Science*),Thomas Goddard Bergin 和 Max Harold Fisch 英译本(Ithaca:Cornell U. P.,1968),第36—37,50部分。然而,由于维柯的著作直到20世纪才广为人知,因此,对儿童的想象力的思想史上的兴趣,其源头仍应归于卢梭和他的后继者们。

③ 参见艾布拉姆斯:《自然的超自然主义》,第201—217页。

观念中构造了一个自然状态,这种自然状态他虽从未经验过,但必然要由人的理性规定来假设出来。在这个理想状态中,它给了自己一个目的,在实际的自然状态中他对此却一无所知,它还给了自己一个选择,而那时他实际上是没有选择的。于是,他现在仿佛要重新从头开始,出于清醒的洞察和自主的决定,把独立状态交换为契约状态。①

对席勒来说,是想象力让理想中的自然状态成为必需的,没有想象力,人就会变成蛮子(Barbar),就像没有理性人会变成野人(Wilder)一样。② 在另一篇著名的批评论文《论天真的诗与感伤的诗》(*Über naïve und sentimentalische Dichtung*)中,他更直截了当地宣称:"我们的童年是我们在有教养的人性那里仍能遇到的唯一未被摧残的自然。因此,如果我们身外自然的任何足迹,都把我们引向童年的话,那是不足为奇。"③道德的和感伤的人,依照卢梭和席勒的说法,是丧失了天恩(natural grace)和天真(naïveté)状态的人。对这种人来说,"儿童变成了一个神圣的对象,这个对象借一个观念(Idee)的伟大,消灭了任何经验的伟大"。席勒从康德那里借用了两个最基本的概念来阐发儿童的神圣:"它在知性判断(die Beurteilung des Verstandes)中不管失去了什么,都在理性判断(die Beurteilung der Vernunft)中丰富地重新赢回了。"④

圣婴(the holy child)的意象,当然起源于基督教。但是,浪漫主义赋予了它一种全新的意义。在这个基督意象的背景下,浪漫主义者创造了所谓"浪漫派儿童(Romantic Child)"这一形象。作为一个文学主题,它贯穿了约从1789年起50年左右的时间。它是包括布莱克、华兹华斯、诺瓦利斯等诗人在内的英国和德国主要浪漫主义诗歌中的中心主题。它还超出了文学之外,塑造了社会上通行的童年的现代形象。

---

① 弗里德里希·席勒(Friedrich Schiller):《文集》(*Gesammelte Werke*)(Berlin: Aufbau,1955)第 8 卷,第 403 页。
② 同上书,第 408 页。
③ 同上书,第 563 页。
④ 同上书,第 550 页。又见里希特:《陌生的孩子》,第 249—250 页。

以上是以席勒的美学理论为基础,对浪漫派抬高童年背后的理论的简要阐述。然而,周作人,如前所述,并不是主要通过文学和美学来接近童年这一主题的。正如他在《我的杂学》中所声明的那样,童年这一主题一开始是作为进化人类学的一部分引起他注意的。当他虔诚地阅读安特路·阑的时候,他注意到阑的这样一个观点,即童话是神话的一个分支。这一人类学入手点,规定了他最初对童年的兴趣和构想。翻译成具体的话,这就是说周作人并没有去钻研卢梭、席勒、华兹华斯或者诺瓦利斯。周作人最初对儿童文学的兴趣,在于那种为童年写作的文学,而不是关于童年的文学。这就难怪他最初写下的和儿童文学有关的作品,更多是学术性的,而不是创作性的。在整个1910年代和20年代初,周作人尽力搜集、翻译和研究各种儿歌、童话,以及其他体裁的儿童文学。值得一提的是,在从事这项工作这一点上,他与格林兄弟,即雅各(1785—1863)和威廉(1786—1859)不无共同之处。格林兄弟收集并在1807年出版了他们经典的儿童和居家童话,他们自己被称为"浪漫主义时代之子",①尽管他们不算是创作家。②

周作人从阑那里获得的人类学研究途径,又进一步为他对美国一些有关早期教育和儿童文学的著作的阅读所增广,比如 H. E. 斯喀特尔(H. E. Scudder,1838—1902)的著作。后者曾经与安徒生以及《小说之童年》(*The Childhood of Fiction*)、《民间故事与原始思维研究》(*A Study of Folk Tales and Primitive Thought*)(1905)的作者 J. A. 麦扣洛克(J. A. MacCulloch,1868—1950)有过书信往来。周作人的《儿童的文学》,还有其他几篇在20年代早期写作和发表的关于这一主题的文章中的基本原理,就是从这些文献中得来的。这些西方著作,教给他从事儿童文学的人类学研究和历史研究的方法论,而且,有一段时间,周作人似乎完全

---

① 茵格波·韦伯—科勒曼(Ingeborg Weber-Kellermann):《格林兄弟儿童与居家童话》序言(*Kinder-und Hausmärchen gesammelt durch die Brüder Grimm*)(Frankfurt a. M: Insel,1984)第1卷,第2页。

② 周作人对包括格林兄弟作品的童话分类,见散文《童话》,《书房一角》(1944/2002),第7页。然而,周作人收集童话,并不像格林兄弟那样,背后有要建立一个宏大的种族和语言学模式的想法。

致力于此。他发掘出鲜为人知的中国古代儿歌集,用现代的思想观念加以评论;①他评论新出版的儿歌集,赞扬它们的成就,也指出它们的不足;②他还对西方经典儿童文学作品的翻译进行评点,比如刘易斯·卡罗尔的《阿丽思漫游奇境记》(*Alice in Wonderland*)和安徒生的《童话》,③有时候,他也亲自动手翻译。④ 通过自己的努力,周作人让学者和大众提高了对儿童的心理、智力和精神健康的必要性的认识。他的努力得到了回报:当时对这一题目有一场踊跃的公共讨论,这些讨论保留在赵景深编的几部论童话的论文集里。⑤

然而,周作人虽然最初是从当代进化人类学、而不是从浪漫派的高祭坛上降落到儿童游戏场的,但这并不应掩盖他的这一事业的浪漫主义性质,也不应减轻他对浪漫主义遗产的欠债。而且由于他最终并没有成为一名早期教育的活动家或学者,也没有成为一名人类学家,而是做了一个文学批评家、诗人和散文家,因此,对于理解他的文学思想来说,揭示他从人类学家那里和其他地方接受到的浪漫主义遗产就愈发关键了。周作人或许没有像钻研阐那样深入钻研过卢梭和席勒,但是现代人们对神话的兴趣——作为儿童文学的主要体裁的童话,就属于神话中的一种,而且,现代进化人类学也正是从神话研究中诞生的——有着明显的浪漫主义根源。实际上,对席勒所说的"孩子般的民族(kindliche Välker)"的研究,⑥特别是对其神话的研究,与文学上对童年的兴趣,有着共同的理论基础和旨趣。周作人在不止一处表示,通过

---

① 周作人:《吕坤的演小儿语》(1923),《谈龙集》,第 165—168 页。
② 周作人:《读童谣大观》(1923),《谈龙集》,第 169—174 页;《读各省童谣集》(1923),《谈龙集》,第 175—180 页。
③ 周作人:《阿丽思漫游奇境记》(1922),《自己的园地》,第 54—57 页;《王尔德童话》(1922),《自己的园地》,第 63—66 页;《安得森的十之九》(1918),《谈龙集》,第 148—153 页。更晚一些的文章《安徒生的四篇童话》(1936)回顾了他是怎样接触到安徒生作品的,见《风雨谈》(1936/2002),第 167—174 页。
④ 周作人翻译的安徒生的《卖火柴的女儿》初刊于《新青年》6 卷 1 期,1919 年。
⑤ 赵景深:《童话评论》(上海:新文化社,1928)。赵景深在 1922 年就童话问题与周作人有过通信;周作人的回信发表在 1 月 25 日、2 月 12 日、3 月 29 日、4 月 9 日《晨报副刊》上;参见《集外文》上册,第 375—380 页。
⑥ 席勒:《文集》第 8 卷,第 549 页。

浪漫主义先驱赫尔德,他对这段历史是熟悉的。

在欧洲,对"孩子般民族"的研究,始于对欧洲各民族童年期的研究。这一研究开始时集中在对他们的神话和传说的研究上。在18世纪晚期的欧洲,正如对童年的兴趣一样,对作为文学和哲学模式的古代神话的日益浓厚的兴趣,是对英国的牛顿和洛克以及法国的启蒙哲学家们所代表的那种主流理性主义的一个反动。乔姆巴蒂斯塔·维柯(Giambattista Vico,1668—1744)和赫尔德这两位公认的现代神话研究的奠基人,都出于,或者部分地出于,纠正启蒙运动的乐观和唯物的理性主义的需要。既然在整个18世纪和19世纪大部分时期,维柯的影响微乎其微,在对古代神话的重新思考和在促进人们对北欧传奇和神话的文学与思想兴趣的过程中,是赫尔德起了关键的推动作用。赫尔德生活在一个古代神话的谬误和迷信被戳穿了的时代,但是他并不同意那种简单地把神话的使用从现代文学中完全废除的观点,不过他也反对泛滥于现代文学中的把古代神话当点缀或学究式地运用神话的做法。相反,他要求德国文学应该从在古代诗歌中创造和使用了神话的那种诗的精灵中汲取灵感。① 在赫尔德看来,古人在神话中保存的对生命力不受阻碍的表达,应该能帮助现代诗人建立一种新神话。只有这种对神话的创造性运用,才能让现代诗人超越对古人的简单模仿。② 对神话加以创造性运用的思想,促使赫尔德在古希腊罗马文学中的神话这种通常的资源之外,又在北欧神话中去寻找别样的资源。实际上,连同卢梭在欧洲思想界引发的对原始状态的热情,他在希腊罗马之外寻找神话和他的大历史观,导致了思想界生成一种氛围,而这种氛围最终引向了现代人类学的诞生。③ 从阑那里,也从其他地方,周作

---

① 赫尔德:《论神话的新用途》("Vom neuern Gebrauch der Mythologie"),《新近的德国文学评论片段,第三辑》(Fragmente über neuere deutsche Literatur dritte Sammlung)(1767),收入《文集》(Werke)第1卷,第432—455页,特别是第435、447—455页。关于对北欧神话传说的兴趣,参见赫尔德:《论莪相和先民歌谣的通信节选》,《文集》第2卷,第45—54页。

② 《文集》第1卷,第449—450页。

③ 赫尔德首先是一位历史哲学家。他雄心勃勃的著作《人类历史哲学的观念》(Ideen zur Philosophie der Geschichte der Menschheit)提供了一个他所设想的大历史的宏大建构。

人了解到现代进化人类学对包括浪漫派先驱赫尔德在内的德国浪漫主义作家遗产的债。①

作为他对神话研究的贡献的一部分,赫尔德还在很大的程度上促进了原始主义在文学中的兴起,而正如上面我们对席勒美学思想的阐述所示,这种原始主义与童年崇拜有直接关系。作为原始主义者,对于影响并先于席勒的赫尔德来说,在本质上,"野蛮人"的心灵比"文明人"更有诗性。"一个民族越有野性,也就是说,越生机勃勃,越有自发性",赫尔德在著名的《关于莪相和先民歌谣的通信节选》(*Auszug aus einem Briefwechsel über Ossian und die Lieder alter Völker*)中恣意洋挥洒地写道:

> 他们的歌——如果他们有歌的话——也一定就越有野性、越生动、越自由、越感性、越抒情!一个民族的思维方式、语言和教育越是远离人为的、科学的方式,它的歌就越不是为了纸笔而作,他们的诗就越不是死文字,在它的歌的抒情的、生动的、舞蹈般的节奏里,在其图画的栩栩如生里,在其内容、情感的一贯性和急迫性里,在词语、音节甚至在很多人那里,包括字母的对称性里,在旋律的运动里,在属于活生生的世界、属于教诲与民族歌曲、并与之一同消失的千千万万其他东西里,——在这一切里面,而且只在它们里面,存有其本质、目的以及创造神奇的全部力量,它们为这些歌所拥有,为了成为民族的极乐、驱动力和永远的世代相传与欢乐的歌!②

周作人充分认识到这段话的重要性,并在他的《欧洲文学史》(原本

---

① 在《神话、仪式与宗教》中,阐对19世纪早期德国的神话研究表示敬仰。德国学者的开拓性著作又是浪漫主义时代精神的产物。在《神话、仪式与宗教》中,阐并没有提到赫尔德的名字,但极有可能的是,周作人在别的人类学著作中了解到了赫尔德。不管怎样,周作人确实在关于欧洲文学史的著作中,了解到了神话研究领域中这位德国先驱者。事实上,在周作人自己关于欧洲文学史的讲义中,我们看到有一段文字就是专讲赫尔德的,《欧洲文学史》(1918/2002),第171页。另外,对赫尔德在人类学发展史中的贡献的评价,特别是关于他对民族、语言、神话的定义,参见埃里克森、尼尔森《人类学史》,第13、27—28页。

② 赫尔德:《论莪相和先民歌谣的通信节选》,《文集》第2卷,第452页。

是 1917 年在北大的讲义,次年出版)中引用了它。① 赫尔德赞扬原始人更具诗意,距离席勒赞扬童年是"文明人"一生中最理想的阶段,只有一步之遥。依据他们共同的对文明的不信任,尚未开化的,即儿童和古代民族中才有的自然状态,被认为最适于神话创作(mythopoesis)和想象。因而,就算周作人对席勒的美学思想没有详细的了解,他在神话、"野蛮人"的思维及其与诗歌的密切关系等方面对赫尔德的了解,足以令他成为浪漫主义事业的一个有意识的继承者。

应该强调的是,对赫尔德来说,创造性地运用古代神话的紧迫感,很大程度上要归因于德国的"落后",因而它急于创造出一种能与英国文学媲美、能和法国文学对抗的民族文学。② 从一开始,赫尔德对在德意志文学中使用希腊罗马神话的指示和他对北欧神话的热情,就是一个更大的民族事业的一部分。对他来说,与发源于地中海地区的古典神话不同,北欧的神话和传奇是"民族的"。以北欧传统为基础创造一种新神话,将是对地中海古典传统霸权的一种反动。因为这个和其他的原因,他一直孜孜不倦地推广北欧文学。他对北欧传奇、民歌和其他形式的诗体民间传说怀有极大热情,他还以自己的声名赌所谓莪相(Ossian)诗歌的真实,后来才揭穿所谓莪相诗歌其实是苏格兰人麦克弗生(Macpherson)伪造的。赫尔德的喜好对文学史产生了深刻影响。先不论别人,歌德曾回应了他的号召,他的号召促成了狂飙突进(Sturm und Drang)运动,这是德国文学史中一段广为人知的佳话。这段历史,周作人的《欧洲文学史》自然不会略过。③ 格林兄弟搜集德国童话的工作,也应放到这一背景下来考察。在整个欧洲文学史中,对无

---

① 《欧洲文学史》,第 171 页。

② 作为亲英的人,赫尔德曾到不列颠群岛旅行过。英国作为经济上和文化上更为先进的国家,对赫尔德来说,是德国应该效仿的文化模范。关于他的对英国的热情,见赫尔德回忆他在英格兰和苏格兰旅行的段落,《论莪相和先民歌谣的通信节选》,《文集》第 2 卷,第 455—456 页。

③ 值得注意的是,赫尔德对民歌和民谣的兴趣,具有一种人类学维度,基于他"对野蛮人的热情"("Enthusiasmus für die Wilden")。参见《论莪相和先民歌谣的通信节选》,《文集》第 2 卷,第 456 页;又见里希特:《陌生的孩子》,第 158—159 页。周作人十分了解 18 世纪的德国文学,包括德国人对莪相的热情以及珀西(Percy)著名的英国民歌集;《欧洲文学史》,第 170 页。

论北方还是南方神话的狂热兴趣,和要制造"北方太阳"的热忱,①连同浪漫主义的童年形象,共同促进了德国和英国浪漫主义作为反启蒙主义的最高运动的诞生。

就热衷于神话、民谣、民间诗歌、儿歌和旧中国的习俗而言,周作人几乎成了赫尔德的化身。② 凡是德国和其他欧洲浪漫派作家涉猎过的主题,几乎没有不引起周作人注意的:他对儿歌和民间传说的热忱、他对原始主义的兴趣、他对性解放的提倡、他对文明的不信任、他为了反对垂死的道德主义和文明而对在儿童和原始人身上表现最为明显的生命力的肯定、他的寓言创作,③乃至他的爱希腊(philhellenism,不管有多么不正统、在深度、得力的教授和学识方面有多么不足)。④ 实际上,他和赫尔德之间的相似,超出了他们各自兴趣之间的共同点。因为他们各自的思想兴趣和他们所面临的历史处境背后的动机,也有许多共同之处。一方面,在赫尔德那里,古典神话和它在理性时代的尴尬处境,促使他在自己的北欧传统中去寻找他类的替代品;另一方面,英国对民间传说的研究以及吸收了民间传说的英国文学——包括伪造的莪相——对赫尔德来说,都是德意志文学要效仿的榜样(事实上,那时的大不列颠,在德国人的想象中,几乎每一方面都是先进的)。在周作人

---

① P.H. 马莱(P. H. Mallet)在《丹麦史与凯尔特人纪念碑》(*History of Denmark and Monuments of the Celts*)结尾部分写道:"谁知道哪天太阳不会从北方升起呢?"转引自杰弗里·H·哈特曼:《文学史上的华兹华斯与歌德》(*Wordsworth and Goethe in Literary History*),《不起眼的华兹华斯》(*The Unremarkable Wordsworth*)(Minneapolis: U. of Minnesota P.,1987),第5—60页。

② 周作人(《欧洲文学史》,第171页)知道赫尔德收集过欧洲民歌并出版了专集,后来定名为《歌谣中的民声》(见《民谣》〔*Volkslieder*〕,《文集》第3卷,第9—521页)。

③ 赫尔德在1773年留下了一份手稿,题名为《古代寓言52则及其新用法》("52 Alten Fabeln mit neuer Anwendung"),这是他在文学上和人类学上对"神话的现代运用"的兴趣的一部分。这些寓言选本,见《文集》第3卷,第753—760页。同赫尔德的《古代寓言》一样,周作人《小河》的写作,表现出对寓言这一体裁同样的艺术上和思想上的兴趣。

④ 周作人学习古希腊语的过程是不合常规的。一开始他更感兴趣的是希腊白话文(koine),而不是古典希腊文,他的古典希腊文水平,还不足以令他熟练阅读和欣赏最优秀的古典希腊作家。部分由于这一原因,除了萨福(Sappho)和谛阿克利多思(Theokritos)外,在1949年之前,他很少留意第一流的古典作家。参见周作人:《知堂回想录》上,第257—259页,又见王靖献:《周作人的希腊精神》,第368—370页。

那里,中国传统文学和文化正统的破产,以及更先进更适合现代的欧洲文学和文化的涌入,促使他在先前被压制的文化中去寻找一种中国正统文化的他类替代品。在这种探索中,欧洲的——特别是英国的和德国的——文学史,为周作人提供了有价值的榜样。因而,和赫尔德一样,在周作人的思想追求背后,有一个关乎民族的主张打算,即克服中国的落后,创造一种有价值的中国现代文学。这个关乎民族的打算给他所从事的工作注入了紧迫感。因而,几乎在每一个方面,而不仅仅是在童年崇拜方面,不管他自己对此有多少自觉,周作人都是在忠实地追随着一位德意志的(还有英国的,尤其是在考虑到雪莱的时候)浪漫派先驱的足迹,在1920年前后的批评文章中,周作人显示出明白无误的浪漫主义倾向和冲动。

儿童的声音:威廉·布莱克

如上所述,周作人对儿童文学的兴趣,大约开始于 1905 年左右在东京的时候。但这一兴趣,直到五四运动前不久,一直未能引导他欣赏欧洲经典的关于童年的文学。要考察他是怎样发现欧洲文学中那些经典的关于童年的文学,我们就必须要回到他和白话诗的关系上来。

周作人被认为有"建立(中国现代)诗坛"的功劳。然而,他却屡屡拒绝接受"诗人"这一头衔。[①] 从他一生的工作来看,我们也会同意,他主要不是个诗人。与他的散文相比,他的诗歌作品为数不丰。他主要是个散文家,而且在这方面罕有能与之媲美者。他声明不是诗人,也可以从他阅读浏览的书目中得到证明。在他的日记、讲稿和散文中所载或所反映的书目中,诗歌所占比例不大。但由于他早期的白话诗实验,他的名字将永远和中国现代诗歌联系在一起。尽管他一辈子都在写诗,他作为一个诗人的声誉和资格,却主要是建立在

---

① 比如,在 1929 年为他的白话诗集撰写的序言中,周作人说:"我不知道中国的新诗应该怎么样才是,我却知道我无论如何总不是个诗人。"《过去的生命》,第1页。

1920年前后写作的有限几首白话诗的基础上的。① 他在1931年后写的那些打油诗,尽管在数量上大大超出了他的白话诗,在文学和历史重要性上,都不能与他的白话诗相提并论。基于这一事实,他在诗歌领域里短暂却严肃的早期探险,就显得非常重要了,而这种探险主要是受一位英国浪漫派诗人激发的,并且这一影响史又与童年和其他浪漫主义主题有着内在的联系,就使得他的白话诗作品特别值得考察。

我们已经证明,《小河》与周作人在安徒生《童话》里所看到的特征之间,存在着一些相似之处。但是,除了周作人总结出的安徒生童话的一般特征,比如万物有灵论、松弛直白的语言等等这些多数童话都有的,而不仅仅是安徒生童话独有的特征,还没有文本上的证据能够证明,周作人的诗歌直接受到了这位丹麦人的影响。作为一首诗体作品,《小河》另有灵感来源。

如上所述,在1910年代的大部分时间里,周作人一直专注于研究和搜集儿歌。但是,在这个十年的末期和1920年代初期,可能是为了配合当时方兴未艾的白话诗运动,要为它注入活力,周作人发表了几篇论诗的文章,向中国读者介绍几位欧洲诗人。这些诗人包括萨福、谛阿克列多思、雪莱和波德莱尔。② 尽管他很喜欢希腊的东西,但是,萨福和谛阿克列多思与他自己的创作并没有明显的关系。雪莱和波德莱尔对

---

① 在中国,人们现在似乎对周作人后来的诗歌更感兴趣,部分原因在于,这些诗现在较过去易见。然而,就文学史而言,周作人在诗歌方面的声誉和重要性,还是建立在他早期白话诗的基础上。

② 关于萨福,周作人在他所发表的两篇文章里翻译过她的几首诗,一篇是《希腊的小诗》,刊于《晨报文学旬刊》第5号(1923年7月),后收入《谈龙集》,第97—113页;另一篇是《希腊女诗人》,写于1923年前,收入《自己的园地》,第190—193页。周作人所翻译的几首谛阿克列多思的牧歌,刊于1921年12月4日和27日《晨报副镌》;他翻译的雪莱的诗《致英国人民》("To the People of England")(原文见《珀西·比希·雪莱诗歌全集》〔*The Complete Poetical Works of Percy Bysshe Shelley*〕,Thomas Hutchinson 编,London:Oxford U. P.,1932,第569页)的片段,刊于1922年3月30日《晨报副镌》,他又在《诗人席烈的百年忌》中纪念雪莱去世100周年,文章刊于1922年7月12日《晨报副镌》,后收入《谈龙集》,第19—23页。周作人从波德莱尔的《巴黎的忧郁》中翻译的几首散文诗,刊于1922年1月9日、27日《民国日报》;后来,他又在1922年1月25日《晨报副镌》上发表了《三个文学家的纪念》,介绍了波德莱尔、福楼拜和陀思妥耶夫斯基,文章收入《谈龙集》,第14—17页。

他的文学观有着更为直接的影响,但他自己的气质与这两位性格独特的诗人差别很大,而他所处的环境,也与他们的诗歌世界相去甚远,使他不能直接从他们的诗歌中获取灵感。尽管周作人在《小河》首次发表在《新青年》时的说明中承认,他的这首诗在缺乏格律方面同波德莱尔那些散文诗——他翻译了其中一些①——好有一比,但写乡下的《小河》与波德莱尔写都市的《巴黎的忧郁》(Le spleen de Paris)之间并没有多少共同之处。在他的诗歌写作中,除了避开雪莱和波德莱尔以外,周作人作为读者和批评家,也具备足够的鉴别力,使得他不大看重安特路·阑和哈夫洛克·蔼里斯(Havelock Ellis)的诗作,尽管他很欣赏他们的散文作品。

然而,周作人的白话诗确实仿效了某位欧洲诗人。文本证据和传记研究表明,当时其天才刚开始得到西方批评家深入理解的神秘诗人威廉·布莱克(William Blake,1757—1827),②在1920年前后比任何他人都更是其诗歌灵感的主要来源。③

现有的传记证据表明,周作人在1917年,大概第一次,得到了一本布莱克作品集。④ 在日本时,他极有可能已对这位英国诗人有所了

---

① 他翻译了5首波德莱尔的散文诗,刊于1921年11月20日《晨报副镌》。
② 马悦然(N. G. D. Malmqvist)在他的《布莱克在中国》("Blake in China")中并没有提到周作人对布莱克的接受和翻译,文章刊于《布莱克,插图本季刊》(Blake, an Illustrated Quarterly)8卷1期(1979年夏季号),第24—28页。应该承认,他的文章主要关注的是1949年建国后这段时期,然而,他似乎并不了解周作人将布莱克介绍到中国来的早期开拓性工作。在《中国现代文学批评发生史》(The Genesis of Modern Chinese Literary Criticism: 1917—1930)(London:Curzon,1980)第20—21页关于胡适和周作人的章节中,玛利安·高利克(Marián Gálik)的确没有忽略周作人在自己的批评文章中对布莱克的注意,但并没有详细阐述其意义。
③ 于耀明的《周作人与日本近代文学》(《周作人と日本近代文学》)(东京:翰林书房,2001)中指出,周作人的白话诗受到了日本当代诗人千家元麿(1887—1948)的影响。尽管周作人的白话诗那种不做作、平实、口语风格,可能在某种程度上受到了风格类似的千家的诗歌的影响,但如下文所示,周作人的某些最重要、最有影响的白话诗中的构思和想象,必须在布莱克的流行的诗歌作品中寻找来源。于耀明:《周作人与日本近代文学》第6章,第125—151页。
④ 在当年12月的藏书目中,记录了一本布莱克诗选,但没有给出原标题、编者或出版信息。《日记》上册,第722页。

解,然而,如果是这样的话,他并没有留给我们足够的线索。① 在 1917 年左右,他至少得到了两种版本的布莱克诗集,这一点很可能表示他当时兴趣的强烈程度。② 然而,现在还不清楚他阅读了这两本诗集中多少首长诗,因为没有好的注释,这些诗是非常深奥晦涩的。但是我们知道,他确实阅读了布莱克最流行也最容易阅读的诗作,即《天真之歌》("Songs of Innocence")和《经验之歌》("Songs of Experience")。这两篇作品在主题上对于童年的关注,可能是最能引起周作人注意的东西,也可以解释他兴趣的陡增。在《欧洲文学史》中关于 18 世纪英国文学那一章里,周作人用了整整一节来介绍布莱克。③ 其中《经验之歌》被描述成"以真纯之诗,抒写童心"④。除了作品原本外,周作人还罗致了一些对布莱克的批评著作。1918 年 2 月,他弄到卡罗琳·F. E. 斯珀津(Caroline F. E. Spurgeon)的《英国文学中的

---

① 在 1918 年 4 月 19 日在北京大学所做的关于日本当代文学的演讲中,周作人宣称,布莱克和托尔斯泰是日本白桦派所接受的外来影响的主要来源(《日本近三十年小说之发达》,《艺术与生活》,第 145 页)。不只是在文学方面,周作人在很多其他方面受深惠于日本白桦派。比如,周作人的乐观的、个人主义的人文主义,受白桦派作家的哲学信仰影响很大。参见史蒂芬·W·科尔(Stephen W. Kohl)、松冈洋子·麦冈莱恩(Yoko Matsuoka McClain)、远山亮子·麦克兰(Ryoko Toyama McClellan):《日本文学的白桦派:概观与评论》(The White Birch School〔Shirakabaha〕of Japanese Literature: Some Sketches and Commentary)(Eugene,Oregon: U. Oregon,1975),第 16—23 页。周作人极有可能是在与白桦派作家的交往中了解到布莱克的。比如,1914 年的《白桦》杂志(5 卷 4 期)刊登了一篇关于布莱克的译文,并配有布莱克的版画插图。同样值得注意的是,周作人大概并没有从阑那里获得任何关于布莱克的知识。阑出于自己维多利亚时代的趣味,在他的《英国文学史:从〈贝奥武甫〉到史文朋》(History of English Literature: from "Beowulf" to Swinburne)(初版于 1912 年)中对布莱克只字不提。在 1918 年 12 月日记里的当年所获外国书目录上,有一本巴西尔·的·赛林考特(Basil de Selincourt)的《威廉·布莱克》(William Blake)(《日记》上册,第 812 页)。巴西尔·的·赛林考特的书(初版于 1909 年)是继亚瑟·西蒙(Arthur Symons)开创性的著作《威廉·布莱克》(William Blake)(London: 1907)之后,研究布莱克的又一重要著作。亚瑟·西蒙是他那个时代著名的作家兼学者。周作人收藏了好几种他的著作,并且对这些著作都很熟悉。因而,赛林考特之外,周作人完全可能也看过西蒙论布莱克的著作。

② 第二本布莱克作品集,在 1918 年 1 月的日记里所获外国目录上有记录,《日记》上册,第 796 页。该书同样也没有出版信息。

③ 《欧洲文学史》,第 167—168 页。

④ 《欧洲文学史》,第 167 页。

神秘主义》(*Mysticism in English Literature*)(1913)一书。① 他在自己关于布莱克的文章中引用了这本书。② 从这本小书里,周作人对这位神秘诗人的神话系统的复杂性有了更多的了解,并且开始意识到,布莱克不仅仅是一个专写儿童诗歌的诗人。在接下来的两年里,他写了一篇关于布莱克的诗歌与思想的文章,并用不同的标题发表了两次。③ 此前,周作人从未在任何一个现代欧洲诗人那里这样下工夫,而且是在这样一个相对较短的时期内。

关于布莱克的影响,比间接证据更有说服力的证据,存在于周作人1920年前后写作和发表的白话诗里。实际上,在《小河》中,在诗歌构思和意象方面来自布莱克的影响,就已经可感了。下面这首诗是布莱克的《经验之歌》中的第二首,它极有可能为《小河》的写作提供了灵感。

Earth's Answer	土地的回答
Earth rais'd up her head,	土地抬头,
From the darkness dread & drear.	从可怕又可厌的黑暗。
Her flight fled:	她的光逃掉:
Stony dread!	石样的恐惧!
And her locks cover'd with grey despair.	她卷发罩着灰色的绝望。
Prison'd on watry shore	囚在水边
Starry Jealousy does keep my den	星的嫉妒令我穴窟
Cold and hoar	冰冷苍白
Weeping o'er	哭着
I hear the Father of the ancient men	我听见古人的父
Selfish father of men	自私的人父
Cruel jealous selfish fear	残忍嫉妒自私恐惧
Can delight	难道快活

---

① 参见当年所获外国书目录,《日记》上册,第799页。
② 周作人:《勃来克的诗》(1918),《艺术与生活》,第100—101页。
③ 第一次发表时题为《勃来克的诗》(1918),后收入《艺术与生活》,第101—107;后来再次发表时题为《英国诗人勃来克的思想》,刊于《少年中国》第1卷第8期(1919),第43—48页。

Chain'd in night	锁在夜里
The virgin of youth and morning bear.	青春的处子和黎明能忍受。
Does spring hide its joy	春天岂会藏其喜乐
When buds and blossoms grow?	在幼芽和百花生长时？
Does the sower	播种人岂
Sow by night?	在黑夜里播种？
Or the plowman in darkness plow?	或是耕夫在暗中耕地？
Break this heavy chain,	砸碎这沉重的锁链，
That does freeze my bones around	它冻僵我全身筋骨
Selfish! vain!	自私！徒劳！
Eternal bane!	永远的毒害！
That free Love with bondage bound.	把自由的爱用绳索束缚。①

在构思、修辞和意象方面，这首诗和《小河》都有相似之处。两首诗的主题都是受阻的生命力渴望被释放。而且，两首诗都使用了土地和水的意象。在布莱克的诗中，土地被"囚在水边"，而在《小河》中，中心构思是被堤堰阻遏的水流。周作人后来声称，《小河》表达的是一种儒家式的对天下的忧惧。② 然而，在诗文中，没有什么能把对这首诗的解释局限在儒家的框架里。布莱克的"把自由的爱用绳索束缚"，就像同样受困于嫉妒的锁链的兽人（Orc）一样，③可以指想象力和性自由。同样，如果把《小河》放在作者整体的思想兴趣中来考察，"把自由的爱用绳索束缚"也可以，或者说比儒家式的忧惧更可能，是这首诗的主题。毕竟，周作人当时正大力倡导哈夫洛克·蔼里斯的高度自由化的性伦理。在《小河》中，"水要保住他的生命，总须流动，便只在堰前乱转"暗示，在诗中被截流的水，的确应该被理解为对被遏制的生命力的譬喻。这样的解读，与周作人反对以伦理、迷信和伪善的名义对生命力进行任

---

① David V. Erdman 编：《威廉·布莱克诗文全编》(*The Complete Poetry and Prose of William Blake*)(NY: Anchor Books,1988)，第18—19页。
② 周作人：《知堂回想录》下，第442—444页。
③ 布莱克：《由理生书》(*The Book of Urizen*)第7章第4节，收入 Erdman 编：《诗文全编》，第80页。

何压制的观点,是相一致的。

在他所有的白话诗中,包含着一个完整寓言的《小河》,与布莱克诗歌中的神话创造方面,可能是最接近的,尽管它那松弛的风格与布莱克的《土地的回答》的紧张节奏并无共同之处,而且它所讲述的寓言,就复杂性而言,无法与《土地的回答》只是其中一小部分的那个宏大的神话系统相比。但作为一种创造神话的尝试,《小河》仍然可以看做是以创造神话的布莱克为榜样的。

然而,《小河》并不是唯一一首受布莱克灵感激发的诗。事实上,它也不是周作人最典型的模仿或者效法《天真之歌》与《经验之歌》的诗,因为它的主题同儿童或者童年并没有直接关系。但是他的白话诗中有相当一部分,就童年的主题乃至就构思、意象甚至语言而言,都显示着受《天真之歌》与《经验之歌》影响的不容置辩的痕迹。① 下面这首写于1921年4月20日的诗,就是一个例子:

小孩

一个小孩在我的窗外面跑过
我也望不见他的头顶
他的脚步声虽然响
但于我还很寂静
东边一株大树上
住着许多乌鸦,又有许多看不见的麻雀
他们每天成群地叫
仿佛是朝阳中的一部音乐
我在这些时候
心里便安静了
反觉得以前的憎恶
都是我的罪过了

---

① 除了前面已讨论过的和下文即将讨论与提到的诗外,值得一提的是,《过去的生命》中的《苍蝇》一诗,亦步亦趋地模仿了布莱克的《经验之歌》中的同题诗《苍蝇》("The Fly")。

从"小野蛮"到"神人合一"

与这首诗相对应的,是分别收在《天真之歌》与《经验之歌》中的两首《乳母之歌》。在周作人的《小孩》中,小孩子的吵闹声,反悖式地让诗人获得内心的安静。这样获得的安静,又让诗人意识到先前对安静的丧失,并由此清除了他精神上的不安静的根源。《天真之歌》里收的第一首《乳母之歌》,特别是其第一节,儿童的叫喊声能造成同样的效果:

When the voices of children are heard on the green	当孩子的声音回荡在草坪
And laughing is heard on the hill,	笑声响在山冈,
My heart is at rest within my breast	我心安于胸中
And every thing else is still	别的也全都寂静
Then come home my children, the sun is gone down	回家吧,孩子们,日已平西
And the dews of night arise	夜露升起
Come come leave off play, and let us away	来,来,别再游戏,我们走
Till the morning appears in the skies	等黎明重现天际
No no let us play, for it is yet day And we cannot go to sleep	不不让我们游戏,因为还是白日 我们不能入睡
Besides in the sky, the little birds fly	更何况天上有鸟飞
And the hills are all covered with sheep	山坡为羊儿遮蔽
Well well go & play till the light fades away	好好去游戏直到天光曚微
And then go home to bed The little ones leaped & sho-	再回家入睡

| uted & laugh'd | 小儿们又跳，又叫，又笑 |
| And all the hills echoed | 山丘全都回应 |

《经验之歌》中的《乳母之歌》属于经验世界，在语气上是讽刺的。但在儿童的声音招致乳母的反思这一点上，周作人的《小孩》仍然遵循了其范本。布莱克的第二首《乳母之歌》是这样的：

When the voices of children are heard on the green	当孩子的声音回荡在草坪
And whisperings are in the dale:	呢喃响在溪谷：
The days of my youth rise fresh in my mind,	我青春的日子在心中鲜活升起，
My face turns green and pale.	我脸转青转灰。
Then come home my children, the sun is gone down	回家吧，孩子们，日已平西
And the dews of night arise	夜露升起
Your spring & your day, are wasted in play	你们的春你们的天，浪费在游戏里
And your winter and night in disguise.	你们的冬和夜穿上伪装。

这两首《乳母之歌》，比《土地的回答》更能代表《天真之歌》与《经验之歌》。[1] 这是因为虽然童年在《天真之歌》与《经验之歌》中是中心主题，《土地的回答》却与童年主题没有直接关系，所以，这两首《乳母之歌》与周作人自己的创作计划关系更密切。

周作人在布莱克那里，发现了对他所钟爱的"小野蛮"这一主题的诗的表现，并且被布莱克的《天真之歌》与《经验之歌》的诗歌魅力所征服，这也许不无偶然。但是，布莱克把童年作为他的《天真之歌》与《经

---

[1] 对这首诗有意思的讨论，参见小 E. D. 荷什(E. D. Hirsch, Jr.)：《天真与经验：布莱克导论》(*Innocence and Experience: An Introduction to Blake*)(New Haven: Yale U. P., 1964)，第 31 页以降。

验之歌》的主题，则绝非偶然。生活在人的内在和外在的天性开始削弱洛克和牛顿所代表的理性主义的时代里，正如彼得·柯文尼(Peter Coveney)正确指出的那样，布莱克"是我们的现代感受力的第一个受害者"。对布莱克来说，童年等于想象力，而儿童，或者任何有想象力的人，都与培根、牛顿和洛克这样的"白痴的推理者(Idiot Reasoners)"相对立。在1799年8月23日致特鲁斯勒(Dr. Trusler)的信中，布莱克清楚地说明，他推举儿童，乃是因为他们的想象官能：

> 我觉得人在这个世界可能会幸福。我也知道，这个世界是一个想象和异象(vision)的世界。在这个世界上我所画的我都能看见，但每人见到的都不一样……对我来说，这个世界完全是一个延续的幻想和想象所成的异象，有人这样告诉我的时候，我觉得倍受鼓舞……
>
> 但是我很高兴发现我同类中大多数都能够明了我的异象，尤其是儿童，他们在观看我的画时所感到的快乐过我所望。无论青年和童年皆非愚蠢或无能，有些儿童是愚人，正如有些老人也是那样。但是，绝大多数是在想象力和灵的感受一边的。①

灵的感受首先存在于异象的官能里。说绝大多数儿童是"在想象力和灵的感受一边的"，实质上等于说，"野蛮人的心灵内在地比开化了的人的心灵更有诗意"。显然，布莱克基于儿童内在的更强的想象力官能而给予儿童重要的地位，在本质上与浪漫主义关于童年状态更接近自然、更能创造神话的形象是一致的。尽管对布莱克而言，儿童的天真是一种未经组织的天真，他称之为"Beulah(安乐地)"，而且它仅预示了、但本身并不是那种组织起来的天真或者伊甸园(Eden)，然而"无论青年和童年皆非愚蠢或无能"，不应被看不起、受斥责或受教训。②

在《小孩》中，同样，周作人让小孩成为带来平静的信使和激发反思的人。孩子不是像周作人以早期教育为主题的那些讲稿和散文中所出

---

① 《诗文全编》，第702—703页；柯文尼的讨论，在《儿童的形象》第55页。
② 我们应指出，如上文所概括的那样，席勒在真正的自然状态和理想的自然状态之间做出了类似的区分。前者是不宜人的，后者是美育的终极目的。

现的那个样子,是教育的对象和成年人监管的对象。相反,在这里,儿童无意中成了成年人的老师和监管人。从受监管到成为成年人灵的监管人,周作人事实上透露出他思想中的一个重要转变。这一转变不但突出了他提倡儿童文学时总能显示的人文主义动机,而且带有一种在他的批评文章中不那么明显的灵的或者说精神的维度。它给了对童年的表现一个意识内的(immanent)维度。实际上,这个维度几乎接近宗教。

入神(enthousiasmos)与忘我(ekstasis),或者"神人合一(hen kai pan)"

布莱克的第一首《乳母之歌》和其他许多诗中,特别是《天真之歌》里的诗,有着明显的基督形象因素。人们想不到这些因素会出现在公开宣布不信教的周作人身上。① 但是,像《小孩》中"反觉得以前的憎恶/都是我的罪过了"这样的诗句,离宗教情绪已很近了。然而,《小孩》在他所有的白话诗中并不是最有宗教性的。在写作《小孩》四个月后写出的《对于小孩的祈祷》,正如标题所暗示的那样,在语气上更具有宗教性:

对于小孩的祈祷

小孩呵,小孩呵
我对你们祈祷了
你们是我的赎罪者
请赎我的罪罢
还有我未能赎的先人的罪
用了你们的笑
你们的喜悦与幸福
用了得能成为真正的人的矜夸
在你们的前面,有一个美丽的花园

---

① 关于周作人对他个人的信仰和宗教的声明,见《主张信教自由者的宣言》,《集外文》上册,第395页。

> 从我的头上逃过了
> 平安的那边去罢
> 而且请赎我的罪罢
> 我不能够到那边去了
> 并且连那微茫的影子也容易望不见了的罪①

在《天真之歌》和《经验之歌》中，没有具体哪一首诗能被指作本诗的原型。然而，《天真之歌》常常暗示，儿童离神更近。《小黑孩》("The Little Black Boy")、《扫烟囱的孩子》("The Chimney Sweeper")和《捡到的男孩》("The Little Boy Found")都暗示这些孩子会升天堂。《乳母之歌》和其他的诗（比如《摇篮曲》("A Cradle Song")、《羔羊》("The Lamb")、《婴孩的喜乐》("Infant Joy")都公然把婴儿和圣婴联系在一起。周作人《对于小孩的祈祷》中的小孩，扮起来自《天真之歌》中的基督形象，因而成了诗人的"救赎者"。②

考虑到周作人并不掩饰自己不相信传统的超验主义，包括基督教，他白话诗中的基督形象因素确实就非常显眼了。这些因素不是无谓的，就像他之后有些年轻诗人那样。这些诗人在自己的诗歌中嵌入一些庸俗廉价的基督教意象，仅仅是为了制造异域情调和出于审美上的势利。③ 这些因素反映出，周作人对宗教以及宗教与文学关系的看法，有了微妙的变化。在《对于小孩的祈祷》写成和发表的同时，周作人，尽管并未皈依，在一封公开信中，却对基督教在中国社会的作用，做出了一个更为积极的评价。④ 在 1921 年 9 月 3 日的这封信中，他指出，"要一新中国的人心"，基督教是一个合适的选择。这首暗含基督教调子的诗，显示出他对基督教态度的转变，事实上超越了信中所表达的社会的与民族国家的考虑。实际上，这首诗指向了他的文学观中一个很重要

---

① 《过去的生命》，第32—33页。作者自注中解释说，这首诗本来是用日语写成并发表的。中文本系他自己的翻译。

② 《过去的生命》中的其他几首白话诗都带有基督的余音，比如《荆棘》、《歧路》、《小孩》（"我看见小孩……"）。

③ 比如梁宗岱(1904—1983)的《晚祷》(上海：商务印书馆，1925)。

④ 《山中杂记》第6封信，所署日期为1921年9月3日。《书信》，第15—16页。

的、却从来没有得到应有关注的方面。① 周作人不仅仅从布莱克那里借用了童年的母题，他还接受了一种超验的维度，并把它带入了中国当时的文学和文学话语中。

周作人曾在介绍布莱克的文章中引用过斯珀津的《英国文学中的神秘主义》一书。在这本书中，斯珀津将布莱克最著名的诗歌中那种儿歌风格与他的神秘异象和超验的感受联系在一起：

> 布莱克在使用神秘的方法，在那些表面上很微小的事物中结晶出一个伟大的真理方面，是特别大胆和有创意的。其中一些，我们在《箴言篇》("Proverbs")中已经看到了，而《无知的占卜》("the Auguries of Innocence")无非是一系列这样的事实，是最深的智慧的仓库。其中一些具有儿歌般的朴实，它们把儿童语言的清新直白，同受灵感激发的预言家的深奥的真理结合起来。②

这里提到的《无知的占卜》，也是周作人最喜爱的一首诗。在前面提到的介绍布莱克的文章中，③他翻译了这首诗开篇著名的四行格和随后两个偶行。

To see a World in a Grain of Sand	一粒沙里看出世界，
And a Heaven in a Wild Flower	一朵野花里见天国，
Hold Infinity in the palm of your hand	在你掌里盛住无限，
And Eternity in an hour	一时间里便是永远。
A Robin Red breast in a Cage	一只笼里的红襟雀，
Puts all Heaven in a Rage	使得天国全发怒。

---

① 苏文瑜简略地提到了周作人关于文学和宗教密切相关的思想，他在1921年的一篇文章中表达了这一点(后文将会讨论)。但苏文瑜没有追溯这种思想的西方渊源，也没有讨论它丰富的含义和对周作人思想发展的意义。然而，她确实是第一个引起我们注意这一问题的人。苏文瑜：《周作人》，第17—78页。

② 卡罗琳·F.E.斯珀津(Caroline F. E. Spurgeon)的《英国文学中的神秘主义》(*Mysticism in English Literature*)，(Cambridge: Cambridge U.P., 1913)，第146—147页。

③ 《勃来克的诗》，《艺术与生活》，第210—213页。

| A Dove house filled with Doves & Pigeons | 满关鸠鸽的栅栏。 |
| Shudders Hell thro all its regions. | 使得地狱全震动。 |

不仅如此，周作人并不满足于引用和翻译这首格言诗；他还试图以诗体来模仿布莱克这首诗的情感与创意。1921年夏，周作人在北京西北郊养病。在这个疗养地，他写了一组诗，其中第五首最有布莱克风味：

山居杂诗·五

一片槐树碧绿的叶
现出一切的世界的神秘
空中飞过的一个白翅膀的白鸰子
又牵动了我的惊异
我仿佛会悟了这神秘的奥义
却又实在未曾了知
但我已经很是满足
因为我得见了这个神秘了

这首诗亦步亦趋地模仿了布莱克的《无知的占卜》开篇的四行格的模式，这一点应该是昭然若揭的。[①] 比他模仿布莱克的《天真之歌》和《经验之歌》写成的那些儿童诗更引人注目的是，这首诗中对超验世界的更明白的暗示。他描绘了一个自然的世界，而这个自然的世界同时又是它之外它之上的超自然世界的显现。考虑到这一点，"神秘"这个词，就特别关键了。它两次出现在这首短诗中，在周作人的诗歌词汇中非常不同寻常。跟随布莱克，周作人在他的小诗中公开承认，存在理性所不能理解的神秘。与《小河》中对万物有灵论的采用相比，这一承认标志着向超自然主义迈进了一大步。[②] 比起儿童诗里对基督形象的暗

[①] 在《山中杂记》第4封信（所署日期为1921年7月14日，周作人在西山养病期间发表）中，周作人引用了布莱克这首诗的前四行。这进一步确证了当时写作的《山居杂诗》第5首与布莱克的《无知的占卜》之间的联系。

[②] 周作人的文章《文艺上的异物》（1922年4月，《自己的园地》，第27—30页）显示出，自发表《小河》以来，周作人对文学中的超自然事物，包括万物有灵论的想法有了多大的发展。

示,这是关于作者宗教情绪的更有力的证据。在他的其他儿童诗中所潜藏着的东西,在这里被明确表达出来了:《山居杂诗》的第五首表明,效法《无知的占卜》,周作人也相信无知(天真)的力量可以——借用托马斯·布朗爵士(Sir Thomas Browne)的话来说——"从自然之花中吮啜神性(suck divinity from the flowers of nature)"①;这意味着尽管他不能够让自己皈依基督教或者其他任何一种有神话系统的宗教,但他尽可以像华兹华斯那样宣称:

> 所有的神力——所有的恐怖,单个儿的还是成伙的,
> 所有曾被赋予人形的——
> 耶和华——同他的雷霆,以及天使们
> 歌呼的合唱,天庭的御座——
> 我经过它们一无儆惧。②

他仍然能够接纳一种自然的超自然主义,而这种自然的超自然主义是可以被纯洁的心灵——原有的和重获的天真——感知到的。这种神秘的存在在他对文学的看法上就意味着,对他来说,文学在其最高状态里,是为神所激发的,而且,由此可以推断,对于这种意义上的神性来说,它是其应有的载体。尽管这可能显得与他那种通常被概括为世俗的人道主义的文学观相矛盾,然而,这和他以进化人类学为基础的关于人的一般看法,有着相同的思想来源。无论如何,这首诗绝不是一个孤立的、无谓的例子,而我们也不能够把它看成是纯粹的诗歌辞藻,没有真正的思考和感受充实它。

然而,乍看上去,如果把《山居杂诗·五》和周作人最著名的一些论文学的言论放在一起读,这首诗中的超验倾向会显得很有问题。在这里和其他一些诗中存在的超自然主义的暗示与他在一些最著名

---

① 托马斯·布朗爵士:《医生的宗教》(*Religio Medici*)第1部分第16节,收入 L. C. Martin 编《医生的宗教及其他》(*Religio Medici and Other Works*)(Oxford:Clarendon P.,1964),第15页。

② 威廉·华兹华斯(Thomas Hutchinson 编,Ernest de Selincourt 校订):《诗歌全集》(*The Complete Poetical Works*)(Oxford:Oxford U. P.,1969),第590页。

的批评文章中对这些思想的否定之间,似乎存在明显的矛盾。在写这首诗的一年半之前(1920年1月)写成的著名的《新文学的要求》中,周作人将"神性"和"兽性"排斥在他所构想的中国新文学应有的内容以外。他宣称,中国新文学所需要的,是与"为艺术而艺术"或者唯美的文学相对立的"人生的文学"。"人生的文学",他宣称,"是人性的;不是兽性的,也不是神性的"①。这一思想背后的根由,根据周作人的说法,就是"凡是人情以外人力以上的,神的属性,不是我们的要求"②。

尽管在早期的批评文章中对超自然主义进行了这样的否定,周作人并没有坚定地反对一切超验主义。在那一年的后期,他对那种代表了"人情以外人力以上的"文学,似乎变得更宽容了。先是在10月26日,在前面提到的《儿童的文学》演讲中,他为那种"保存着原始的野蛮的思想制度"的文学进行了辩护。③ 一个多月之后,在11月30日,他在燕京大学做了《圣书与中国文学》的演讲。④《圣书与中国文学》是理解周作人关于宗教或其他任何形式的超验主义与文学的关系的观点最重要的文献。在关键地方,它修正了作为《艺术与生活》一书中前三篇文学论文的基础的那种纯世俗主义,在文学中赋予了超验以更大的作用。同样还是借助于进化人类学对诗歌起源的解释,在这篇演讲中,周作人描述了在原始社会中宗教仪式是如何进化成艺术的。按照他的说法,起初,唱歌、跳舞、雕刻绘画,仅仅是一种自发的感情的表达,并不在乎在观众面前表演。当这些活动的仪式和法事方面的功能衰减之后,它们就带有艺术性了。"从表面上看来变成艺术之后便与仪式完全不同,但是根本上有一个共通点,永久没有改变的,这是神人合一,物我无间的体验。原始仪式里的入神(Enthousiasmos)忘我(Ekstasis),就是这个境地。"周作人试图用具有新柏拉图主义色彩的浪漫派作家所钟爱的一个非常重要的《圣经》段

---

① 《艺术与生活》,第19页。
② 同上书,第20页。
③ 同上书,第29页。
④ 和论儿童文学的讲稿一样,这篇讲稿也被收入前书,第33—34页。

落，来定义这种境地。① 在这个段落中，耶稣替他的门徒们祈祷说："使他们都合而为一(hina pantes hen ōsin)；正如你父在我里面，我在你里面，使他们也在我们里面。"②

入神与忘我，就是雪莱所说的"走出我们自己的本性"。③ 这就是说和神或者无限合而为一，或者用雪莱自己的话说就是："诗人参与了永恒、无限，和太一。"④这种"神人合一"的思想，是浪漫派一个最根本的思想。雪莱的《诗辩》和他整个的诗歌观就都是坚实地建立在这一思想的基础之上的。雪莱之外，德国浪漫派典范诗人弗里德里希·荷尔德林(Friedrich Hölderlin, 1770—1843)，也将这一思想当做他诗学的最基本信条之一。在他的书信体小说《旭裴里昂，或希腊隐士》(*Hyperion order der Eremit in Griechenland*)中，他让主人公旭裴里昂反复吟诵这样的句子："神人合一，这是神的生活，这是人的天堂。"就好像是在唱诗念经一样。⑤

周作人嗅到了"神人合一"这一浪漫派观念中的新柏拉图主义气味，认出了其《启示录》式的末世拯救的维度。在《圣书与中国文学》中，周作人指出，通过入神和忘我而实现的"神人合一"，就是新柏拉图主义所提倡的接近神的方法。这样明确提出新柏拉图主义，说明周作人对他所传布的艺术起源观中的新柏拉图主义内涵，是有充分意识的。⑥在《圣书与中国文学》的演讲后不久，在少年中国学会的一次关于宗教的演讲中(1921年3月)，周作人告诉听众，宗教朝向未来的趋向，也是

---

① 与《太》、《可》、《路》这三篇同证福音书相比，《约翰福音》显示出来自包括诺斯替教(Gnosticism)在内的东方神秘主义和来自诸如柏拉图主义的希腊神秘主义的影响痕迹。它很可能是经由斐洛(Philo)希腊化的犹太教而受到后者影响的。参见：P·费尼(P. Feine)、J·贝门(J. Behm)：《新约导论》(*Introduction to the New Testament*)(Werner George Kümmel 校订，Howard Clark Keel 英译；Nashville/NY：Abingdon，1973)，第 200—234 页。
② 《约翰福音》17.21。
③ 雪莱：《诗辩》，收入雷曼和鲍尔斯编：《雪莱的诗歌与散文》，第 487 页。雪莱的"走出我们自己的本性"的说法，表露出一种强烈的柏拉图主义色彩。他把这种状态称做爱，并将它描述为"把我们自己同不属于我们自己的思想、行动或者人身上的美等同起来"。
④ 同上书，第 483 页。
⑤ Friedrich Beiβner 编：《全集》(*Sämtliche Werke*)(Stuttgart：Kohlhammer，1951)第 3 卷，第 8—9 页。
⑥ 《艺术与生活》，第 34 页。

文学所具有的。① 把艺术创作看做入神与忘我，这一看法所具有的《启示录》式的末世与超验含义，动摇了人们对他的美学所做的一般性概括——即世俗的人道主义——的根基。如果人们只考察周作人《艺术与生活》中前三篇著名的文学论文——《人的文学》、《平民文学》、《新文学的要求》——而忽视其他文章的话，在很大的程度上，这样的概括还是说得过去的。但是，倘若我们注意不到 1920 年周作人文学观念的变化，我们就会忽略中国现代文学批评史上的一个重要发展，也会忽略一种其后续发展的重要来源。作为周作人沿人道主义路线展望未来中国文学的一个最晚的发展阶段，《圣书与中国文学》清楚地表明了周作人对中国现代文学的最终设想：它应该有一个超验的维度。尽管他自己的诗歌作品从未超出含蓄的自然的超自然主义，例如《山居杂诗·五》，然而，通过引用"入神"和"忘我"这两个词，他在理论上对文学中的宗教和超验经验更开放了，实际上，他为其他作家沿这一方向的未来发展，发了权威许可证。比如，在他文学思想发展中这个公开的超验阶段过去后很久，他仍因废名的小说《桥》中的人物"有点神光"而加以褒奖。②

周作人的美学思想在 1920 年超越了世俗人道主义而达到那样的高度，绝非偶然。这反映了他当时整个的思想、心理和精神状况。我们必须记住，同样是在 1920 年，他对一个乌托邦的合作社计划的推动最积极，这个计划就是新村运动。后来他把三篇写于 1919 年和 1920 年的关于新村运动的文章，连同五篇前面提到过的文学论文，收入到同一本文集中，即《艺术与生活》。正如周作人在《艺术与生活》的自序中告诉我们的那样，这两组文章分别表明了他对艺术和生活的看法，而他的那些文学宣言和对新村运动的提倡是"相当的"。因而，周作人将自己关于美学的文章和关于社会乌托邦的文章一起编入《艺术与生活》中，就是个深思熟虑的决定了，这意味着在超验美学和社会理想主义之间存在着不可分割的联系。

对理想社会的向往与文学中的超验主义之间的密切联系，还可以

---

① 周作人:《宗教问题》,《少年中国》第 2 卷第 11 期(1921),收入《集外文》上册,第 341 页。
② 周作人:《〈桃园〉跋》,《永日集》(1929/2002),第 73 页。

在另一篇重要文章中看到。1922年，为了纪念雪莱逝世一百周年，周作人撰文赞扬了雪莱对一个能够与想象力相符的理性社会的热情，并把他同拜伦诗中个体的那种恶魔式的破坏做了对比。① 通过引用雪莱为《解放的普洛美透思》(*Prometheus Unbound*)所写的序言中的一段话，他解释了雪莱以威廉·戈德文(William Goldwin)的社会理论为基础的社会理想主义与他的浪漫主义诗歌之间那种精微而至关重要的统一性：

> 我的目的只在使……读者的精练的想象略与有道德价值的美的理想相接；知道非等到人心能够爱，能够感服，信托，希望以及忍耐，道德行为的理论只是撒在人生大路上的种子，无知觉的行人将把他们踏成尘土，虽然他们会结他的幸福的果实。②

在自序中，雪莱明确指出，这首诗，虽不是说教诗，却与理想社会的异象有着不可分割的联系。在他对雪莱的讨论中，周作人如实地阐明了雪莱对理想社会的异象展望和诗歌之间有着不可分割的联系的看法。考虑到他投身新村运动与发表这篇关于雪莱的文章在时间上很接近，他对雪莱的社会理想与诗歌作品之间关系的格外重视，就不能被看成仅仅是对一段熟悉的文学史的简单回顾或者对一位英国诗人例行公事的纪念了。事实上，在利用引文或关于他人的评论来传达或注解自己的观点方面，周作人是个高手。通过介绍雪莱，周作人微妙地表达了自己对社会理想主义和诗歌之间的相互交织的关系的看法，而周作人在那篇百年忌的文章中所阐述的雪莱的社会理想和诗歌之间的密切联系，映照出周作人当时在自己的社会理想和文学观之间的统一性。由此，周作人在《艺术与生活》中将自己的文学论文和关于社会乌托邦的论文并置的编辑策略，和他论雪莱的文章，都毫无疑义地告诉我们，对周作人来说，乌托邦的异象和《启示录》式的末世异象是相辅相成的。

新村运动，对周作人来说，就像是雪莱眼中的戈德文那种正义社

---

① 周作人：《诗人席烈的百年忌》，《谈龙集》，第18—19页。
② 雪莱：《诗歌全集》，第203页。周作人译文，见《谈龙集》，第11页。

会。它是受基地设在日本的新村运动激发的空想社会主义运动。① 当武者小路实笃(Mushanokōji Saneatsu,1888—1948)在日本建立起第一个新村的时候,周作人深为它的理想所吸引,以至两次到日本考察新村原址。在根本上,周作人对新村运动的热情来自于它的人道主义。这种人道主义与周作人的文学论文中表现出的那种人道主义是一致的。周作人拥抱这一乌托邦运动,是因为他相信在它的理想状态中,新村运动的合作社会在满足大众福利最基本要求的同时,能够保证个人主义。在一篇收入文集的文章《新村的精神》中,周作人宣称"新村的精神,首先在承认人类是个总体,个人是这个总体的单位"②。这让我们想到周作人认为对于他所翻译和编入《点滴》中的那些外国小说来说最为根本的人道主义原则。在写于1920年的《点滴》序言中,周作人认为集中所有短篇小说都有一种人道主义的精神:

> 单位是我,总数是人类:人类的问题的总解决也便包涵我在内,我的问题的解决,也便是那个大解决的初步了。这大同小异的人道主义的思想,实在是现代文学的特色。因为一个固定的模型底下的统一是不可能,也是不可堪的;所以这多面多样的人道主义的文学,正是真正的理想的文学。③

毫不奇怪,在这里,周作人提出对个体中的普遍人性的展示应是中国现代文学唯一正当的主题。④ 这种人道主义一方面将周作人引向社会乌托邦的异象,另一方面让他拥抱超验感受的文学表现,这两个思想动态都缘于他对人的内在的善的人道主义信仰。作为一种信仰,相信

---

① 在英语世界,关于周作人对新村运动的参与,最为全面的研究是周昌龙(William C. L. Chow)的《周作人与新村运动》("Chou Tso—jen and The New Village Movement"),《汉学研究》(*Chinese Studies*)第10卷第1期(1992),第105—135页。关于周作人对新村运动的参与的历史细节,可以参考此文。在日语世界中的详细研究,见于耀明:《周作人与日本近代文学》第8章,第185—205页;英语中的研究,见苏文瑜:《周作人》,第5—51页。关于武者小路实笃对新村运动的参与,见大津山国夫:《武者小路实笃研究,实笃与新村》,东京:明治书院,1997),又科尔、麦克莱恩、麦克兰:《日本文学的白桦派》,第22页,第47—50页。
② 周作人:《新村的精神》(1919),《集外文》上册,第312—313页。
③ 周作人:《苦雨斋序跋文》(1934/2002),第15—16页。
④ 周作人:《新文学的要求》,《艺术与生活》,第19页。

人内在的善,与斯珀津所说的布莱克对"人内在的神性"①的信仰非常相近。事实上,在《人的文学》里,周作人的确引用了布莱克来为人性是灵与肉的统一体这一观点辩护。但是在1920年前后,周作人在这种肉体与灵魂的平衡的观点上,比他文学生涯中的其他任何时期都更明显地倾向于唯灵思想和观念论。② 在这一时期的写作中,他反复使用"理想的"这个词——理想的文学、③理想的写实主义、④理想的人的生活⑤,而他将人道主义文学等同于理想的文学,表明了这种超验的倾向⑥。他称欧洲经典作品——他认为它们是中国将来文学的模范——为理想的文学,因为它们包含着他所阐述的那种人道主义,就像他称乌托邦的新村运动的人道主义原则为"理想的"一样。理想的文学和理想的社会都将体现并最大限度地实现作为物种和作为个体的人的生命。⑦ 他关于人的思想,是这种人道主义的中心。这种思想最终既是理想的又是目的论的,因为它超越了所有经验现实,其用处在于作为一个目标。这种关于人的理想观念,在本质上是对人的现实环境的抽象,把任何有关文化、国别、种族等偶然特征或者其他经验环境抽去。⑧ 它是人注定要成为且有能力成为的一个目的论的楷模。文学,作为对人的理想化的异象的展现,因此也是理想的。作为入神与忘我的艺术和文学,意味着艺术家有如神附身一样必须为这样的人的理想所激发,超越他那个经验的、世俗的自我。周作人援引托尔斯泰说,最高的艺术必须同时是宗教的,而对于艺术作品来说,要成为宗教的,就是要表达神人合一。⑨

---

① 斯珀津:《英国文学中的神秘主义》,第132页。
② 《艺术与生活》,第10—11页。他所引用的布莱克的段落来自《天国与地狱的结婚》(*The Marriage of Heaven and Hell*):"人并无与灵魂分离的身体。因为这所谓身体者,原止是五官所能见的一部分的灵魂。"《诗文全编》,第34页。"观念论"是对Idealism的翻译,过去或译为"唯心主义"(这个译法容易令人误解,不从),或译为"理想主义"。以下所有所谓"理想的",同时也就是"观念的","理想主义的",也就是"观念论的"。
③ 见上文所引的1920年撰写的《点滴》序言,《苦雨斋序跋文》,第16页。
④ 《新文学的要求》,第19页。
⑤ 周作人:《新村的理想与实际》,《艺术与生活》,第216页。
⑥ 参见《新文学的要求》最后一段,《艺术与生活》,第23—24页。
⑦ 参见《新村的理想与实际》,《艺术与生活》,第213—220页。
⑧ 参见《新文学的要求》,《艺术与生活》,第19页。
⑨ 周作人:《圣书与中国文学》,《艺术与生活》,第35页。

结　语

　　自 20 世纪中叶以来,在作为欧洲文学史上一个历史阶段的浪漫主义的定义上,批评界已达成共识,这个共识被艾布拉姆斯的名作《自然的超自然主义》的标题简明扼要地概括了。自然的超自然主义,正如 18 世纪末和 19 世纪初英国和德国文学中所体现的那样,是以在自然环境中获得的《启示录》那样的经验为中心的。《启示录》那样的经验,在艾布拉姆斯遵循《圣经》批评中通常的解释所使用的意义上,"意味着一个异象,在其中,旧世界被一个新的、更好的世界取代了"[①]。同对这种经验的传统描述不同,浪漫主义在重启超验传统时,一般都限制在自然世界中,并不进入旧的神话系统。作为一场广泛的文学和思想运动,欧洲的浪漫主义包含了很多不同方面,其中,童年崇拜、文学和哲学中对"野蛮人"的兴趣、各种形式的自然主义、社会政治的激进主义等最为突出。周作人在寻求中国现代文学和中国未来社会的过程中,尽管从多种不太系统的资源中接受影响,却表露出了所有这些浪漫主义方面。从推动儿童的身心健康,到倡导乌托邦社会,周作人具备所有浪漫派的资历。实际上,他曾经呼吁当时的新诗运动要吸收浪漫主义的诗学,而不是他所谓的古典主义。[②]

　　我们已经看到,在这个短暂时期,周作人为他自己也承认是理想主义的那种关于未来中国和中国文学的异象所鼓舞。和欧洲那些逆启蒙运动而动的浪漫派一样,周作人在与五四时期以理性和科学为基础的启蒙主张相配合的同时,也用他自己的浪漫派的种种追求补充和修正它。如果理性、世俗和科学可以说是五四运动的主流话语模式,周作人的浪漫主义追求,甚至在他后来转向培养趣味推崇闲散雅致之前,已经

---

　　① 艾布拉姆斯:《自然的超自然主义》,第 41 页。
　　② 在为刘半农的诗集《扬鞭集》撰写的序言中,他批评白话诗的主流倾向是"晶莹透澈得太厉害了",并指出,"(诗歌)正当的道路恐怕还是浪漫主义——凡诗差不多无不是浪漫主义的,而象征实在是其精意"。《谈龙集》,第 41 页。

提出了对文学和民族现代性的"另类"(alternative)设想。① 但是,这种"另类"设想很难说是"中国的"。与他后来越来越依赖先前被禁的或偏僻的中国旧时材料的做法不同,在周作人的思想发展史中,这个浪漫主义阶段很明显是西方的。这种对现代性的设想,本质上属于苏文瑜所说的那种"第二层次的现代性(second-order modernity)",即以18世纪晚期和19世纪初的西方为典型模式的现代性。② 然而,正是这种对西方模式的服从,使得周作人的浪漫主义热情出了麻烦。在很大程度上,这是因为周作人对中国现代文学的浪漫主义设想,和他以人道主义为基础的乌托邦灵感,与他的那些欧洲前辈相比,晚了一个多世纪。在20世纪全球资本主义的发展以及中国快速融入它——不管多么被动多么勉强——的过程中,适于周作人的人道主义和浪漫主义的那种历史势头早已丧失了。尽管他也许并不能从一个全球的角度对这种迟到有足够的认识,周作人意识到,他的人道主义和浪漫主义异象的意识内趋向,与总是挫败它的物质现实之间,是不协调的。这想必是他在20年代初期感到那样痛苦的主要原因。

最终,周作人不得不承认,他的乌托邦和浪漫主义异象,"没有多大的觉世的效力"③。于是,在他的浪漫主义阶段还没有机会充分展开之前,他就把它了结了:1923年《自己的园地》的发表,实际上标志着这个浪漫主义阶段的夭折。④ 尽管"迟到"和"无效",他这几年里的浪漫主义探险其实还是产生了深远的影响。毛泽东,还有其他几位后来中国

---

① 苏文瑜在《周作人》中试图证明,周作人代表了"中国对现代性的另类回应"。为了证明这一观点,她主要关注周作人在20年代末和30年代这一时期的文学生涯。

② 苏文瑜:《周作人》,第14—15、28页。

③ 在《艺术与生活》自序中,周作人回顾了他过去对社会乌托邦和人道主义的理想主义热情。他"觉得这种生活(即新村运动的主张)在满足自己的趣味之外恐怕没有多大的觉世的效力"。

④ 在谈到《艺术与生活》中写于1924年以后的三篇文章和写于此前的其他文章之间的明显区别时,周作人似乎要把1924年说成是他思想发展上的一个转折点。见《艺术与生活》原序,第2页。然而,尽管在1923年后不久写成的某些文章中仍然表现出了和1920年前后写出的那些文章同样的倾向,《自己的园地》还是可以被方便地看成是周作人思想发展的分水岭。

共产党的奠基人受了周作人的新村运动的激发,绝非是偶然的历史事件。① 周作人在那几年里拥抱的乌托邦和《启示录》式的异象,反映了一种深层的民族渴望,回过头来看,它预示了后来发生的一切——连同其所有的修改和扭曲。② 不管有多短暂,周作人在 1920 年前后的浪漫主义冲动把他和当时其他主要文学和思想人物区别开了。那些人参与新文化运动的动机,与《启示录》式的异象或超验的灵感没什么关系。那个常常罩在他和他的同代人头上的称号——"偶像破坏者"——因此必须要被看成是一个并没有包含全部事实的否定性描述。因为它仅仅描述了他想要废除的,没有描述他想要建立的。有了这一《启示录》式的倾向,他那种通常被人们用纯世俗的概念来讨论的人道主义,就不乏味了。周作人与胡适不同,后者事实上更是一个偶像破坏者而不是建设者,并且在气质上是绝对世俗的。周作人的前瞻异象,和他对这个异象的描述,构成了他对新文化运动的最重要的贡献。

尽管他后来很快从这三年里的"理想主义"倒退出来,他所接受的浪漫主义文学事业项目,却大部分留了下来。事实上,这些项目在很大程度上规定了他后来的思想兴趣和发展。这主要体现在他后来的文学生涯中。比如,他继续写作关于儿童和童年的诗,终生不辍:在 40 年代他重又写起关于儿童和童年的诗,只是不再使用自由体,而是重新启用了传统格律;而且他选取这一题材,更多是出于对民间传说的学术兴趣,而不是出于任何明显的浪漫主义事业计划。③ 他的另一个在浪漫主义阶段残留的兴趣,就是对旧时超自然传奇的爱好。在 30 年代和 40 年代,他写了为数不少这方面的散文,它们是显示他散文写作艺术

---

① 关于这一段历史,参见周昌龙:《周作人与新村运动》,第 120—124 页。
② 王斑的《历史的崇高形象:二十世纪中国美学与政治》(*The Sublime Figure of History: Aesthetics and Politics in Twentieth-century China*)(Stanford: Stanford U. P., 1997)讨论了超验灵感的一些重要方面。他称之为 20 世纪中国文化和政治中的"崇高形象"。
③ 在 1947 年,诗人为这组诗起名《儿童杂事诗》。本来它包括两卷共 48 首诗。第二年,周作人又增加了 24 首,总共 72 首诗。他打算出一本诗集。但是,直到 1973 年,即作者逝世 6 年后,这本诗集才得以完整出版。关于后一点,参见止庵编:《老虎桥杂诗》(见注释 7 的讨论),第 52—75 页。另见手稿影印本,丰子恺配图,钟叔河编:《儿童杂事诗图笺释》(北京:中华书局,1999)。

已臻炉火纯青的标本,尽管它们已不再有 1920 年前后的写作中那种公开的浪漫主义关怀。

就文学史来说,周作人的浪漫主义遗产与通常被描述为现实主义、科学主义和理性主义的五四运动的占主导地位的遗产之间存在着冲突。① 尽管从未能像后者那样被树立为经典,然而,周作人的遗产是丰富而深广的。追随周作人的一些人,属于现代文学中最有趣的文学人物之列,这些人物通常与所谓的京派联系在一起。具体地说,在把儿童经验提升为最有想象力、最接近超验方面,在自然的环境中呈现超自然方面,在经由自然和童年来追求《启示录》式的异象方面,废名都以其导师和朋友周作人的不容置疑的继承人身份特立挺出。如果周作人没能在艺术创作中让自己被那些浪漫主义冲动冲得很远,那么,可以说,他的这些冲动在自己最有天赋、最忠诚的弟子身上得以实现了。②

---

① 关于五四时期作为文学表现的主流模式的现实主义,参见安敏成(Marston Anderson):《现实主义的局限:革命时代的中国小说》(*The Limits of Realism: Chinese Fiction in the Revolutionary Period*)(Berkeley:U. of California P. ,1990)。

② 除了废名外,著名的还有俞平伯(1900—1990)、沈从文(1902—1988)、李广田(1906—1968)、何其芳(1912—1977)。关于京派的美学和哲学特征,参见许道明:《京派文学的世界》(上海:复旦大学出版社,1994)。又见解志熙:《美的偏至:中国现代唯美颓废主义文学思潮研究》(上海:上海文艺出版社,1997),特别是第 2 章。

"病中的诗"及其他
——周作人眼中的新诗

姜 涛

在新诗史上,周作人的位置无疑十分重要。他的《小河》等诗作曾被看做早期新诗的典范,在20年代初,作为当时最有影响力的批评家,他也为捍卫新诗的历史合法性,释放了辩护的热情。然而,在后来的文学史叙述中,周作人与新诗的关系,虽然也被屡屡提及,但很少得到正面的、深入的讨论,原因似乎是:他的文学成就以散文为主,新诗所占的比重不大,不足以构成一个多么重要的话题。即便是周作人自己,在短暂的新诗冲动结束后,也一直对于诗以及诗所代表的文化方式,保持疏远态度,多次表达自己不懂诗,不是诗人,曾经写下的不过是"别一种形式的文章,表现当时的情意,与普通的散文没什么不同"[①]。

当然,对"诗"之疏远在周作人那里,并不是孤立的。在20年代中后期,随着"梦想家与传道者的气味"渐渐淡薄,周作人不仅对于诗,而且对于整个文学,也持类似的低调态度,其间思想、立场的转变,这里无需多言。从新诗人的角度看,类似的疏远的确令人遗憾,但周作人的态度,在一定程度上是值得细细玩味的,因为其中还包含了某种晦涩之处,并不一定能在惯常的历史叙述中显影。依照废名的说法,周作人虽然声称"诗的事情我不知道",但"这个不知道正是他知道,他知道原来的新诗运动的意义之不合事实"[②]。废名有如此评价,除了对老师的推崇外,更重要的目的,是要借题发挥,在胡适的白话路线之外,重新树立

---

① 周作人:《苦茶庵打油诗》前言,引自钟书河编:《周作人文类编·夜读的境界》,第629页,湖南文艺出版社,1998年。
② 废名:《〈周作人散文钞〉序》,孙郁、黄乔生主编:《回望周作人:其文其书》,第87页,河南大学出版社,2004年。

一个"诗"的标准。但究竟何谓"这个不知道正是他知道",废名并未说清,周作人对"新诗运动"的判断又是如何,也悬念重重。作为后来的读者,翻阅这些参差的言论,也禁不住会猜想其中的原委。站在周作人的立场,从他所处的历史状况和视角出发,去审视他和新诗运动的离合与关联,也就有了作为一个话题的可能。

一

在周作人的生涯中,新诗写作的确只是一个小小的插曲,自"六年(一九一七)至北京,改作白话诗"后,前后不过三四年,据他自己的回顾,也主要是集中在 1919 和 1921 这两年中。① 1919 年的高产,或许是响应白话诗热潮的结果,在这一年他先后写下了《两个扫雪的人》、《小河》、《画家》、《京奉车中》、《背枪的人》等作品。其中,除篇幅较长、风格异样的《小河》外,大多体现了早期白话诗的一般特征,或扫描平凡的生活影像,或寄托人道主义的社会关怀,虽然在文法上更趋"欧化",粗粗看去,与其他新诗人并无明显不同。但在 1920 年之后,变化也悄然发生,尤其是在 1921 年,对外在社会生活的描摹,逐渐让位于主观的玄想或内省,徘徊、困苦的情绪也愈发浓郁。要解释该年的多产以及风格的变化,不得不提到他个人生活中的一场变故。

1920 年 12 月底,周作人身体发热,经医生诊视,确诊为肋膜炎,此后一病不起,至次年九月才痊愈,其间曾住院两月,后来又到西山碧云寺修养,《过去的生命》、《中国人的悲哀》、《歧路》、《苍蝇》、《山居杂诗》、《小孩》等重要篇章,都是产生于这场大病之中。② 从传记的角度看,疾病构成了日常生活的干扰与中断,同时也可能改变一个人的心理状态,

---

① 在 1947 年作的《〈老虎桥杂诗〉题记》中,周作人谈到自己到北京后改作白话诗,"大概以八年中所作为最多,十年秋间在西山碧云寺养病,也还写了些,都收集在《过去的生命》一卷中"。《周作人文类编·夜读的境界》,第 633 页。

② 在回顾这一段经历时,周作人自己也说:"我新诗本不多做,但在诗集里最重要的几篇差不多是这时候所作。"周作人:《知堂回想录》(下),第 135 页,河北教育出版社,2002 年。

对于周作人而言,"病"的意义似乎还要更多一些。① 在 1921 年 6 月写给孙伏园的《山中杂信》中,周作人袒露了内心的挣扎("我近来的思想动摇与混乱,可谓已至其极了"),并将这种状态与病中的感受联系起来:"我的神经衰弱,易于激动,病后更甚,对于略略重大的问题,稍加思索,便很烦躁起来,几乎是发热状态。"② 在讨论周作人 20 年代的思想演变时,《山中杂信》中的论述,经常被后人引述,以印证此时"托尔斯泰的无我爱与尼采的超人,共产主义与善种学,耶佛老孔的教训与科学的例证"等学说、主义在他头脑中的不能调和统一。这样的主题在他的部分诗作,如《歧路》中也有所表露,但疾病所引发的不仅有思想的动荡,某种诗的感兴也伴随其中。1921 年 4 月,在山本医院养病的周作人写下了一篇名为《病中的诗》的短文,记录了当时写诗的状况,文章不长,不妨在这里全文引述:

> 自从三月底旧病复发,进了病院之后,连看书写字都被禁止,变成了纯粹的病人,除却生病以外,一件事都不能做了。但是傍晚发热,以及早晨清醒的时候,常有种种思想来到脑里,有的顷刻消灭,有的暂时存留。偶值兄弟走来看我,便将记得的几篇托他笔录下来,作一个纪念,这结果便是我的病中的诗。或者有人想,躺在病室里,隔开世事,做诗消遣,似乎很是风雅的事。其实是不然的。因为我这些思想的活动,大概在发热苦痛中居多,并不是从愉快里来的。待到病苦退去的时候,这种东西也自然要渐渐减少的罢。③

身体在苦痛发热之际,精神也处在一种兴奋、鏖战的状态,诗之冲

---

① 比如,在 1903 年,他也曾偶发大病,前后四个月,"病魔缠绕可为久矣"。依照钱理群的阐述,正是这场病,构成了他当时思想转变的契机:原先处于理想主义的亢奋状态渐渐平息,而被激进思潮暂时压抑的传统思想,又重新升腾。参见钱理群:《周作人传》,第 104—106 页,北京十月文艺出版社,2001 年。

② 《山中杂信》刊载于 1921 年 6—9 月间的《晨报副刊》;引文出自《周作人文类编·夜读的境界》,第 5、9 页。

③ 仲密:《病中的诗》,1921 年 5 月 3 日《晨报副刊》;引文出自《周作人文类编·夜读的境界》,第 616 页。

动自然也易于产生。表面上看，周作人不过重申了"苦痛出诗人"的旧话，但在他的表述中，还有一点值得注意，那就是病中"瞬间起灭"的思想，似乎恰好对应于"诗"经验发生的独特性。如果将上述文字与一年后他在《论小诗》一文中对诗歌抒情本质的讨论相对照，这种对应性或许会得到更清晰的显现。在 20 年代，周作人和另外一些诗人都倾向于将诗理解为一种短促的、刹那的冲动，①而《论小诗》中所谈及的"忽然而起，忽然而灭"，"足以代表我们这刹那内生活的变迁"的迫切情感，恰恰是诗之本质的表现。② 在一种类比的层面，"病"中思维与"诗"之发生，于是具有了某种相似性。这两篇论诗的文字相隔仅一年，当然不能说是病中的经验，决定了他对诗歌本质的认识，但二者之间的相关性，仍是不容忽略的。

有关"疾病"与"文学"关系的讨论，自然并不是什么新鲜的话题。苏珊·桑塔格在《疾病的隐喻》中，就专门分析了将结核病与创造性行为联系在一起的罗曼蒂克成见；柄谷行人在论述日本现代文学的起源时，也专章阐发了"疾病"的想象在现代文学制度中的意义。在中国现代文学的历史记忆中，与"病"有关的书写也并不鲜见，尤其是在鲁迅的笔下，"疾病"以及"疗救"的关系，已被上升到民族国家寓言的高度，对启蒙者身份的设定也包含在其中。回到周作人这里，他所患的肋膜炎，"是胸部的疾病，多少和肺病有点关系"③，其病症与桑塔格所描述的结核病，不无类似之处。他对"病"与"诗"关系的谈论，也接近于桑塔格的思路，即："病"所对应的特殊主体状态，正是艺术活动发生时的状态，因为"对疾病的罗曼蒂克看法是：它激活了意识"④。在这个意义上，对所谓"病中的诗"的发明，或许不仅源于病榻之上的亲身体验，某种观念性的知识体认也潜在地发生着作用。

---

① 周作人在《诗的效用》(1922 年 2 月 26 日《晨报副刊》)中谈到他曾同朋友说："诗的创造是一种非意识的冲动，几乎是生理上的需要，仿佛是性欲一般。"(《周作人文类编·本色》，第 700 页)

② 《论小诗》，原载 1922 年 6 月 21—22 日《晨报副刊》；引自《周作人文类编·本色》，第 713 页。

③ 周作人：《知堂回想录》(下)，第 135 页。

④ 苏珊·桑塔格：《疾病的隐喻》，程巍译，第 35 页，上海译文出版社 2003 年。

二

　　追求冲淡平和,往往被看做是周作人文化气质的核心所在,但从他早年文论中表露的观点看,他其实与兄长鲁迅一样,在年轻时代也非常关注文学对个体乃至种族精神的发动作用,虽然对于这种"幻觉",他后来一再表示破灭之感。① 依照那种"幻觉",某种不安的、易感的、具有病理特征的人格形象,在个体及种族的现代救赎中,由于包含了主体兴发的潜能,非但不是消极的、负面的,反倒是值得期待的。1921年11月,病愈不久的周作人,就又一次写到了"病",他在《三个文学家的记念》一文中,借谈论波特来耳,再一次表达了他对"病"与"诗"关系的看法,他这样写道:"他(波特来耳)的诗中充满了病的美。""病"的类比性作用,在这里发生了转换,从诗的发生转向了总体的风格把握,所谓"病的美"的命名,也显然不单指向波特来耳,对普遍的现代主义颓废美学的指认,也隐约在其中了。更为重要的是,这种"美"的价值完全是正面的,因为"他的貌似的颓废,实在只是猛烈的求生意志的表现;与东方式的泥醉的消遣生活,绝不相同。所谓现代人的悲哀,便是这猛烈的求生意志与现在的不如意的生活的挣扎。"②1920年代初,周作人不止一次在东方与西方的文学之间,建立起这种反差③,为的是引入一种强劲的主体机制("一服极有力的兴奋剂"),以改变中国文学"新名目的旧传奇(浪漫)主义,浅薄的慈善主义,正布满于书报"上的状态。

　　作为一个深谙西洋近现代文艺的学者,周作人在20年代初得出这

---

　　① 在1908年所做的《哀弦篇》中,悲哀的情绪就被当做是民族觉醒的关键,而"哀弦断响,人心永寂"则是"华土特色之黯淡也久矣"的原因所在。《哀弦篇》1908年12月刊于《河南》第9期,署名独应;引自《周作人文类编·希腊之余光》,第344页。

　　② 《三个文学家的记念》,发表于1921年11月14日《晨报副刊》;引自《周作人文类编·希腊之余光》,第471页。

　　③ 1920年11月在北京师范学校及协和医学校演讲的《文学上的俄国与中国》中,周作人就对俄国人生活与文学中的"崇高的悲剧的气象"推崇有加,而批评了中国人的玩世(Cynical)态度,认为"这是民族衰老,习于苦痛的征候"。原载1920年11月15、16日《晨报副刊》;引文自《周作人文类编·希腊之余光》,第424页。

样的结论,并不是一件意外的事情。问题在于,这种认识并非是孤立的,在某种意义上,也切中了当时新诗乃至新文艺的核心气质。换句话说,由疾病引发的不安的、热动的主体形象,遍布于20年代普遍感伤、浪漫的新诗写作中,①焦灼的、羸弱的乃至疯狂的身体感受,也成为现代文学经验发生的前提之一。《狂人日记》、《沉沦》作为现代小说的发端之作,已说明了这一点;而在新诗方面,被看做是新诗真正历史起点的《女神》,也提供了一个身体高度痉挛的、甚至自我肢解破碎的抒情自我形象。②"若讲新诗,郭沫若君底诗才配称新呢",这是闻一多在《女神之时代精神》所得出的结论。它传达了这样一种认识:新诗之"新",并不只是语言工具的更替,而在于经验方式、自我意识、精神气质等一系列的转变,借用柄谷行人的说法,即:一整套特定文学"装置"的形成。在《女神》中,闻一多欣喜地发现了这样一套"装置",将其概括为"二十世纪的时代精神",而构成所谓"时代精神"的诸要素中,一种在绝望与消极中"挣扎抖擞底动作",也被看做是新诗的"新质"所在,因为"现代的青年是血与泪的青年,忏悔与奋兴的青年。"③闻一多的描述一方面表达了他对新诗现代性的理解,另一方面也未尝没有传达他的阅读感受,在绝望与消极、血与泪、忏悔与奋兴等一系列并置词语形成的交替反差中,读者也不难感觉到某种同样存在于《女神》之中的痉挛节奏。

  在20年代感伤、激越的文学空气中,以《女神》为代表的新诗,正因提供了这样一种激动不安的主体机制,而受到众多时代青年的追捧。④对精神的强度、热度的追求,似乎也成了一种普遍的诗学自觉。胡适的外甥胡思永,是当时一位活跃的新诗人,可惜也被肺痨过早地夺去了生

---

  ① 诗人白采在他的长诗《羸疾者的爱》中就塑造了这样一个"病"的诗人形象:"我是——/心灵的被创者;/体力的受病者;/放荡不事生产者;/——所有弱者一切的悲哀,都灌满了我的全生命!"(引自朱自清编:《中国新文学大系·诗集》,第290页,上海良友图书印刷公司,1935年)

  ② 可参见《天狗》、《夜步十里松原》、《梅花树下醉歌》等。

  ③ 闻一多:《〈女神〉之时代精神》,《创造周报》第4号,1923年6月。

  ④ 对此现象,沈从文后来有清晰的概括:"把生活欲望、冲突的意识置于作品中,由作品显示一个人的灵魂的苦闷与纠纷,是中国十年来文学其所以为青年热烈欢迎的理由。"《论朱湘的诗》,原载1931年1月15日《文艺月刊》;引自《沈从文全集》第16卷,第140页,北岳文艺出版社,2002年。

命。在生前,他曾反省自己写作的问题,在列出的缺点中,就包括"所受的刺激不深"一条。"我很希望我能够吃一剂猛烈的兴奋药,给我一个强大的刺激",这是他对自己的期望。① "强大的刺激"或许能带来诗的新境界,但也导致了疾病的发作,②"病"与"诗"的关系,在他身上似乎得到了戏剧性的体现。在他之外,在20年代"患病"的诗人不在少数,因病早夭的新诗人也可举出若干,如刘梦苇、白采、朱大枬、杨世恩等。当然,重要的不是真实疾病的有无,而是"疾病"背后那个发热、易感的、在不安中汲取能量的主体。在此"装置"中产生的新诗,由于体现了某种"病的美",或许也可称为一种广义的"病中的诗"。

如果说作为诗之发动的"病",在文学现代性的普遍背景下,构成了某种新诗的起源性"装置",那么周作人无疑领悟到了这一点。用废名的话来说,这或许就是他的"知道",他与早期白话诗人的差异("原来的新诗运动的意义之不合事实")也由此显露。本来,周氏兄弟对"文学革命"的理解,就与胡适所代表的白话路线有所不同,在语言工具的转变之外,更多地关注"思想革命"的价值,对新文学的现代品质,也有更深入的把握。③ 与之相关的是,在早期新诗史上,周作人不仅是一个有力的辩护者,同时也作为一个反思者,留下了自己的身影,他在《〈扬鞭集〉序》、《〈旧梦〉序》、《〈农家的草紫〉序》等文章中对白话诗的批评,后来也被反复引用,被看做是对早期新诗"非诗化"倾向的自觉纠正。因而,废名在《谈新诗》中认为周作人具有"奠定诗坛"的功劳,甚至在胡适之外

---

① 转引自胡适:《〈胡思永的遗诗〉序》,《胡适全集》12卷,第61页,安徽教育出版社,2003年。
② 胡适在《〈胡思永的遗诗〉序》中写道:"思永自己盼望的'强大的刺激'果然实现了。但他的多病而残疾的身体禁不住这'一剂猛烈的兴奋药',后来病发,就不起了。"《胡适全集》12卷,第63页。
③ 具体到新诗的话题,周作人在20年代的一系列批评实践,如为《蕙的风》的辩护,为"丑的字句"的辩护,对"诗的效用"的解说,以及对李金发怪异诗风的奖掖等,都显示了他的"知道"。

隐隐构成另外一个起点,这样的评价或许并不过分。①

然而,值得进一步探讨的是,如果仅仅是这种"知道",周作人也不过是重申了一些常识性的教条,诸如诗应多一点"回味"和"余香",诗应以抒情为本分、象征为精义之类,他的独特性并不能由此彰显。虽然,他对于早期白话诗的粗糙状态相当不满,但这并不等于他的趣味一定会被后来的浪漫、象征诗学所容纳。无论是在新诗尝试的初期,还是在进入"正轨"之后,周作人的位置都相当特殊,他的写作方式以及诗学趣味,很难在一般的新诗历史脉络中得到说明。从这个角度看,周作人日后反复声称自己不懂诗,不是诗人,并不完全出于一种自谦,他的态度甚至相当傲慢,对自己与其他新诗人差异的强调,未尝不是他的用意所在。

三

事实上,自《小河》开始,周作人的新诗写作就很难被归入一般的诗歌轨范。虽然被胡适称为"新诗中的第一首杰作",但《小河》似乎缺乏某种与其他新诗作品的"家族相似性":它既不是简单的说理、写实,也非一般的象征、抒情,从寓言化的展开方式,到特殊的文学资源,再到莫名的历史忧惧感,都超出了普通读者的阅读期待。当然,周作人的作品中也不乏主题显豁的一类,尤其是那些描摹社会生活的诗歌,但它们也并非全部如想象的那样容易进入,比如1920年10月的《所见》一诗,只是以旁观的视角,记叙了城门外的一幕:

> 三座门的底下,
> 两个人并排着慢慢走来。
> 一样的憔悴的颜色,

---

① 废名在《〈小河〉及其他》一讲中说道:"较为早些日子做新诗的人如果不是受了《尝试集》的影响就是受了周作人先生的启发。"他还认为,"如果不是随着周作人先生的新诗做一个先锋",新诗革命也会如晚清的诗界革命一样,"革不了旧诗的命了"。废名:《论新诗及其他》,第71页,辽宁教育出版社,1998年。

"病中的诗"及其他

> 一样的戴着帽子,
> 一样的穿着袍子,
> 只是两边的袖子底下,
> 拖下一根青麻的索子。
> 我知道一个人是拴在腕上,
> 一个人是拿在手里,
> 但我看不出谁是谁来。
> ……

毫无疑问,这一节诗是完全的写实,但面对诗行勾勒的人物、细节,相信读者会感到些许的困惑:这两个人是谁?他们的关系怎样?如果说一个牵着绳索,另一个是被索者,他们为何又是同样的衣着、同样的颜色?按照胡适《谈新诗》中的"金科玉律",具体的写法或许是早期白话诗人的共同追求,而与具体性相联系的是语言对事物逼真、鲜明的呈现。在这节诗中,对生活片段的描述,的确体现了具体性的美学,但也恰恰因为过度的具体,外在的生活也显出一种封闭性和神秘性,似乎拒绝了主体阐释的介入。但这并不等于说,这首诗仅仅是毫无意义的"所见"[1],如果读者随同诗人一起观察、沉思,其实也能隐约感受到什么。这些不动声色的诗行,不只暗示了衰败、冷漠的社会氛围,对日常生活中微观暴力的细致体察,似乎也隐含在其中。

上文已言及,在1921年前后,周作人的诗作发生了转变,在保持一贯的散文化风格的同时,也由外向内,更多地偏重于主观感受的记录。其中,以《过去的生命》一首最为著名,它以独白的口吻,记述了病中的"我"在流逝的时光中怅然若失的体验,不仅内含了完整的意义模式,一个内省的抒情自我也清晰浮现。从语言到体制,它都可以称得上是一首标准的新诗,似乎能对任何一位现代读者敞开。然而,在类似"标准"的新诗之外,此时期另外一些诗作,仍然保持了前期作品粗朴的写实作风,大多用散漫的句法,勾勒一个生活细节,或草木、或昆虫、或人事,近

---

[1] 成仿吾在《诗之防御战》(1923年5月13日《创造周报》第1号)中也曾引了这一节诗,并轻蔑地评价:"这不说是诗,只能说是所见,倒亏他知道了。"

乎简约的速写,并没有特别体现病中的苦痛、发热,所要传达的情绪,也总在若有若无之间。在西山碧云寺养病时写下的组诗《山居杂诗》,就是一个代表,下面是其中的第二首:

> 六株盆栽的石榴,
> 围绕著一大岗的玉簪花,
> 开着许多火焰似的花朵。
> 浇花的和尚被捉去了,
> 花还是火焰似的开著。

这一节短诗同样只是记录寺中的所见所闻[①],虽然在"和尚"与花朵的"火焰"之间,隐约有反讽性的对照,但作者也就点到为止,没有留下多少可资辨认的情绪模式。

在风格的层面,这样的作品或许体现出一种质朴、清隽之美,这也是周作人的诗歌留给读者的固有印象[②]。但只从风格层面着眼,似乎并不能揭示他的写作方法,比如,周作人在《〈扬鞭集〉序》中曾要求新诗应该包含一点"回味和余香",这似乎表达了对诗歌含蓄之美的期待。通过意象的经营,思维的跳跃,来增强语言的暗示性,获得一种审美的愉悦,也是20年代之后新诗人们惯常的技巧。按理说,对于周作人风格简约的写作,也应作如是观。但其实不然,他的作品充满暗示性,但基本保持了语脉的流畅、完整,并没有依赖一般"远取譬"的象征、隐喻模式,在表达方式上有时甚至相当直接。如《小孩》一诗,也依照"所见"的方式,描述了一个小孩的形象以及树上乌鸦的叫声,并在结尾写道:"我在这些时候,/心里便安静了,/反觉得以前的憎恶,/都是我的罪过了。"这样的内省或许过于直白了,周作人只是顺手写下当时的想法,没有像现代诗人那样为了间接地表达,有意在"内"与"外"之间做出区分。

[①] 有关和尚被抓的事件,参见周作人在《山中杂信》中的记录,《周作人文类编·夜读的境界》,第5页。

[②] 譬如,赵景深对周作人诗风的评价就是:"极平淡的事实,能够以极清隽的诗写出来,而能使人感着美妙的。"《周作人的诗》,原载1923年1月1日《虹纹季刊》第1集;引自孙郁、黄乔生主编《其文其书》,第75页,河南大学出版社,2004年。

换言之，内心的想法和外部的场景，对周作人而言似乎都是同样的，都只是刹那的感兴、写实的对象，这反而使这首诗读来有一种"异样"之感。

又以《山居杂诗》中的一首为例：

> 不知什么形色的小虫，
> 在槐树枝上吱吱的叫着。
> 听了这迫切尖细的虫声，
> 引起我一种仿佛枯焦气味的感觉。
> 我虽然不能懂得他歌里的意思，
> 但我知道他正唱着迫切的恋之歌，
> 这却也便是他的迫切的死之歌了。

听到树上的虫鸣，引起一翻生与死的联想，这一节诗并不难懂。但阅读这一节，我的感受还是"异样"的，觉得它与同类型的主观玄想之作，总有某些不同之处。诗人并没有刻意去激发读者对生命焦灼的联想，其实还是在陈说事实以及自己的想法。即便是略带"通感"性质的一句（"引起我一种仿佛枯焦气味的感觉"），也没有脱离写实的限制，他只是记录下来而已，感受虽然奇异，但没有超出常识的范围。碰到类似的感觉，其他新诗人在处理方式上，或许就没有如此的沉着、洗练了。[①] 简单地说，这一节诗意饱满，但没有所谓深度的隐喻性模式，它似乎完全出自一种率直、天真的观察。作为一个诗人，他只是把握到那个瞬间，把所思所想记录下来，诗也就完成了，诗歌的主观性也完全是客观化的。

上面所举诗例，自然不能代表"病中的诗"的全部，但也多少暗示出周作人新诗写作的特殊性。其难解之处，并非表现在语言、修辞的层面，也不是传达的内涵有多么深奥，而是在于一种独有的写作方式，它素朴、简约，又包含了某种"别扭"的处理，读者或许没有强烈地感受到

---

① 可将这节诗与郭沫若《新月与白云》中的一节做比较："白云呀！你是不是解渴的凌冰？／我怎得把你吞下喉去，／解解我火一样的焦心？"两节诗都处理了某种焦虑的主题，但与周诗相比，郭诗中的主体投入无疑更为强烈。

什么,但在琐屑生活细节的刹那捕捉中,一种清涩、困苦的情绪也若隐若现。周作人在文学理念上,虽然不断重申抒情、言志的传统,但他具体的写作,却与"情感表达"的浪漫诗学无关。在他那里,写作对应于一种对平凡事物背后意义变形与揭示的行为,更多的是一种艰难地把握瞬间颖悟的艺术。在这一点上,他的诗与文并无根本的不同。1921年的病中,周作人还有《碰伤》一文,自己颇为得意,在《知堂回想录》中还专门评价自己的写法:

> 我这篇文章写的有点别扭,或者就是晦涩,因此有些读者就不大能懂……但是那种别扭的写法却是我所喜欢的,后来还时常使用着,可是这同做诗一样,需要某种刺激,使得平凡的意思发起酵来,这种机会不是平常容易得到的,因此也就不能多写了。①

周作人后来将自己的新诗称为"别样的散文小品",的确说出了他与一般新诗人的差异,但在他这里"散文"所指的不仅有自由的句法,还指向了那种"别扭"的写法,他似乎总是有意回避过于强烈的表达,而总是在平凡之处"发酵"出诗意。废名曾将周作人与陶渊明相比。陶渊明由于缺少"辞采"与"才情",与其他诗人相比并不是诗人,在魏晋六朝孤立成一派,而这恰好也是周作人的位置。② 废名是从文章的角度立论的,但这不是一个文体层面的修辞问题,修辞背后的那个"我"——那种特殊的主体机制,才是问题的关键。要理解这一点,需要更多的展开,而在1921年的特定语境中,他对日本诗歌的亲近,就是一个可能的切入点。

四

在1921年的病中,周作人"一边在养病,一边也算用功",除了产出若干"病中的诗"外,他还撰写了一系列杂文,翻译了不少外国文学作

---

① 周作人:《知堂回想录》(下),第136页。
② 废名:《关于派别》,1935年4月20日《人间世》第26期。

品,而对日本诗歌的译介就是其中一个重点。① 在 1921 年 8 月 20 日《杂译日本诗三十首》前言中,他就这样写道:"今年春间卧病,偶看日本诗,译出若干首,近时到西山转地疗养,始能整理录出。"②在写诗的同时又在译诗,两项平行的工作之间是否有所关联呢? 将此一时期周作人的诗作和译作,进行参照阅读,的确可以发现某种互文性。例如,在他所译的石川啄木的短歌中,有这样一首:"运命来了坐著么,/几乎这样猜疑了,——/ 棉被沈重的夜半的醒时。"③这几行书写的也是病中的经验,将抽象事物拟人化处理的手法,以及人对运命的感悟,都与《过去的生命》一诗十分相似。周作人的写作,是否受到了译诗的启发,也未可知,类似的例子,还可以举出若干。④

由于语言的原因,日本诗歌偏向于短制,古时虽有长歌等形式,但流行于后世的只有短歌、俳句、川柳等。"诗形既短,内容不能不简略,但思想也就不得不求含蓄",因而便不能不讲文学上的经济:只要将点捉住,利用联想,暗示出情景。⑤ 在 1921—1923 年间,周作人对于日本诗歌,可以说相当狂热,不仅积极译介,并有意将其轻妙的形式引入中国,他对小诗的提倡,在很大程度上也得益于对日本诗歌的借鉴。对于这个问题,后人已有充分的论述,本来不应再多费笔墨,但有一点需要补充的是:周作人对日本诗歌的兴趣,不只在其简约、玄小的诗体,吸引他的还有那种素朴又不乏俳谐之气的境界。这也部分解释了为什么当时小诗的兴盛,与周作人的提倡有关,但真正能吻合于他期待的却寥寥

---

① 此一时期,周作人相继发表《日本俗歌五首》(1921 年 6 月 29 日《晨报副刊》)、《杂译日本诗三十首》(《新青年》9 卷 4 号)、《日本俗歌八首》(1921 年 10 月 23 日《晨报副刊》)、《日本俗歌四十首》(《诗》1 卷 2 期)、《石川啄木的歌》(《努力》4 期),以及论文《日本的诗歌》(《小说月报》12 卷 5 号)、《日本诗人一茶的诗》(《小说月报》12 卷 11 号)等。
② 周作人:《陀螺》,第 229 页,新潮社,1925 年。
③ 周作人:《陀螺》,第 226 页。
④ 再如,千家元麿的《苍蝇》一诗,描摹了一对拉着土车艰难前行的夫妇,虽有苍蝇"云一般的飞起",但他们"毫不为意"。诗的结尾是这样的:"这样的人是到天国去的,/即使我们下了地狱。"(引自《陀螺》,第 238 页)先是叙述某一平凡物象,在结尾引入自我的反省或忏悔,类似的展开方式,也出现在周作人的《小孩》、《苍蝇》等诗中。
⑤ 周作人:《日本的诗歌》,1921 年 5 月刊于《小说月报》12 卷 5 号;引自《周作人文类编·日本管窥》,第 251—252 页。

无几。① 对于这个问题,周作人自己也有一定的说明,在《论小诗》一文中,他明确地指出当时的小诗有两种来源:印度和日本,它们在思想上也迥然不同:一为冥想,一为享乐。在做出区分后,他又援引一些具体的诗例,让读者进一步体会其中的差异:比如,俞平伯的《忆游杂诗》在序中说及日本短诗,但在周作人看来,"实际上是别无关系的",其中最近似的一首,"也是真正的乐府精神,不是俳句的趣味",而《湖畔》中汪静之的一首,"却颇有短歌的意思,这一派诗的要点在于有弹力的集中"。② 很显然,周作人不断在暗示读者,自己对小诗的兴趣并不是笼统、无条件的,而是有所偏好,有所选择,有所强调。

究竟什么是他心目中理想的小诗呢,周作人在《论小诗》中也给出了一些相对明确的说法,比如要表现"一地的景色,一时的情调",必须"真实简练"等。有意味的是,相对于含蓄、轻妙等美学品质,他更看重诗歌中的某种"现实感":"所以小诗的第一条件是须表现现实感,便是将切迫地感到的对于平凡的事物之特殊的感兴,迸跃地倾吐出来,几乎是迫于生理的冲动。"③在这段话里,周作人一方面从生理学的角度,重申了诗之发生的刹那性、自发性;另一面,所谓"现实感"在"迫切性"之外,也与"平凡的事物"的感兴相关,而这种看法也是来自他对日本诗歌的阅读。日本的小诗虽然以含蓄见长,但也经历了演变,各家各派也有纷繁的取向,或闲寂、或鲜明、或庄严、或滑稽,但在周作人看来,"表面上倾向不同,实写情景这个目的,总是一样"④。当论及日本"新派的歌与旧派的区别"时,他就谈到"新派的特色,是在注重实感,不偏重技巧这一件事",并引述新派歌人谢野晶子的说法,将构成"实感"的条件概括为五项:真实、特殊、清新、幽雅及美。⑤ 显然,他关于小诗"现实感"

---

① 朱自清在1922年就指出:周作人翻译的日本诗歌影响甚大,"但所影响的似乎只有诗形,而未及于意境与风格。因为周君所译日本诗底特色便在它们的淡远的境界和俳谐的气息,而现在流行的短诗里却没有这些"。朱自清:《短诗与长诗》,《朱自清全集》第4卷,第54页,江苏教育出版社,1996年。
② 周作人:《论小诗》,引自《周作人文类编·本色》,第715—717页。
③ 周作人:《论小诗》,《周作人文类编·本色》,第718页。
④ 周作人:《日本的诗歌》,《周作人文类编·日本管窥》,第258页。
⑤ 同上书,第254页。

的论述是从这里转抄而来,只不过日本"新派"诗歌的特色,已被他提升到了原则性的高度。

无论是"实写情景"的说法,还是对"现实感"的强调,都表达了周作人诗歌趣味的人间性。在他所译的日本诗人中,尤其看中小林一茶,曾专门撰文分析,指出因为特殊景况的关系,造成一茶"一种乖张而慈悲的性格",他的诗不仅脱离了闲寂的禅趣,也不止于诙谐与洒落,"他的俳谐是人情的,他的冷笑里含着热泪";他的诗虽千变万化,"叙景叙情各方面都有","但在这许多诗的无论那一句里,即使说着阳气的事,底里也含着深的悲哀。这个潜伏的悲哀,很可玩味"。① 周作人对于一茶的评价,未尝不可挪用到他自己身上。他在1921年病中写下的诗句,虽然不能算做是什么"小诗",但在内在的气息上,却与他偏爱的日本小诗并不遥远。这些诗句聚焦于平凡的事物,在素朴的感兴中也潜伏了种种难言的困苦与无助,连那种随随便便直接袒露主观想法的"写实"作风,也与他笔下的一茶很接近②。

木山英雄在讨论周氏兄弟与日本作家正冈子规的关系时,曾指出他们在面对死亡意识时,都采取了一种相近的"唯物论"倾向,即通过将主观的死之想象客观化,而获得一种诙谐与豁达。然而这毕竟特殊,"日本文学自然主义之后对于身心与痛苦的表现,大有安于自我之主观性上的倾向"③。木山的表述理解起来有相当的难度,但所谓"唯物论"态度似乎指向了一种打破现代文学主体限制的可能。将周作人诗歌清淡的写实性,放在木山的思路中去考察,会有怎样的解说呢?如果说以"病的美"为表征的不安、热动的气息,构成了新诗乃至新文学的前提,也贯穿了它的历史展开:在自我与社会的关系上,它表现为激烈的不满与批判,在个体意识层面表现为苦闷、焦灼的主题,在形式层面上则表

---

① 周作人:《一茶的诗》,1921年11月刊《小说月报》12卷11号;引自《周作人文类编·日本管窥》,第264、272页。

② 周作人对一茶的诗有这样的评价:"在句与想之间没有一点阻隔,仿佛能够完全透明的看见一茶这个人的衷心了。"《一茶的诗》,《周作人文类编·日本管窥》,第268页。

③ 木山英雄:《正冈子规与鲁迅、周作人》,赵京华编译《文学复古与文学革命》,第137—157页,北京大学出版社,2004年。

现为修辞热度、强度和新异性的追求,那么周作人的文字显然缺乏这种气息,他的诗虽然也产生于病中,但发热、苦痛并没有带来过度的紧张,一切的呈现依旧是唯物的、写实的,在隐忧的自我与平凡的对象之间,所发生的关系也相对随意、即兴,恰恰因为缺乏那种强烈的主体机制,世界琐碎的纹理无拘束地向语言敞开了。在西洋文学的挣扎与颓废之外,这样的主体形象似乎更多与所谓"东洋人的悲哀"相关,甚至并不发生于现代诗歌的模式之内。

虽然,周作人对"病中的诗"的发明,接近于一种罗曼蒂克的想象,暗含对现代文学普遍"装置"的体认,但正如上面所讨论的,他的"知道"里也的确包含了某种"不知道",他的趣味天然地倾向于另外的情调,并在无形中溢出了那个普遍而热动的"现代"。在谈及周作人的独特诗风时,沈从文曾这样写道:

> 使诗朴素单一仅存一种诗的精神,抽去一切略涉夸张的词藻,排除一切烦冗的字句,使读者以纤细的心,去接近玩味,这成就处实则也就是失败处。因这个结果,文字虽由手中而大众化,形式平凡而且自然,但那种单纯,却使读者的情感奢侈,一个读者,若缺少人生的体念,无想象,无生活,对于这朴素的诗,反而失去认识的方便了。①

这段话可谓"知人",周作人素朴诗歌的隐晦之处及其与一般新诗的内在距离,沈从文已讲得很清楚了。正是因为"溢出"了那个现代,他的诗歌"反而失去认识的方便",很难在后来的读者那里获得真正的同情。

五

1923年之后,周作人基本上放弃了新诗的写作,像一个病愈的人

---

① 沈从文:《论刘半农〈扬鞭集〉》,原载1931年2月15日《文艺月刊》2卷2号;引自《沈从文全集》第16卷,第123页。

恢复了清明的理性,此后谈起自己的诗,也总是一副惭愧的姿态。①不知是否因为病中经验过于深刻,"诗"在他那里,甚至成了需要刻意回避的东西,在1931致废名信中,周作人就提醒自己的高足:"不知近来是在写散文,抑仍写诗乎?鄙意做诗使心发热,写散文稍为保养精神之道,然此亦是一种偏见,难得人人同意也。"②这样的忧虑,或许过于夸张了,在文学与养生的层面以外,似乎还连缀了一种更大的不安。事实上,让周作人忧心忡忡的,并不是诗对个体身心的扰乱,而是那种作为"装置"存在的主体机制,在现代中国峻急的空气中,它"使心发热"的作用会显示出更大的破坏力。在1927年写下的《谈虎集》后记中,他讲道:"我恐怕我的头脑不是现代的……压根儿与现代的浓郁的空气有点不合,老实说我多看琵亚词侣的画也生厌倦,诚恐难免有落伍之虑。"③此时,曾在"病的美"中看出求生意志的周作人,已告别了那个普遍的现代主义了。而所谓"现代的浓郁的空气",并不单指向了文艺,对特定历史情调的忧惧感受,已包含在其中。

上文已谈到,作为一种广义的"病中的诗",新诗乃至新文学奠基于一个热动、不安的主体。这与自晚清以降普遍的浪漫、激进氛围有关,但支撑这一文学"装置"的社会条件,也应纳入考察的范围。1937年,周作人曾有《老年的书》一文,很少被人注意。这篇文章从日本作家谷崎润一郎谈起,周作人发挥"文抄公"的作风,大段引用了谷崎的文字,其中有这样一段:

> 读日本的现代文学,特别是读所谓纯文学的人,都是十八至三十前后的文学青年,极端的说来只是作家志望的人们而已……目前日本国内充满着不能得到地位感觉不平的青年,因此文学志愿者的人数势必很多,有些大报也原有登载那些

---

① 比如在1924年的《苍蝇》一文中,他顺手引用了三年前卧病写下的同名诗作,但随后又举出小林一茶咏苍蝇的名句,认为其能在"湫秽的气色"中"表出温暖热闹的境界",感慨道:"我读这一句,常常想起自己的诗觉得惭愧,不过我的心情总不能达到那一步"。《苍蝇》,原载1924年7月13日《晨报副刊》;引自《周作人文类编·人与虫》,第153—155页。
② 周作人:《与废名书十通》,《周作人文类编·夜读的境界》,第663页。
③ 周作人:《谈虎集》后记,《周作人文类编·夜读的境界》,第543页。

作品的,但是无论如何,文坛这物事是完全以年青人为对手的特别世界,从自然主义的昔日以至现在,这种情形毫无变化。

和周作人相仿,谷崎也自认"与现代的艺术观根本的不相容",这种看法与他对日本现代文坛状况的判断有关,即:这是一个"文学青年"的世界,虽然文学潮流在更替,但文坛的构成方式却不会改变。在这样的现代文学中,他总感觉"一定有什么缺陷存在",甚至还散发出某种"文学青年的臭味",所以转而期待一种可以供"大人们"阅读的文学,他将其说成是"一种安心与信仰的文学"、"心的故乡的文学"。

谷崎的感慨针对日本文坛而发,但挪用到中国也未尝不适用,因为从总体上说,新文学的主要追随者、消费者,也不外是那些掌握些许文化资本但处身于权势网络之外的青年:一方面,"普遍与真挚"的理念以及白话文的浅近易学,为这些边缘青年提供了一种价值确立的新方式;另一方面,新文学浪漫的表达模式,也成为"穷""愁"之中自我认同的源泉。在某种意义上,所谓广义的"病中的诗",也正是产生于"不能得到地位感觉不平的青年"之中,它内在动荡、紧张的气质,也与普遍性的社会压抑相关。对于谷崎的看法,周作人显然十分认同,还进一步补充说中国所需要的文学"未必是给与安心与信仰的,而是通达人情物理,能使人增益智慧,涵养性情的一种文章"[①]。至于现代文学的缺陷是什么?何谓"文学青年的臭味"?无论是谷崎还是周作人都未进一步说明,但从他们提出的所谓"心的故乡的文学","通达人情物理的文章"来看,也可大致揣测,那种在颓废与挣扎之中表现出的主体机制,肯定在他们疏远的范围之内。但与谷崎不同的是,让周作人忧惧不已的,不只是文学生活多样性的丧失,还有青年文化本身的狂热与非理性特征,在"病中的诗"与激进的社会运动之间,某种内在的勾连也不断为历史证明。

1921年,周作人曾抱怨新开垦的诗坛几近荒芜,呼吁大家继续"诗的改造"[②]。但就在他的诗歌热情冷却之时,随着新文学的普遍扩张,

---

① 周作人:《老年的书》,《周作人文类编·夜读的境界》,第166—169页。
② 周作人:《新诗》(署名子严),1921年6月9日《晨报·副刊》。

他所忧虑的"病中的诗"也进入了一个泛滥的时期,颓废、苦闷的诗人形象,也被众多文学青年争相消费、效仿。这种现象一时间也成为诟病的焦点,针对新诗的质疑、批评、以至丑化,在当时的报刊上也屡见不鲜,①这些批评来自各个方面,也表达着不同的诉求,其中来自一批年轻的共产党人的声音尤为强劲。② 在这批政治家的眼里,青年沉溺于文学,尤其是沉溺于诗歌,都是一种娇纵、虚浮的生存方式的表现,"诗的生活"本身就是一种病态③,它的兴盛导致了对其他运动空间的侵占④。在这个意义上,对"诗"的批判并不发生在文学的层面,其目的在于将众多"不能得到地位感觉不平的青年"从符号化的世界中引导出来,加入到社会政治运动中来。在社会革命兴起的大背景中,类似的发难并不是孤立的,在很大程度上表达了某种总体的趋势,但在这一过程中,别有意味的是,"病中的诗"作为一种生活方式,虽然被彻底清算,但其背后隐含的那个"病"的主体,却并没有被轻易拒绝。在相当多的论述当中,文学之中的感伤、颓废情绪,被看做是主体觉醒的一种标志,因而也具有了正面的价值。一位作者在为"感伤"辩护时,就这样写道:"感伤"不是什么"假的情绪",而是包含一定的社会必然,"因为居住在现代的中国社会里面的现代中国人多少都是'受了社会上许多的苦恼欺骗'的","感伤虽也是没用的,但却是对于压迫的觉悟,反抗的起点"。

---

① 一位年轻的作者就发出这样的慨叹:"近来平凡的新诗的盛产,几乎成了普通的人的讥叹的资料。"(屿禾:《给爱好文艺的青年》,1924年7月11日《晨报·文学旬刊》)

② 比如,中国社会主义青年团的机关刊物《中国青年》自1923年底到1924年,就连续刊载邓中夏《新诗人的棒喝》、《贡献于新诗人之前》,恽代英《八股》,秋士《告研究文学的青年》,楚女《诗的生活与方程式的生活》、远定《诗人与诗》等文,集中火力对以新诗为代表的新文学发起猛烈批判。

③ 这种判断在肖楚女的笔下,得到了漫画式的呈现,那些过着"诗的生活"的人:"大都非常放纵,不自检束。他们是时时刻刻把自己底精神埋葬在一种神忽飘逸的景况里。……他们底一切言行,在他们自己,方且自命为'名士',为'艺术的艺术家',为'风流才子',为'高人逸士'……刘伶、李白、唐寅、王尔德(Wilde)……就是他们底代表。他们这种怯懦的疯人生活,除了'浪漫'没有一点别的意义——和'诗'之成立于想象的构造之幻一样。"楚女:《诗的生活与方程式的生活》,《中国青年》第11期,1923年12月29日。

④ 邓中夏的一段话,便道出了这种忧虑:"今日办一个弥洒,明天办一个湖光;今日出一本繁星,明天出一本雪朝……真是风靡一时,几乎把全中国的青年界都被他们占为领域了。"中夏:《新诗人的棒喝》,《中国青年》第7期,1923年12月1日。

对感伤之人,他也抱着乐观的态度,"因为他们的的确确的觉悟到社会的压迫而发出呼叫了,他们可以进一步走上反抗的路了"①。无论是"感伤",还是"病态",本来是文学青年的"原罪"之一,但作为一种蕴积的能量,也可被导入正确的方向,原罪随之被化解、"病"也随之被医治。在20年代中后期,大量文学青年向政治青年的转化,就是一个不争的事实。

从颓废、病态到反抗、求生,围绕"病"展开的辩证关系,其实已出现在周作人1920年代初的《三个文学家的纪念》、《新文学的两大潮流》等文章中,他似乎已先于他人,做出了历史的预言。但他的"知道"里仍包含了某种"不知道",正如对"诗"的戒惧一般,他对狂热、不安的青年文化在整体上也持怀疑态度,这与他个人的人格气质有关,但同时也出于对不断激进的社会现实的感受。刚才提到的《谈虎集》后记,就是写于残酷杀戮的1927年。在这一年,南方的清党与北方的讨赤,让周作人感到无比的震惊,他所言及的"现代的浓郁的空气",指向的是现代狂热气息中的狂热与专断:"凡过火的事物我都以为不好,不宽容也就算作其中之一。"②因而,如看到小河在堰下的打转,对一切狂热、浪漫、非理性、信仰、革命的疏远,在他那里是结构性的。其中,他对"诗"的疏远,虽然不是一个多么重要的主题,但确实也显现了那种结构。

六

从颓废、挣扎的诗歌到激进的社会革命,文学与政治之间的能量转换,或许是一种历史进程中的常态,要呈现内部的错综、纠结,已超出了本文的话题范围。但从某个角度看,当这一转换在逻辑上过于流畅、自明的时候,不由得会使人疑问这种文学是否缺少一些不易被历史消化掉的品质呢?那种以不安、热动为核心气质的深度模式,是否也会因过

---

① 萍若:《论"不准感伤"及其他》,连载于1926年7月《世界日报副刊》1卷15号、16号。

② 周作人:《谈虎集》后记,《周作人文类编·夜读的境界》,第543页。

于单调而流于肤泛呢？如果说使人灵魂发热的诗歌，只不过是历史内在动荡的一种表现，那么挣脱历史内在限制的可能，便不能寄托在该文体之上了。对于这样的文学，周作人是同样不信任的，后来在谈及早年的《小河》时，他主动说明自己所要表达的不过是很旧的东西，"简直可以说这是新诗人所大抵不屑为的，一句话就是古老的忧惧"①。对于历史的"忧惧"之情，在周作人那里是一贯的主题，有趣的是前面那一句："简直可以说是新诗人所大抵不屑为的"，周作人还是想以自贬的方式，摆脱与新诗的瓜葛，但依照正话反说的逻辑，他其实也提出这样一种质疑：在"现代的浓郁的空气"之外，他那种特有的暧昧、芜杂、混合了空洞、虚无与滑稽情绪的特殊经验，是否也难以为一般的新诗模式所容纳呢？

事实上，声称不是诗人的周作人疏远了新诗，但并没有放弃诗歌，自1934年"请到寒斋吃苦茶"那两首"五十自寿诗"开始，他开始尝试另外一种类型的诗歌，陆续写出《苦茶庵打油诗》、《老虎桥杂诗》等一大批旧体诗作。众所周知，其中两首"寄沉痛于悠闲"的"五十自寿诗"轰动一时，还引出一场笔墨官司。胡风在读后就发出这样的慨叹："然而，这个作者却就是当年为诗的解放而斗争过了的《小河》的作者。"②在两首"炉火纯青"的七律中，胡风感到的是所谓"过去的幽灵"的重现，然而此时"谈狐说鬼"的周作人与《小河》时代的他，在内在气息上其实没有根本的变化。或许是怕引起误解，周作人对自己的这些旧体诗，也做过多次的解说：一方面，他将其命名为"打油诗"、"杂诗"，为了凸显非新非旧的另类特征："第一它不是旧诗，而略有字数韵脚的拘束，第二也并非白话诗，而仍有随意说话的自由"③；另一方面，他也不断提及它们与《小河》的联系，表达的主题无外古老的"忧与惧耳"，而且他的诗歌无论新旧，"当作文章看，亦未始不可"④。在周作人自己的理解中，他的新诗

---

① 周作人：《苦茶庵打油诗》后记，《周作人文类编·夜读的境界》，第631页。
② 胡风：《过去的幽灵》，载1934年4月16、17日《申报·自由谈》；孙郁、黄乔生主编《回望周作人：是非之间》，第110页。
③ 周作人：《老虎桥杂诗》题记，《周作人文类编·夜读的境界》，第634页。
④ 周作人：《苦茶庵打油诗》后记，《周作人文类编·夜读的境界》，第630页。

和旧诗的差异,没有想象那么大,它们都与正统的"诗"有所区别,但作为一种别样的文章,自己写起来却顺手随意。

在现代文学史上,像周作人这样转向传统文学样式的例子,当然不胜枚举,有关20世纪旧体诗写作的评价与定位,也是文学史上一个充满争议的课题。但具体到周作人的个案,在新与旧的对话之外,更值得关注的是他诗歌写作内在的延续性,即他实际上在尝试一种相对自如的诗歌方式,以容纳那些"新诗人所大底不屑为"的历史感兴,他将自己的诗当做"文章"来看,也是在有意表露这种想法。与胡适"作诗如作文"的提法不同,在周作人这里,"文章"指向的不只是形式、句法的散文化,更多地还是与一种无拘束的主体开放性有关。相形之下,那个紧张热动的"病"的主体,则在对应于诗之深度模式之外,也多少有点僵硬、拘谨。实际上,周作人也明确表达过这种抱负。在晚年所作《〈知堂杂诗抄〉旧序》中,他抛出"情动于中而形于言"的传统诗学,作为自己趣味的对立面,自嘲地写道:"我哪里有这种不知手之舞之足之蹈之的材料,要来那末苦心孤诣的来做成诗呢?也就只有一点散文的资料,偶尔想要发表罢了。"由此出发,周作人理直气壮地为自己的"杂诗"辩护:"这当初是自谦,但同时也是一种自尊,有自立门户的意思……这里包括内容和形式两重,正如题记中所说,有如散文中的那种杂文,仿佛是自成一家了。"[1]在这一点上,他从新诗转向杂诗,与他将自己的写作定位于"文章"而非文学,具有相当的同构性,通过这样的选择,他也无形中强化了自己对那一套文学"装置"的疏远。

当然,无论是新诗还是杂诗,周作人的写作的确只是"自成一家",不仅没有充分展开,也不可能在"现代的浓郁的空气"中获得完全的同情。重新检讨他诗歌的内在理路,给予一定的文学史说明,或许并不重要。然而,如果能从他的立场、趣味出发,去审视新诗并不长久的历史,探讨它特定的文化形象,乃至内在的限制,某种反思性的视野也可能随之浮现:作为体现现代历史内部紧张的文体,新诗一定天然地局限于那种主体模式吗?在追求修辞强度、情感强度的同时,它是否也会缺失了

---

[1] 周作人:《〈知堂杂诗抄〉旧序》,《周作人文类编·夜读的境界》,第639页。

某种更自如的经验穿梭能力？作为一种激进的青年文化的产物，新诗能否可以进一步"成年"，对应于更成熟更恢诡的心智？对上述问题的追问，并不意味着一种旁观式的质疑，而恰恰体现了某种对新诗历史可能的内在肯定，因为在某些时候，来自内部的自我"疏远"要比对自身前提的制度化重申更为重要。在这个意义上，周作人当年有限的尝试，连同他的"知道"与"不知道"，虽不见得有多高的诗学价值，但仍可包容于新诗不断展开的活力当中。

诗人研究

王东东：多多诗艺中的理想对称
一　行：风景与物语
曾　园：桑克的现实主义
周　瓒：2006—2007大陆诗界回顾

多多诗艺中的理想对称

王东东

作为一位发明了个人特殊语法和"诗式"的诗人,多多一向显得卓异非凡和高不可问。只有一次,在金丝燕给人以步步紧逼印象的"追问"下(她那篇访谈也是对多多所作的最好的访谈),①后者为她搬出的马拉美引发了迟到却并不陌生的热情。金丝燕强调的是形式诗学的历史渊源,当浪漫主义式微,对精神和个性的崇拜就适时转移到了语言形式的层面;这一诗学理想经由德国浪漫主义、黑格尔进而影响到了马拉美,最终在他身上得以实现。金丝燕有意义的误会是,我们还处于浪漫主义精神氛围下,我们还耽留在"浪漫主义之后"②:这可以看成是黑格尔在"精神界"一度死灰复燃的标志;又,现代主义的"向内转"和金丝燕所谓"内潜"有多少不同呢?

然而,在多多和马拉美之间究竟隔着一百年的距离,虽然这并不能妨碍,比如金丝燕,意欲对比二人。更透彻地看待此举,可以说,金丝燕

---

① 多多、金丝燕:《诗,人,和内潜》,见《迎接新的文化转型时期——〈跨文化对话〉丛刊(1—16辑)选编》,乐黛云、钱林森、金丝燕主编,上海文艺出版社,2005年。

② 黑格尔将美学分为三个时期,象征型("象征作为符号")、古典型("古典型艺术的独立自主性在于精神意义与自然形象互相渗透")、浪漫型("内在主体性的原则"),《美学》第二卷(一)说:"精神原先要从外在的感性事物中去找它的对象,现在它既提升到回返到精神本身,它就从它本身获得它的对象,而且在这种精神与本身的统一中感觉到而且认识到自己了。这种精神返回到它本身的情况就形成了浪漫型艺术的基本原则。"朱光潜译,商务印书馆,1979年1月第一版,第274至275页。

是在利用法国化了的黑格尔(马拉美、辩证法)①,试探有多大可能对比于被马克思主义向上溯及而正统化了的黑格尔(辩证法)?②——后者是对多多一生都难逃脱的生存境遇的历史性内容之概括;而且,后者对前者构成了刺激性和生产性的外部环境(起初是列宁的光环,和他对研究黑格尔辩证法的鼓励)。只可惜,金丝燕并没有意识到这样宏阔的对比空间。美国诗人斯蒂文斯说:"钱也是诗",这仿佛是美国人的教条。法国人并没有说:"政治也是诗",但他们的理论仿佛都说明着这个。对于我们来说,最不鲜见的就是"革命也是诗"。向后看,"革命也是诗"是合法化的自我叙事,是欢乐的庆典;向前看,也就是在后革命氛围中,"革命也是诗"就是在劫难逃的命运,有悲观的危险。这就说明了节日的悖论性质。多多也难逃这一命运,和革命一起双双"堕入时间"。时间充满了恶意,从这一角度看,也许必然会形成摩尼教对命运的阴险意识?毛泽东看到了这一点,试图用"继续革命"的思想补救之。这样就等于承认,时间的血液可以无限次更新,但每一次更新都被推迟到了下一次当中。这既是从圆到直线的无限切分,即所谓螺旋下降,也是直线对圆的固执的不服从,即所谓螺旋上升,这实在是一个美妙的吊诡,否则,最后审判和天堂、失而复得的乐园不都成为现实?正因为这一时间点深刻的包孕,多多那一代才可以被称为"'红卫兵'诗人"、"'知青'诗人"。需要注意,当时全球都遍布毛主义分子。这是一群无法完成"否定之否定"的不幸福的被遗弃者。革命和黑格尔传播的基督教末世学

---

① 科耶夫在《黑格尔讲座导读》中说:"那么什么是黑格尔的道德?……凡存在的都是善的就在于它存在着。因此所有行动,作为既存的否定都是坏的或恶的。但是恶也可以原谅。如何原谅?靠它的成功。成功免除了罪恶,因为成功是一个新存在的现实。但是怎样来衡量成功?在能这样做之前,历史必定已经终结了。"这些话预言了以后对"哲学恐怖主义"的论述,转引自《当代法国哲学》,文森特·德贡布著,王寅丽译,新星出版社,2007年2月第一版,第20页。科耶夫的黑格尔讲稿在1947年方始编辑出版,但恰在冷战前夕。除此之外,三H一代的主角之一萨特在诗人中对马拉美情有独钟,但他最出名的当然是对"国际形势与政治"的参与性关注;阿兰·巴丢则综合了三M:马拉美、毛泽东、数学……以上两个例子或有些随意,但都说明黑格尔在法国一定阶段的"普遍性",法国理论家似乎都善于将诗学与政治经济学结合起来考虑。

② 其主要作品应当是毛泽东的《矛盾论》和《实践论》。辩证法在思想政治教育和哲学教材中得以大量传播。

思想构成了他们命运的前提。

一代人经历着自己的否定。确切地说,他们是处在后革命条件下,"继续革命"让他们一再体验到无能,这种无能是行动的无能,也是历史的无能,最后,徒有语言激情可以挥霍。多多"先验地"懂得这一点,几乎从一开始就受到纯诗艺的吸引:"歌声,省略了革命的血腥"(《当人民从干酪上站起》1972),①这首诗这样结尾:"直到篱笆后面的牺牲也渐渐模糊/远远地,又开来冒烟的队伍……"但多像是对革命的无可奈何的戏仿。剩下来就只是对语言的否定,于是不断地出现"寡妇"、"孤儿"、"叛逆"、"情敌"等带有消极色彩的词语,《蜜周》上演了一场"混账诗人"与"混账女人"的戏剧,这既是对爱情加革命模式的历史书写的改写——革命与家庭的关系是革命的永久主题之一,也是诗人在自身内部体验自我意象和理想的变质朽坏的过程。它一分为二为两个主题,一个是母亲主题,对于年轻的"后革命"诗人来讲,也就是情人—爱欲主题充满想象力的自居,带上了主动误认和供认不讳的色彩。一首起了个幽默诗题的诗这样写道,"最后的喊声是:/'母亲青春的罪'!"(《中选》1987),最后一个结构晦涩的词组说明了这一点。这首诗写的是出生。另一个主题是父亲主题,或曰寻找父亲的主题,单就它和第一个主题的关系讲,可以看成是对情欲主题的升华。当寻找中的父亲或父亲主题隐匿不见时,父亲就会被否定性的滑稽形象取代,"后革命"诗人就自然体验到情欲的虚无:"虚无,从接过吻的唇上/溜出来了,带有一股/不曾觉察的清醒://在我疯狂地追逐过女人的那条街上/今天,戴着白手套的工人/正在镇静地喷射杀虫剂……"(《青春》1973),代替父亲的"戴着白手套的工人"是现代行政体系的附庸部分,带来(自我)规训、理性惩罚的意味,但因有虚无和清醒在先,在"戴着白手套的工人"和"我"之间似乎就存有相互理解与和解的可能。父亲形象的缺失让女性主题凸显了出来,紧张,对抗,充满危险,这也和我们对多多那一代人生活的观察相一致,他们都爱看间谍电影,尤其是关于女间谍的电影。试看如下句

---

① 本文所引多多诗篇均出自《多多诗选》,花城出版社,2005年。

子,"五粒冰凉的子弹/上面涂满红指甲油"(《你好,你好》1983),"但是间隔啊间隔,完全来自陪伴和抚摸/被熟知的知识间隔/被爱的和被歧视的/总是一个女人/成了羞辱我们记忆的敌人"(《被俘的野蛮的心永远向着太阳》1982)。再如,"暴力摇撼着果树/哑孩子把头藏起/口吃的情欲玫瑰色的腋臭/留在色情的棺底"(《哑孩子》1986),这是一种误认,一种充满暴力、动荡的两性关系被转移到了孩子身上。

  这一切,似乎都向我们揭示了"后革命"家庭的奥秘。父亲总是迟至最后出现,从寻找者自我流放之际,寻找就开始了,好像被放逐的不是寻找者而是父亲。在这里,对父亲形象的不断追踪,并没有导致"弑父"和俄狄浦斯双重毁灭的命运,其令人惊奇之处在于,革命的后遗症反而最终在父亲那里得到了治疗。多多有诗《通往父亲的路》(1988)专门来表达这一理解,"父亲"只在诗题和诗里各出现一次。在全诗大约中间的位置出现了一幕家庭戏剧:"长有金色睫毛的倒刺,一个男孩跪着/挖我爱人:'再也不准你死去!'//我,就跪在男孩身后/挖我母亲:'绝不是因为不再爱!'"这两个画面可以看做是出自两个不同的叙述视角的同一幅画面,一个出自"我",一个出自"父亲","我爱人"中的"我"指的是"父亲",这是从他的视角看到的画面。"挖我爱人"、"挖我母亲"就成为有意的重复并置,由于"我"和"父亲"的同一而成为可能,故而篇末"然后接着挖——通往父亲的路……"才不致突兀。这里的父亲形象并不饱满充实,依然空缺,但正因为此,"父亲"作为精神存在和象征已初步显示出来,在这首诗里就表现为"父亲"一词的结构能力,还表现为一种向上的力量,"有人在天上喊"、"用一个气候扣压住小屋"、"升向冷酷的天空"、"阴沉的星球"似乎都暗示着父亲与天空——精神——的同一,或者"向天空挖父亲"。此外,多多还写过"骑上父亲肩膀"(《致太阳》1973)、"父亲的骨头"(《依旧是》1993)、"面有窘相的父亲"(《忍受着》1998)、"晚年的父亲"(《四合院》1999)。但父亲形象集中出现于《我读着》(1991)一诗中,它可与《通往父亲的路》联系起来读。多多的父亲形象也可以让人想起柏桦(另一位"后革命"诗人)的诗句,"我们那精神上纯洁得发白的父亲"。

我读着

十一月的麦地里我读着我父亲
我读着他的头发
他领带的颜色,他的裤线
还有他的蹄子,被鞋带绊着
一边溜着冰,一边拉着小提琴
阴囊紧缩,颈子因过度的理解伸向天空
我读到我父亲是一匹眼睛大大的马

我读到我父亲曾经短暂地离开过马群
一棵小树上挂着他的外衣
还有他的袜子,还有隐现的马群中
那些苍白的屁股,像剥去肉的
牡蛎壳内盛放的女人洗身的肥皂
我读到我父亲头油的气味
他身上的烟草味
还有他的结核,照亮了一匹马的左肺
我读到一个男孩子的疑问
从一片金色的玉米地里升起
我读到在我懂事的年龄
晾晒壳粒的红房屋顶开始下雨
种麦季节的犁下托着四条死马的腿
马皮像撑开的伞,还有散于四处的马牙
我读到一张张被时间带走的脸
我读到我父亲的历史在地下静静腐烂
我父亲身上的蝗虫,正独自存在下去

像一个白发理发师搂抱着一株衰老的柿子树
我读到我父亲把我重新放回到一匹马腹中去
当我就要变成伦敦雾中的一条石凳
当我的目光越过在银行大道散步的男人……

1991

"我父亲"的形象串联起了全诗,使全诗可得以理解。诗里至少出现了两种语汇,一种是"我父亲的历史",亦即带有历史性的存在,另一种是"正独自存在下去"的"我父亲身上的蝗虫",亦即自然存在本身,两种语汇通过"马"这一奇特的意象交汇起来。"我父亲头油的气味"让"他"流露出革命浪漫主义的气质,这一直吸引着"后革命"诗人的注意力,"他身上的烟草味",尤其"结核"这一浪漫派特有的疾病,全为表现作为"一代人"的"父亲"的魅力,"阴囊紧缩"体现出精神的力量、禁欲主义和克制,"颈子因过度的理解伸向天空"就更是理想主义的变形。"一边溜着冰,一边拉着小提琴"有"我"的文艺生活在父亲那里的投射。但全诗仍然是:通过"我读着"而从父亲那里获得的引领,以及获自自然的启示,像一幅现代派抽象画,中间有"我父亲"的形象和马的形象的重叠、镶嵌,前者向后者变形、过渡、重合,"我"的目光也由上而下,从精神的天空逐渐落至物质的大地,即死亡。父亲既是历史积累和文化的象征(精神分析),也是人的自然性和死亡的象征,通过他,(后)革命历史语汇和自然语汇达成了统一,交融同时也就是分裂,这里的父亲形象让人想起博尔赫斯写到的在雨天归来的父亲。马在"种麦季节"的死亡取代了作为精神贵族的文学象征的马:"黑暗原野上咳血疾驰的野王子/旧世界的最后一名骑士//——马/一匹无头的马,在奔驰……"(《马》1985)

这里的自然物象也与从前有很大不同:"后革命"诗人将自然物象和生产物象也当做革命物象来书写,"牲畜被征用,农民从田野上归来/抬着血淋淋的犁……"(《年代》1973),毋宁说,这样的句子还是有洞察力的,意识到中国革命的胜利在某种程度上就是农民的胜利(还是一部分知识分子的胜利);而当"后革命"诗人成为纯粹的抒情诗人,他不再慷慨地将自然视为对历史的反映,而是看到了自然对历史性存在的征服,历史,尤其是革命历史也被纳入了自然时间中接受自然事物的打量。革命(revolution)回到了它的另一个含义,天体运动,和循环,这些正是自然时间的本义。由"后革命"诗人向自然诗人的变化,可谓是发生在多多身上的巨大转折,由此,他完成了个人诗艺进化过程中的理想对称,无法解决的生存性悖论和悖论性生存的紧张,差不多完满地转化到了语言紧张性和紧张的语言里。在这里,也要归功于语言,居于具体生存之上的形而上精神系统发生了变化,由现代辩证法转化为古老的自然精神系统,在诗人那里形成了基于自然典律的自然诗学,对于慰藉人心,后者比系念于斗争诗学和革命诗学显然更可靠。只有在这里,在自然的循环时间里,革命时间也就是直线时间的伤口才得以愈合。革命诗学是否定性的诗学,是进行到一半的辩证法,但毕竟还属于容留着希望的二元论;自然诗学当然是肯定性的诗学,然而自然的肯定又那么令人绝望,因为自然的肯定也是否定,十足悲观,对人和历史。如果没有"后革命"诗人在"后革命"时代里积聚起来的勇气,这样一种自然诗学极容易倒向缺少希望的一元论,给人、给精神存在留下的空间都会过于狭小,就像在《在这样一种天气里,来自天气的任何意义都没有》(1992)以及《没有》(一共二首,1991,1996,1998)等诗里那样。

　　多多在这种自然主义观念下的语言工作,最迟在80年代中期已经蔚然成风。对此,多多有一句特别玄妙而又美好的诗:"语言开始,而生命离去。"(《北方的夜》1985)如果说,他的写作从一开始就具有语言的自觉,那么到80年代中后期,这一语言终于找到了合意的题材,自然、死亡以及记忆。语言意识和宇宙意识达成了一致。这种对待语言的神秘主义态度,来源于对宇宙万物的神秘主义信仰。语言说话。事物也说话。事物是事物本身的语言,形成了作为语言的自然的第二自然,和作为自然的语言的第二语言。语言的自然主义导向了自然物神的言语。诸如"被避孕的种子/并不生产形象"(《语言的制作来自厨房》1984),"九月,盲人抚摸麦浪前行,荞麦/发出寓言中的清香"(《九月》1988),"五月麦浪的翻译声,已是这般久远"(《走向冬天》1989),"那覆雪的坡,是一些念头"(《静默》1992),"昔日的光涌进了诉说,在话语以外崩裂"(《依旧是》1993),"两粒橄榄,谜语中的谜语"(《锁住的方向》1994),"失眠的时间里,纪念星辰/在头顶聚敛谜语的好时光!"(《从不作梦》1994)"从一张谜一样的脸上,五谷丰登呵!"(《五亩地》1995)在多多诗里俯拾即是。这里有两个问题值得注意。其一是漫漶其中的"超自然主义的自然主义"(supernaturalistic naturalism),自然书写对人类书写的引导性设计,这是古典中国的自然诗学模式,它拥有一套完备、阐释精微的象征主义体系,所谓"观乎天文,以察时序;关乎人文,以化成天下",涵盖阴阳、五行、自然、人伦,故多多可以毫不费力写出"用谷子测量前程"(《只允许》1992)、"运送黄金的天空"(《什么时候我知道铃声是绿色的》)一类警句,前一个句子有巫术的阴影,后一个句子则是对秋天在五行中属于"金"这一特性的刻画。多多对作为象形文字的汉语的出神入化的运用也表明了这一点,"在马眼中溅起了波涛"(《冬夜的天空》1985)。① 其第二个问题是,这种自然诗学在多多这里发生了多大变异?又和古典诗学模式拉开了多大距离呢?一个观察是,"后革命"诗歌在整体时代语境发生变化之后,词语的社会史进程——难免带有革命、唯科学主义和进化论的色彩——得到了省察,甚至被纠正,而呈现出了一种词语的自然史的外貌,词的暴政变成了词的风景,词的各种社会用法反而都得到了记录和珍藏,但是是作为词的遗迹、词的博物馆和词的自然风景区,同时又显出生机勃勃的活力论的一面;这和他们向自然主义态度的转变不无关系。这就让一首诗里的事物具有一种让·鲍德里亚所说的明信片效果,一个地方会越来越像风景明信片中的它自己。毋宁说,这在某种程度上是"超文本"(supertext)和文本观念泛滥的结果。如果说多多的诗在某种程度上偏离了古典诗学,它也没有简单苟同于这种后现代色彩颇浓的诗学。

一如我反复再三申明的,要想确定多多真正的诗学是什么,就必须联系到"后革命"诗人的悖论气质。人生现实和社会的变迁,似乎让他们获得了一种强大的免疫力,一方面让他们忌讳人格神的现身,亦即超越精神的完全实现——一般来说,其实诗人最容易产生宗教误会,由于他所从事的语言工作的特点,语言神秘主义、物神、说话的事物都怂恿他这样去做;另一方面又让他们忌讳其(上帝)在人间的代表的现身,亦即国家、民族等集体性事物在诗中的再次出场。前者导致信仰的迟迟不断出现,或者根本就截断了信仰的可能,归根结底,是因为它掩饰不住基督教—黑格尔哲学和末世学革命留下来的时间的伤口;后者比较明显,其实是呼应了人们对"后革命"诗歌的期待和"后革命"诗歌的自我期待,这一

---

① 黄灿然在《最初的契约》一文中,对多多的诗在语言形式层面与"传统"的关系有出色的分析,见《多多诗选》。

心理影响甚至持续到 90 年代诗歌中。知识化的个人写作,或曰个人化的知识写作以及叙事如若不以民族主义为突破口又将走向何处呢？它的意义总不能只是表现在对民族主义和国家叙事的刻意回避中吧？其实,这两种忌讳("后革命"诗人的上限当为建国前后出生的诗人,其下限可以商量,但不会晚于毛泽东"继续革命"的 1960 年代,70 年代和 80 年代出生的诗人只能间接从"认识论的变革"中受益)仍隐约可现于 90 年代诗人对 W. B. 叶芝的态度中。在叶芝后期,叶芝的情欲和民族主义叙事遭到了他自己的一次否定,被纳入到了他象征主义的神秘宗教体系中。中国诗人一方面谨慎对待叶芝的类宗教情结,另一方面又对其与民族主义的关系艳羡不已,其实这中间已经经过了一次目光的转换,俄罗斯白银时代的光辉折射到了一位英语诗人身上,再说,民族主义也极容易在新的环境下变质败坏。而对于多多这样的"后革命"诗人来说,宗教和国家皆已构成不了诱惑。与此相互发明的是,多多找到的自然,就好像是一种来自循环的也是封闭的时间(空间)的安慰。这种时间是农业文明的时间,从这个意义上说,多多也许是我们最后一个属于农业文明的诗人(他做了近十年《农民日报》的记者),另一位是早逝的海子。在多个意义上,多多都构成了我们向后回溯时无法躲开的一个界标。如果我们对于新的诗歌历险感到害怕,回头看,一下就能看到多多在那里。这是由于他在诗歌的精神背景和思想资源上占据的优势,当然,就连这一点也并不是现成的,需要诗人辗转去发现。

然而,多多作为诗人的非凡之处更多表现在,他将这一切转化为抒情诗的能力,他的歌唱。他似乎从一开始就知道将有一场词的尤利西斯式旅行(北岛后来提出了"词的流亡"),作为农耕民族的一分子,他固执地书写着大海,闪光的意象频频出现在他的诗里,其中最有预见性的句子出现在 1985 年:"我不信。我汲满泪水的眼睛无人相信/就像倾斜的天空,你在走来/总是在向我走来/整个大海随你移动/噢,我再没见过,再也没有见过/没有大海之前的国土……"(《火光深处》)请注意最后两行,而在诗里,"你"也就是"我"。进一步破译多多诗歌中的密码就会发现,大海的意象其实与出生、与创世纪也即时间的开端有关,写出生的诗《中选》写道:"大海,就在那时钻入一只海蛎/于是,突然地,你发现,已经置身于/一个被时间砸开的故事中。"《它们——纪念西尔维亚·普拉斯》(1993)则这样写:"在海底,像牡蛎/吐露,然后自行闭合",简直给出了时间的模型(大爆炸和宇宙的坍塌)。与此类似,还有"每一个字,是一只撞碎头的鸟/大海,从一只跌破的瓦罐中继续溢出"(《只允许》1992),瓦罐也是一个(艺术的)时间意象,但是是圆形的时间,大海从中溢出就有了时间的起点,这句诗让人想起艾略特写到的中国瓷瓶。这是一种原型书写。艾略特写过这样的句子:"在我的开始是我的结束",多多的写作完美体现了这一点(多多会说:"我没有结束"),他从开始到最后都没有变,但又始终在变。原因其实就在于,多多诗的真正主题是时间。《过海》(1990)和《归来》(1994)最清楚不过地说明了这一点。《过海》写到了死亡,"船上的人,全都木然站立/亲人们,在遥远的水下呼吸","没有死人,河便不会有它的尽头……",这显然是对阿刻隆的渡船和冥河的想象,"海"与"河"不同而又同一,"我们过海,而那条该死的河/该往何处流?"《归来》则在最后发出了咒语般的祝福:"词,瞬间就走回词典/但在词语之内,航行//让从未开始航行的人/永生——都不得归来",词的经历就与人生经历包括流亡经历合一了——他80年代的诗集《里程》奇妙地预见了一切——词的预言能力参与了诗人的认识过程:"从甲板上认识大海/瞬间,就认出它巨大的徘徊//从海上认识犁,瞬间/就认出我们有过的勇气。"在此之前,他已在词中认识了大海。而"犁"、"牛",以及其他诗中"麦"等意象的大量涌现,又体现了词的悲悼力量,在这里,他又一次触及到了(汉语的)词语之根和时间之根,让读者豁然开朗,甘之若饴,就好像"时间就在这只器皿里有它的根/而在其余的器皿里有它的枝叶"(《神曲·天堂篇》第二十七歌,"飞向水晶天")。

就是在这个意义上,多多回归了汉语言的传统,这就让他和保罗·策兰显示出明显区别;本来,多多是当代中国最为接近保罗·策兰的诗人。在多多诗里,可以说最终是欣悦的力量占了上风,这种欣悦的力量来源于古典中国的自然时间,它有别于罪感文化和策兰"德语痛苦的韵律"。"词的黑夜"(Wortnacht)和"时间的伤疤"(die Narbe der Zeit)是策兰一而二、二而一的主题。多多则以悖离的方式完成了痛悼,而且义无反顾,"头也不回的旅行者啊/你所蔑视的一切,都是不会消逝的"

(《里程》1985)。可以说,他划了一个圆,暗中想要在每一个单纯的时间点获得救赎,"快吧现在,这里,现在,永远——一种完全单纯的状态"(艾略特《小吉丁》)。多多是否仍然相信他被赋予了一种弥赛亚力量呢?或者诗歌的音乐只是革命的替代品,试图让时间发生变化,在单一的时间点创造另外的空间?① 可以设想,这是他在投靠古典时间后,试图通过诗艺对之进行的突破。有时,惯性过于强大,这种对封闭的循环时间的突围就跌落下来——是不是鲁迅最先感到了这种封闭,和突围的无望?于是这种封闭会得到大量的喝彩,像《依旧是》、《五亩地》、《四合院》这些诗,尤其像《阿姆斯特丹的河流》和《英格兰》这样的怀国诗。

在理想的时候,他的歌唱就超越了这种前往和返回的矛盾,②"响遏行云,余音绕梁而三日不绝",就是说造成了一种静止的时间、矗立的时间,这是音乐的时间,是他的诗艺的特殊时间。这种诗歌给人的慰藉,是在暴风眼的安静。它造成了"额外的"词的空间。这个空间可以有其自身的逻辑、叙述和时间:"我姨夫要修理时钟/似在事先已把预感吸足/他所要纠正的那个错误/已被错过的时间完成:/我们全体都因此沦为被解放者!"不了解这一点,也就无法认出《通往父亲的路》对同一场景的重描。词的空间构成了理想对称的一方,或者说,它本身就包含了理想对称,这也许可以理解为德勒兹所谓的"褶皱"。"一个解散现实的可能性/放大了我姨夫的双眼/可以一直望到冻在北极上空的太阳/

---

① "革命的意识遂被导向使历史连续性发生断裂的对'现在'或'当下时间'的意识,如同本雅明对超现实主义的赞扬,把不可免的历史变迁变为一种由被神秘的'当下'所组成的世界,把时间转变为空间。本雅明把每一'当下'或'现时的时间'作为具有超现实的'弥赛亚时间原型',当下'是贯穿弥赛亚时代无数细小事物的现时的时间'。当均质而空洞的时间被'现在'打破之后,'未来的每一秒都是一扇小门,弥赛亚可以穿过它进来'"。耿占春《本雅明的寓言》,见耿占春:《中魔的镜子》,学林出版社,2002年,第184页。暂时不论这种叙述的神学色彩,而只是视之为一种隐喻表达,那么这段话恰好可以用来描绘"后革命"诗人的抒情诗的精义。这也是"理想对称"的题中之义。

② 杨小滨将其概述为"抒情的灾难",他极有洞察力看到多多与后黑格尔思维模式,在这里是"否定辩证法"的联系:"多多在诗里表达了那种阿多尔诺(Th. W. Adorno)所说的无法扬弃为肯定性的否定,一种不妥协的、无休止的自我对抗,在这种否定和对抗中多多展示了那种最后的肯定性都在被不断剥夺的严酷现状。"(杨小滨《今天的"今天派"诗歌》),见《从最小的可能性开始》,《中国诗歌评论》第一辑,臧棣、孙文波、肖开愚编,人民文学出版社,2000年,第248页。

而我姨夫要用镊子——把它夹回历史","冻在北极上空的太阳"这个虫洞（宇宙物理学）一样的、理想的静止形象，可以看成词的空间的象征，而"用镊子——把它夹回历史"，体现出它与一种突然流动的、线性时间的联系，以此唤醒它对历时性存在的凝视，从而也就彰显了它的历史美德，"冻在北极上空的太阳"的自身悖谬性也就得以化解。多多每首诗下面的日期注也等于没注，除了他自己没人可以分清它们的写作日期。然而，诗学就是这样与历史构成了完美的对称。或有的形而上学被原谅，这样也符合维特根斯坦的要求："我们所做的是把语词从形而上学的用法带回到它们在语言中的正确用法。"[1]问题是，是不是存在着一个"在语言中的正确用法"的解释学意义上的多多？从这里，他诗中暗含的历史内容可以迎刃而解，因为对于多多来说，时间只是用于堆积的颜料，但是单一的线并不能成画，必须由于抽象的涂抹而失真，让人认不出来，这就让线性时间变成艺术的阻遏的时间，被阻的时间被迫长出阻遏空间，而为词语的迷宫。这样就可以理解，为什么他"对词语的用法"凭藉的不是语法，他在表述问题（哲学问题）上呈现出高度自由的状态，这满足了他的歌唱性的条件，譬如《锁住的方向》和《锁不住的方向》的反论式的对偶，既相互证明彼此为假，又相互证明彼此为真。这里又表现出了他和马拉美的联系。马拉美在诗中不断赋予和取消存在亦即词语的意义，而多多不仅赋予和撤销，就像在"他们留下的词，是穿透水泥的精子——/他们留下的精子，是被水泥砌死的词"中，也就是在对句法结构和词语的变换中，他不断地对意义空间的相互陌异的单元（"精子"与"水泥"）进行沟通、阻断和分化（"穿透"或"砌死"），使意义的空间在不断同质化的同时表露出差异，这种在纸面上进行的词的街垒开拓了词语（诗学）的拓扑学空间，同时也表现出二元论警觉的痛感。

---

[1] 见《维特根斯坦全集》第12卷第37页。同卷中《关于伦理学的讲演（1929）》可以看出维特根斯坦对伦理学，以及要求其他意义的"形而上学"（我们推测）的态度："它所说的东西对我们任何意义上的知识都没有增加任何新的内容。但这是记载人类心灵的一种倾向，我个人对此无比崇敬，我的一生绝不会嘲弄它。"见此书第9—10页。

风景与物语
——试论邹昆凌的诗

一 行

一、风景：印象与现象

在出生于上个世纪40年代的诗人中，邹昆凌（1946—　）无疑是被文学史和诗歌界严重忽略者。尽管出版过两本诗集（《碎片与显影》和《人鱼同体》），但"邹昆凌"这个名字对于当代诗坛来说仍然非常陌生，只是在云南的画家群体中有一定的知名度。这种遗忘和忽略或许倒成全了他，使他可以心无旁骛地磨炼自己的感受力和诗艺，而用不着像许多成名的同代诗人那样忙于应酬、写回忆录和抱怨当代的读者。无人关注的结果，反而是带给了他一种更持久的耐心、沉静和专注。于是，我们看到，当他的同代人普遍呈现出创作力僵化、衰退甚至完全消失的时候，他却成为了那一代人中极其罕见的越写越扎实、越写越有活力的异数。他就像一株植物，由于生在无人问津的地带，而长得愈益繁茂。

作为一位晚熟的诗人，邹昆凌有着所有成熟作家共有的特征：阅读方面的勤奋和博杂（他有着和年轻作家一样的阅读量和阅读口味），丰富的阅历带来的现实感（生于"右派"家庭，历经"文革"和改革），以及写作观念和形式上的自觉。这一切使他能够不断地保持、更新自身的理解力和感受力。然而，除此之外，使他年过60还能写出不凡诗作的原因，也许还得归功于他的油画创作。绘画练习对人的观察、感受和想象力的严格训练，对一位诗人来说总是如此珍贵。作为一位风景画家，邹昆凌将他长久以来对自然的经验转换成了诗歌语言：

> 在群山里，日落是寂静的
>
> 它有那么多影子和红热的金属
>
> 它有一只浓缩的铜牛
>
> 远去而不鸣叫；新鲜的植物
>
> 清晨还在山地上，淡紫色的空气里
>
> 淡紫色的鸟飞着，一直在飞
>
> 昆虫的眼睛，看得见全部大山
>
> 斑驳的色彩非常耀眼
>
> 但现在，阴影像毯子
>
> 把群山包裹起来，放进暗盒
>
> 稍后，天顶上的云霞
>
> 像劳累的手臂，有许多星
>
> 汗珠似的从它的皮肤渗出来
>
> ——《日落》(2007)

这是运用印象派绘画的光学原理创作的诗歌。诗中的图景是利用色彩的冷暖和颜色的互补关系构成的：先是使用暖光，然后逐渐转冷，但在感觉中，事物的暗部却是由冷色转向暖色。那只"浓缩的铜牛"随着远去而色调转冷，而"淡紫色的鸟"在空气里却是温暖的，最后，"天顶的云霞"和"星星"仿佛携带着劳作者的体温。整首诗的色彩饱和度很高，每一个比喻都是通过将事物转换为色块来进行的。可以说，这首诗真正体现了一种专业的绘画性。在风景构图、事物的质感呈现和比喻的新奇性方面，这首诗与多多的一些杰作相比也不遑多让。

在邹昆凌的诗集中，有一半以上的诗具有风景诗的性质或要素。因此，他首先是一位风景诗人。这一类型诗人的义务，是使我们恢复视力，重新看到那原初涌现的自然。然而，作为"风景"的自然却具有两义性：如果将风景视为"印象"(impression)，那么，诗歌将导向以主观感受取代事物本身(这是多数法语和西班牙语诗歌的特点)；而如果将风景视为事物自身的"现象"(phenomenon)，那么诗歌又可能变得缺少色彩，只有某种单调的敞开性或锁定的升华方向(这是多数"深度意象派"诗歌的特点)。一般而言，喜欢使用新鲜比喻的诗人多倾向于前者，而喜欢白描的诗人则多倾向于后者。尽管邹昆凌在绘画上倾向于印象派（印象派从根本上说是主观性的，其风景哲学是西美尔式的世界观和生命哲学），但他并不只是将风景理解为主观性的东西，在他那里，"朝向事物本身"仍然是诗的一项基本许诺。而这就意味着，他必须在诗中处理两个问题：首先，让人们看到风景；其次，让事物自身在风景中显现。

人如何才能看到风景？对于许多人来说，与风景的阻隔首先不是由于眼盲，而是由于陷入物质的包围之中而闭眼不看——没时间也没心思看——风景。这是我们时代的普遍状况。但这种状况也许并非那么难以解决，只要一个人愿意在某一时刻仰望天空，只要他将注意力集中到事物的形式而非功用上，他就似乎可以从物质的包围中脱身出来：

飘，不是飞；月色千里
我在都市的喧嚣间遐想，于眼花缭乱的
物质，不顾；只有月色，并荷花开得清雅
这时扇的白，是否古典的一笔

——《月色》

我们身旁那些使人"眼花缭乱"、不再观看月亮的"喧嚣的物质"，在众多诗人那里都是通过掉头"不顾"来打发。这种"不顾"，如果再加上一双能穿透商业包装的眼睛，或许的确能看到那像月亮一样亘古即有的风景。然而，这种古典式的"清雅"，在那些"照相机的眼睛"中难道就不存在？难道不正是这种貌似对商业和物质进行超越的闲情逸致，充斥在媒体、畅销书和影视图像之中，并主宰着那些权贵人士们的闲暇和家庭生活？看来，《月色》这样的诗虽然纯净，但始终有成为商业文化同谋的可能；因此这种诗不能多写，一多就腻。这种"纯得发腻"的原因，在我看来，是由于眼睛在其中仍然没有完全摆脱文化成规或陈词滥调的牵引；由此诗中的具体经验极易被抽掉，只剩下那种类型化的"优雅"情调，从而被市场意象形态所吸纳。因此，要真正看到、并让人看到风景，光是避开"眼花缭乱的物质"是不够的，还必须与自己身上根深蒂固的文化成规作斗争，与自己那受到规训的眼睛作斗争。不过，对一位成熟诗人而言，这种斗争的方式却并非通过标新立异或单纯的反叛来进行,恰恰相反,任何一种对意象形态的有力挑战,都深深地扎根于传统(无论是中国还是西方传统),并从传统中汲取力量和神髓。

在邹昆凌那里,他所要汲取的传统是双重的:不只是西方的风景画(从古典大师到印象派)传统,还有中国古典的山水诗传统所赠予的观看和感受方式。这后一传统尤其得到了邹昆凌本人的强调。对于普通人而言,中国的山水诗(还有山水画)传统只意味着某种情调,但对真正的艺术家而言,传统首先指向一种精神;普通人的眼里只能看到那种类型化的所谓"空蒙"和"悠远",而艺术家却看到了对具体事物的热爱,看到了细节的微妙与活力,整体的坚实与平衡。传统对普通人只是成规,但在艺术家那里却是活生生的、时而涌出的溥博渊泉。艺术家便是通过返回作为活生生的精神的传统,来对抗业已蜕化为积习成规或类型化情调的传统。正是出于这样的意图,邹昆凌才会如此重视和反复提到那封著名的王维致裴迪的信:

> 近腊月下,景气和畅,故山殊可过。足下方温经,猥不敢相烦,辄便往山中,憩感配寺,与山僧饭讫而去。北涉玄灞,清月映郭。夜登华子冈,辋水沦涟,与月上下。寒山远火,明灭林外。深巷寒犬,吠声如豹。村墟夜舂,复与疏钟相间。此时独坐,僮仆静默,多思曩昔,携手赋诗,步仄径,临清流也。当待春中,草木蔓发,春山可望,轻鯈出水,白鸥矫翼,露湿青皋,麦陇朝雊,斯之不远,傥能从我游乎?非子天机清妙者,岂能以此不急之务相邀。然是中有深趣矣!无忽。因驮黄檗人往,不一。山中人王维白。

程抱一说,这封信展示出了中国古人那种"单纯、富有同情心和内视力的感觉方式"。邹昆凌看重的正是这种感觉方式,而不是其中的情调。在一首对这封信进行重写的诗(《读王维给好友裴迪的一封信》)中,我们看到了王维笔下的生机、温暖和活力在邹昆凌那里重现:

> 冬夜水波里的月亮,是一只醉眼
> 引来了虚拟的豹,引来了
> 晚钟和回暖山地上的脚印

王维此行，即刻就到了自然的深处
天地巨细，不仅在他的画里，在他的诗中
还在这封信的叙事和人性里
……
在他的文字中
草木萌发，如手指上的琴弦
一座溶雪的山峦热气腾腾
矫健的鸥用响亮的金属驱逐残冬
鱼抬着头，喋喋春风浩荡的蓝天
露水打湿了裤管和青山，几只斑鸠
叫声像石头在滚动

  正是从中国山水诗的伟大传统中，邹昆凌学到了这种静谧生动、细致开阔的感受力。不过，在我看来，王维这封信，以及王维诗中自然的呈现或书写方式，却与邹昆凌有着微妙的差异。正是这种差异，决定了邹昆凌的风景诗并非中国古代山水诗的现代翻版，而是有着自身独特经验方式的存在。

  在王维这封信中，一个明显特征便是他基本上不使用比喻（唯一的比喻是"吠声如豹"），事物的出场都是直接的、无需以他物为喻的。"辋水沦涟，与月上下。寒山远火，明灭林外"如此，"草木蔓发，春山可望，轻鲦出水，白鸥矫翼"亦如此。这种白描手法也是王维诗中的主要手法，在他那些最著名的诗中，我们是找不到比喻的（也极少有修饰）。然而这种白描却并未使行文显得干硬乏味，相反，由于作者语言的精纯，这些白描能摄物之魂魄，使事物在精神的空间中充分地舒展。于是事物自身便在此种境域中完整地显现出来，带着其所独具的光华、质感、活力和气息，这便是纯粹经验之中的"现象"。诚如张祥龙先生所言，"现象本身就是美"。事物自身的涌现和出场，在其活生生的力量与气息中，自然而然地让人惊讶并忘我地投身于其中。王维正是凭借其对现象涌现之生机的观照，抵达了诗的奇境。

  然而，在邹昆凌对此信进行重写的诗中，风景和事物的呈现却并非如此。在这里，我们看到的是大量奇异的比喻，其奇异程度可能已经超出了王维的想象——当然王维并不需要这种想象力。比喻乃是邹昆凌的食粮，是他的风景诗的命脉所系。仔细考察，我们会发现邹昆凌的比喻中有相当一部分是通感，亦即不同感觉之间的连结和互喻（即波德莱尔所说的"应和"）。可以说，比喻和通感是邹昆凌感受力的主要运用方式，也是其风景诗的主要构成元素。我们不妨用另一首以王维诗句为题的作品（《"明月松间照"》）来说明这一点：

> 夜光如皮肤细腻的手臂
> 来到松林时
> 已变得如耳语般小心翼翼
> 它又是一只踩在草尖松针上的
> 缎子鞋
> 或帐幔里的睡眠
> 总之它类似女性的神态
> 梦似的一飘而过
>
> 明月像鹰遗忘的一片兔子肉
> 从松林上空过来
> 我更喜欢它是落在林间的
> 眼色、嘴唇和朦胧的身影
> 我把它的静谧
> 当做我的歌的开始
> 我一个人唱给自己听
> 你没到过远山之夜
> 你听不到"明月松间照"的歌吟

  这首诗除了最后五句之外，全部由比喻构成，其中"耳语"、"睡眠"和"兔子肉"显然是通感。邹昆凌是写月的高手，其比喻从不重复，而且愈翻愈奇。但这一连串的比喻并未使我们觉得他是在进行修辞杂耍表演，其原因除了最后几句直接抒情的平衡之外，这些比喻所携带的奇而不怪、准确而不穿凿的感受力也是缘由之一。与当代学院诗人擅长的精巧比喻相比，邹昆凌的这些比喻显然更加亲切可喜，它的成分主要是感性而非智性。它们不是源自学院式的机智,而是源自对自然的热爱和专注所产生的瞬间通灵。

  无论如何,在上面两首诗(以及邹昆凌大多数诗)中,事物的出场需要比喻,需要另一事物的辅助或互助。只有在这种与他物的联结和印证关系中,事物才能将自身的质地和情态完全显示出来。这种经验方式便是我所说的"印一象"(相互印证之象),在这种"印一象"中,事物虽然也是直接被感受到("印一象"并非一种间接的感受),但感受自身总是携带着他物的影子来与此物相印证,通感的基本原理便是这种相互印证。这一意义上的"印一象",与西方经验论哲学所说的 impression("印象")并不相同。邹昆凌诗中的"印一象主义"也不同于西方诗歌的象征主义和意象派(尽管有很多类似),它虽然部分地源于他所借鉴的印象派画法及其观察方式,但仍然有其来自中国古典的根源。这一根源便是李贺的诗。邹昆凌对通感和奇喻的依赖,显然与李贺而非王维更加接近,尽管他的情调中全然没有李贺式的阴郁和诡异,而主要由温暖和明亮主宰。

  因此,王维对风景的经验方式是现象性的、直接呈现的,而邹昆凌的经验方式却是"印一象"式的或通感性的。邹昆凌藉此既扎根于传统,又生长出自身的枝叶。必须说明的是,"印一象"绝非一般人所以为的那样是模糊的,相反,它作为一种原初的经验方式,具有其清晰和明见性。《河边的桉树》这样的诗作表明,邹昆凌的目光带着画家所特有的明澈、柔和与坚定。有时候,这种对风景的"印一象"可以被纯化和展开到这种程度,以至于事物在其中与目光、与语言完全融合,使用比喻给人的感觉却像是在白描。在这些时刻,"印一象"开始向现象接近;而那些作为喻体的事物也仿佛变成了镜子,它们不再是事物显现的间体,而只是映照出事物:

> 好多年了,那土路让岁月弯曲
> 那弯曲的岁月让山楂树曲折而优美
> 我的手在空中像溪水
> 承接着雨点般糟红的山楂果
>
>   ——《山楂树》

二、物语:追忆与虚构

然而,在我看来,邹昆凌虽然迷恋风景,但他最好的诗作却并非单纯的风景诗。这些诗都有着叙事(或准叙事)的构架,都在向我们讲述某一具体事物(或人物)的经历。用"物语"来称呼这一类诗是恰当的——这个在日语中出现的中文词语,也许包含着较汉语"故事"一词更加丰富的意蕴。"物语"似乎是在说,事件乃是物的语言,是物自己在说话,在向我们说话。

"物语"中包含的"物"乃是作为个体的、有着自身独特经历的事物或人物。事物在"物语"之中,与在风景之中的意义生成方式是不一样的。风景作为自然是永恒的,它永远如一。事物在风景中,从属于自然的永恒秩序;无论受到怎样细致的描绘,风景中的事物都没有自己的专名,而只是作为类来显现(这些诗中的"桉树"、"山楂树"都不是个体)。就连"月亮"这一似乎是专名的事物,也是作为类进入风景诗(因为它不是作为今日或昨日之月,而是作为"月"之理念)。而当事物进入到"物语"或事件之中时,它便成为了一独特的个体,而有了自身的专名。这是因为,风景的永恒性是纯空间的,时间在此不起作用(或只是作为永恒的循环时间起作用,如四季);而在事件中,由于线性历史时间的引入,事物成为了一次性的,因而不可替代。这种由聆听"物语"而来的历史感和独一感,使得诗歌可能超出风景诗的单纯观照性质,从而变得深厚、坚实和切身。

在邹昆凌那里,"物语"一般有两种构成方式:追忆和虚构。在追忆中,诗人以过去的事件为题材,试图以自身的讲述激活那一事件所包含的经验,使之成为发生意义上的历史(而非历史学意义上的对象)。正如普鲁斯特所说,往昔的灵魂寓居在物中,只要轻轻触碰,物便会开口说话。这物可以是事物和人物,也可以只是文字的只言片语。"在另外的时间说出的词,我现在听"——听到的不只是这个词,而且是过去与现在之间的整个历史。在《乾隆年间的云南诗人》一诗中,邹昆凌想到了那个被人遗忘的清代诗人陈某,便是由于他遗留下来的两句诗("斜月低于树,远山高过天"和"壮士一身是热血,何必为之送寒衣")。这样的诗句"使这个死去的鬼魂,留下夜虫般的一点亮光"。一个小人物的悲凉命运,往往比大人物们的悲剧更能震撼人心,因为从来没有人去书写无名者的历史。只有诗人或许还能在历史的狂风中为他们保存一些碎片与灰烬,但诗人也同样会被遗忘。

邹昆凌的追忆性作品,大部分是关于他自身的经历的。这些诗一般是围绕着某一事物或意象展开叙述,我们可以用《皮书包》来作为例证:

> 我在上小学时,背过一个皮书包
> 它是棕黑色的,质地又硬又重
> 原因是那时的鞣皮工艺不行
> 我背着皮书包上学,每天从我家
> 过节孝巷,到双塔寺;每天
> 书包里装着我的文具盒、语文、算术书
> 和一摞作业本,随着年级升高
> 它一天比一天沉重;那书包的背带
> 勒得我肌肉酸痛,我把它
> 从左肩,换到右肩,不断倒来换去

在这段平稳的叙述中,皮书包并不只是作为其普遍类别(上学用具)而存在。使这段追忆变得真切的,是对皮书包的"沉重"和"使我肌肉酸痛"的描述。通过诗的第二节("有一天,两个嘲笑我爸爸是坏人的同学/跟我吵起来,他们先朝我头上/吐口水,吐了好几次,弄得我生了癣/他们又叫我癞痢头、掉毛狗"),我们可以看到,皮书包在诗中的基本含义乃是"负担",它的坚硬、沉重、使我不堪其负,都暗示着它与"我"的"右派"子女身份的互喻性。"我"背着书包,就是背着"我"那莫须有的"原罪"。"妈妈"对此只能忍气吞声,带着被打的"我"去涂药水。然而,诗的第三节出现了突转,皮书包的意义也被完全改写:

> 但那两个同学,依然不饶我
> 又堵在放学路上,骂我坏种和狗崽头

> 我路过的是条小巷，他们一排手，我就让不开
> 于是我想从他们膈子窝底下钻过去
> 但是不能，他们不让，我低头时
> 他们又呸呸朝我头上吐口水
> 并取下领巾来，扇我的耳光
> 我一气之下，就把皮书包从脖子上
> 摘下来，朝他们劈头盖脸地摔
> 一下、两下，我像拉着一只前扑的
> 狼犬，直到皮书包的棱角，像牙一样
> 撞在那胖子的额头上，冒出血珠

这段叙述是诗的高潮。皮书包不再是沉重的负担，而成为了"前扑的狼犬"，并用"牙"一样的棱角教训了那些仗势欺人的同学。在这段诗中有一个细节：皮书包被"从脖子上"摘了下来，就好像是一块罪名牌被摘了下来；当它重新挂回脖子上时，它已成为一种威慑，一种"尊严"的见证。诗结束于这个皮书包的最初制作：

> 我和皮书包的经历到此到了高潮
> 从此他们再不敢欺我。那个
> 皮书包，是我奶奶买给我的，来自
> 我家小东城脚21号门口
> 19号里那个左手肌肉萎缩的皮匠

通过这一追溯，皮书包一方面有了一个"出生"，从而像人一样获得了经历的完整性；另一方面，它再次和"我"的家庭史关联起来，从而将"我"置入与"我"的妈妈、爸爸和奶奶的具体联系中。于是，皮书包不仅凝聚着少年的上学时光，也凝聚起了"我"的整个家庭在那段严酷历史中的命运，凝聚着这个家庭的屈辱、忍耐和反抗。它由此而成为专名，其意义的生成和转换也见证了诗人在这一家庭命运中的位置。皮书包作为一件事物，打开它，我们得到的不是文具盒、语文或算术书，而是诗人的整个少年时代，是那段"反右"的严酷历史，是一个家庭的命运；而皮书包在故事高潮时的出场，像一道闪光照亮了那段历史，并将其瞬间

定格下来,成为了对命运进行反抗的隐喻。这便是皮书包在追忆中所说的话:它的声音起初是坚硬、沉重、充满屈辱,但在某个时刻,它突然变得激烈起来,带着牙齿的凶猛和威慑力;而当它的声音再次平稳下来时,它已不再屈辱,而是像一个复仇成功的人那样,开始在众人面前从容地讲述自己的出身。

"物语"的另一种构成方式乃是虚构。在邹昆凌的诗中,虚构不是想象力的凭空运作,而有着与家族史或个体自传经验的连接点。这些诗如同一根根有孔的吹管,只要在家族史或自传经验的肥皂水中轻轻一点,便能用想象的气息吹出一连串五光十色的、梦幻般的气泡。然而,无论它们多么离奇古怪,都仍然是经验之水的变形,并由于这一关联的存在而获得了历史感。虚构的"物语"不过是历史的一种出口,它给历史添加了一个神话维度。在《连环梦》和《飞》这样的诗中,我们看到了从自传经验中变出的"物语"。而《人鱼同体》作为邹昆凌最杰出的作品,则为我们示范了家族史的一段轶事,是如何通过虚构而变形为神话的。

> 钓钩卡住了鱼,也逮住了渔人
> 我的故事从金沙江边一块石头上开始
> 那是我的叔公,他在一百年前
> 站在那里钓鱼,脚下的江水如同台风
> 把处女的晨光的天空席卷而去

《人鱼同体》的想象起始于这块金沙江边的石头,它构成了诗的底座。石头是实在的,它现在仍在那里。故事在这块石头上面发生,虚构和想象也在上面发生;而它们在叙述中逐渐相融并混而不分,共同凝结在石头的沉默中。《人鱼同体》的故事,与柏拉图《会饮篇》中阿里斯托芬讲述的那个爱欲故事相似,都是关于"分离"与"再合一"的经验的。这是人类神话的基本模式之一。不过,在阿里斯托芬的讲辞中,人是与自己缺失的另一半相统一,他主动渴求着这另一半存在,这种统一的力量乃是作为精灵(daimon)的爱欲(eros)的力量;而在《人鱼同体》中,人与鱼的统一,则是与一种陌生而又巨大的、魔性的力量相统一。这种魔性的力量对人而言是他者，它在人身上激起了恐惧和抵抗。因而，人与鱼的同一并不像《会饮篇》中的男女合一那样单纯，而是发生着对抗或竞赛：

> 他缠在腰上的鱼线，像拉直的彩虹
> 现出奇迹；他感到咬钩的鱼十分壮实
> 那是一条大得能驮起整条大江的大鱼
> 它一动，江水、天空、山就颤抖，正像
> 拔河竞赛开始了或地震已经发生
> 他双手挽着鱼线，用力拉……这时
> 他臂上的肌肉像屋顶的瓦在炸裂
> 感到他拉着的不是一条鱼，而是一种
> 魔的重量。（魔是什么？就是人灵魂里
> 和肉体外，避不开的非物。它一来
> 就蛊惑和扭曲了正常的东西。）于是
> 大江、人和钓钩，都成了它的戏剧

这显形为一条大鱼的"魔"，尽管是人的另一半，但却仍然是陌生的他者或"非物"。"魔"始终隐藏着，它从不露出水面而成为"现象"，而只是通过其作用来显示其痕迹。在此，并不是人与鱼在相互寻找，而是"魔"的力量支配一切，使"大江、人和钓钩"都成为它的戏剧。"不是他在钓鱼，而是鱼在钓他"，这种单方面的支配显然不同于《会饮篇》中男人与女人的相互寻找。不过，诗人在想象中仍然动用了一些意象，来平衡这种单方面的支配性：

> 金沙江伸出了五个手指，用力一抠
> 就把我的叔公拖进了江水急流
> 那大鱼是要找他的兄弟，还是要找
> 它的伴侣？才把叔公召去；他离开石头的
> 姿势，就像只逮鱼的鱼鹰突然潜水
> 我复述他从钓石上升起，往下冲刺的
> 样子，就像一次赴约的飞翔

这段叙述先是将叔公的落水描绘为被"拖进"急流,但间隔一行之后,就改变了描述方式。叔公被喻为"逮鱼的鱼鹰",并且其落水乃是在作"一次赴约的飞翔"。这些形象都是主动性的,它们修正了前面描述中的被动性。考虑到钓鱼本身就是人的初衷,我们是否可以将叔公钓鱼的行为视为一次赴约中的等待?如果"魔"本身就在人的灵魂之中,那么,是否这次落水并不是大鱼单方面的要求,而也是人灵魂深处的渴望?正是在这一点上,《人鱼同体》与《会饮篇》最后又走到了一起:

> 那块石头,不是石头,而是大鱼的化身
> 这条不能谋面的大鱼,和我叔公,仿佛同体
> 他们前世分离,又回到破镜中,握手言欢
> 这故事是真的,发生在金沙江边的永善
> 那时我没有出生,江中的险恶也没有泛滥

《人鱼同体》终结于一次遥想式的定位。"这故事是真的",这一结尾试图唤起读者对诗歌叙述的信任。我们当然知道,诗中的钓鱼和落水细节,都是虚构的产物,但它们是如此真切和生动,让人觉得如在目前。但故事的"真"并不止于这种真切,而是更深地来自那条隐匿在河流深处的大鱼,它作为神话力量的载体具有不可置疑的真理性。它时时都潜伏在我们内心深处,激荡起我们最原始的恐惧和渴望。这条大鱼并不需要真正露面,但它的力量贯穿在整个叙述中。这首诗就是使这一力量显形的努力:叔公的故事只是卡在家族史中的一条轶闻,但经过虚构的转化之后,它获得了鱼刺的形状,并由此引出了人与鱼、人与自己身上的魔性的纠缠。在这首诗中,语言也像鱼线一样富有张力,"像拉直的彩虹",一头连着潜藏在往昔历史中的力量,另一头连着人性中的原始恐惧。我们都能感受到这条在暗中游动的大鱼,而诗的引力,就是它前来寻找我们,要我们与它合为一体。

三、风景与"物语"

那么,在邹昆凌的诗中,风景与"物语"处在何种关系之中?我们看

到,除了像《日落》和《皮书包》这样单纯的风景诗和叙事诗之外,邹昆凌的大部分作品都是风景与"物语"交织的产物。例如,《河边的桉树》作为一首风景诗,就包含着对河上翠鸟的虚构,以及对自身创伤经验的追忆;通过此种虚构和追忆,诗变得醇厚而温暖。这种交织方式,在其他诗人那里也是极为常见的。然而,邹昆凌的某些作品中,风景与"物语"之间还形成了一些独特的关系,从而与一般诗作中的情、景、事的交融方式区别开来。

《2002年,募西路上》是一首有着叙事面孔的风景诗。从它的行文方式看,它当然是叙事诗,有着"物语"的一切要素:人物、时空、情节或动作。然而,它却是以风景来结束:

> 这时,四个菜上齐了,我们
> 边吃可口的午餐,边看馆子外的春天
> 许多树木,在风的空间喧响舞蹈
> 色彩由绿变蓝,直扑远山
> 直到融入雾霭和神秘悠远的天空

事实上,这首诗的特点在于,它把"物语"也变成风景的一部分。诗中描写的这个饭馆,饭馆中的器具和动物,以及那个"烧猪肉的女孩"的动作、言语和神态,其实都是这条公路上的风景。诗中有一段话透露了这一点:

> 炉条上的猪肉,冒着油渍
> 她用筷子撵起来,放在盘中
> 准备上菜。我问她,拿多少工钱
> 她说,八十块。我想:太少了
> 这烧猪肉的女孩,跟满山遍野的春天
> 一样鲜亮。

诗人是把这位女孩,与远山中的树木视为同样美好的存在。正是由于这段故事的引入,使得整首诗显得充实和精力弥满,也使得诗结尾处的风景摆脱了庸常的优美,而获得了质朴人性的支撑和映照。在这首诗中,"物语"乃是风景本身的一部分,而且是至关重要的一部分。

《深夜记事》展示了风景与"物语"的另一种关联方式。诗讲述的是诗人在深夜写一首风景诗,与此同时,诗人又听到楼上一位酒鬼回到家门口,敲门,他的母亲听到了,但终于忍住没开。这里出现了两个本来是平行发展的过程,但诗人让它们交错在一起——对于很多诗人而言,一首诗一般只会呈现这两个过程中的一个。如果只按前一过程发展,那么就会产生一首纯粹的风景诗,但诗人却在每一段风景描绘后面,都接上一段对酒鬼动作的叙述:

> 我在写,圭山的夏夜
> 星空明丽,像成熟的葡萄
> 使穷困之地,幻出丰收图象
> 我听到在我住宿的上层
> 夜归的酒鬼,他用变大的舌头
> 叫:妈,开门,开门
> 那舌头就像鲸鱼的身体
> 落难海滩那么笨
> 我没听到开门声;我继续写
> 星空像蜂群,带着我
> 飞进甜稠的幸福中——这时
> 摜倒在门边的酒鬼,他的鼾声
> 如破裂的水瓶,在咕噜泻漏

风景诗的写作,是一个被明净与深邃的想象充满的过程,但这个过程却不断地被来自现实世界的过程打断。这样一种处理方式,表明诗人试图反省写作本身。然而,诗人对这两种过程的同时呈现,并不是为了用现实世界的苦难来讨伐和否定风景诗,相反,他很好地在两者的紧张中保持了中立和平衡。这首诗因而有一种得体的声调,没有滑入轻浮的反讽或情绪化的愤怒之中。的确,风景的明丽,反衬出了人在世界上的悲凉处境;但反过来,人在世间的悲凉境况,也使得热爱风景更加成为必要,因为正如《河边的桉树》所说的,风景之美是对创伤的抚慰。这首诗中的酒鬼形象是让人怜悯的,而他母亲的行为更是令人感慨;但诗仍然要继续写下去——即使"诗里的星光"最终会"消失在黑暗中"，它也毕竟照亮过一些心灵。这是伦理与美学的相互修正，是悲伤"物语"与纯粹风景的相互修正。

最后我想谈一下《月之诗》。我们可以把《月之诗》视为《月色》经过修正和充实后的变形：它保留了《月色》中的鲜活、细腻的感性，但却增添了《月色》所缺乏的重量和稳定性。这与诗中对童年情景的追忆和虚构是分不开的：

> 这月亮，是空笤箕漂在水桶里
> 寂寥得像天黑时的光一样
> 从高处，我见母亲在楼下
> 洗旧衣服，她水盆里的月光
> 少得像粮食，而我站的地方
> 就能够看见明天或未来
> 月亮不是一只碗，不只盛着
> 耀眼的粮食，还盛着满天的希望

这个"我"与母亲共处的情境，似真似幻。所有的比喻，都被织入与生存的贫困和希望的关联之中，而不再显得轻飘。它们的确是月亮的比喻，但同时也呈现出一个家庭的生存境况和情感氛围。这是贫穷而幸福的童年，这幸福来自亲情，来自对明天的期待。就连对幸福的追忆也是幸福的。于是，月色剥落了所有从古典借来的"清雅"，变成了一段时光的见证，变成了一片与自己和母亲相伴的光亮。它用清辉虚构出一个神话般的场景：

> 这时有人敲门，树影都显得惊喜
> 母亲开门，一个清白的人
> 从月亮上下来，走进我家
> 当他抬头，用手比划，我看见母亲
> 正在跟神说话，即刻，动荡的月光
> 就把房子和站在窗上的我
> 带到了自由深邃的天空，我看到

世界在月光下,像一盘围棋
　　月色中,有人教我,把白色的棋子
　　摆在通向明天的没有路的道路上

　　这就是关于月亮的杰作。在其中,我们已经无法分辨哪些是风景,哪些是"物语",哪些是追忆,哪些又是虚构。只觉得月亮的光辉已经盈满了整个叙述的空间,所有的人、物和动作都被它照亮。诗人的确需要观看风景,需要一双训练有素的眼睛,但风景中的事物并不就是事物本身。只有当诗人受到事物本身的语言的牵引,进入到它作为个体的历史之中,并将自身的历史与之相映照,从而展开追忆和虚构,事物本身的深度才会显现出来。对于诗人而言,这就意味着,不仅要观看风景,也要倾听风景中的事物和人物,并让其中蕴藏的历史说话。目光的明澈与柔和,需要深沉、扎实的历史感来补充。正是在这个意义上,邹昆凌的诗作,由于其中包含着对自然与历史的双重经验,因而为我们的眼睛和心灵提供了有益的养分。

桑克的现实主义

曾　园

　　诗人总是被教育着要去书写现实。因为似乎，回避现实的写作在经济欠发达的国度里看上去是不道德的——毕竟诗人吃着农民辛苦种植的粮食，诗人似乎欠农民的情。在计划经济中颠扑不破的真理今天仍会有一千种化身在诱惑着那些失去警惕的画笔去描摹它们，如有可能，就会把它们悬挂于诗人狭窄的书房里（如果有这间书房的话，而"诗人"，只要是在被教育的时候，似乎总是有一间书房的），以便诗人写作时，时时提醒自己，抵抗着极易滑入的脱离现实的私密轨道。在今天，稍有见识的人都已明了，想写一首脱离现实的纯粹之诗其实并不是那么容易的事。但另一方面，诗人与现实的关系也并非那么直接。甚至，所谓现实也不是只有一种。任何人也无法给予他人一个"现实"。

　　诗人先想象自己，然后他就会围绕那个想象出来的自己塑造一个与之相匹配的现实。因为今天，已经没有摆在一个主体前的、固化的计划经济时代的"现实"。诗歌之间的不同不仅在于词汇、语法与修辞用心，还在于诗人的社会学修养：是在每一次社会悲剧中嚎啕抒情，还是对人类的处境仰天长叹？在"第三代"写作时期可选择的态度的确不多。随着媒体的竞争加剧，今天的社会逐步吐露自身的诸多奇幻特点，敏感诗人的社会学修养开始成熟。这一触发过程也许并不那么直接，中间也许会有缓冲、酝酿，经由交流而缓慢成型（当然，也一直处于熔铸之中）。

　　艾略特说，一个新的诗人往往会改变以往的诗歌"格局"。尽管目前"格局"的变化并不醒目，但我阅读了桑克的一些诗歌之后，写下了《桑克的现实主义》这样的题目。

我以前读桑克的诗很少,读完了只是觉得好。好而已,没有更多感受。通过一个智力正常的人长久的努力,把一首诗写好,在我看来是一件理所当然的事情(难道会发生相反的事:越努力越糟?)。"第三代"中的杰出诗人个个写得好。这不稀奇。博尔赫斯早就说过:"只有二流诗人才只写好诗。"

"第三代"诗人的大多数也写"个人",但那不是真实的"个人"。具体说来,欧阳江河也写个人,但那是片段化、细节化、词汇化和"精选化"的个人。他在名篇《1989年后中国诗歌写作:本土气质、中年特征与知识分子身份》结尾处无意识地写过"以亡灵的声音发言。"这跟八股文的用古人语气,讲究"代圣人立言"有没有区别? 他们的"圣人"就是各种选本中"精选"出来写得好的"大师们"。"第三代"中曾经有一个"城市诗"的派别,尝试写点"现实"的诗。其结果是写得"不好",于是这个派别就消失了。这就是"第三代"的心病:生怕写得"不好"。

桑克有一些风格独特的诗写得"不好",不如说他明知道会有写得"不好"的"结果"(诗人都有诗的预感)而去写。这种对诗歌形式的信赖与探求让人感动。而且,在短期内保持"写得好"在艾略特看来无非是对"普遍诗歌对象的平凡描写"。一个真正的诗人必须让读者"惊讶"。切斯特顿在他的文章《谈现代作家和家庭制度》中反复论证了那个朴素观点:生活并不是从外面来的,而是从内部来的。正是在这个意义上,我特别看重桑克的《公共浴室》,他这样开头:

> 我摘掉眼镜,搁在存衣柜
> 最偏僻的省份。

他不靠"精选"的片断来拼装一段"精选"生活,从而达到那个乏味的目的:好看。他是靠他长期努力培养的某种平衡能力与细致入微的感受能力来写。这种持续不断的孤独努力使他的写实能力越来越好。同时,他还能把自己的一段玄想发展成一首诗。在这首诗里,他"摘掉眼镜"之后"眼前的一片模糊/很像睡觉前看见的尘世,只不过那时/我很快闭上了眼睛,同时又张开/另外两只……"他能看到"几个朝代迅速更迭"。在公共浴室里,"在洗净肉体的过程中/我什么也看不见"。其基本结构是"灵魂的视力"与"肉体视力"的对比。这个对比很老。狄兰·托马斯在诗中曾证明过这个似非而是的悖论：

> 高高的广告牌下，他们没有手臂的
> 有着最干净的手，就像无心的幽灵
> 才不曾遭害。所以，盲者能一览无遗。

雨果在《石堆》中说："最伟大的通灵者也许是肉体的失明者，眼睛闭上了，灵魂却睁开了。荷马看得见，弥尔顿静观。"纳博科夫在小说《黑暗中的笑声》中说："肉眼的失明可能导致灵魂眼睛的睁开。"海德格尔也说过，诗之道就是对现实闭上眼睛。我举出这些例子并不是要以某些评论家所习惯的方式指出桑克的诗表达了某个"伟大真理"，或更糟，用这些例子说明桑克的诗达到了某个"高度"。我想说的是，这个对比对一个爱读书的知识分子来说，是一个普普通通的"思考瞬间"。桑克就是要写这么一个在别人看来普普通通的"知识分子"、内心里的精神生活极其丰富的人的感受（与他的个人可能重合，也可能有细微差别）。在写的过程中，他像一个警惕的守夜人那样决不会放过头脑中闪过的让人吃惊的东西：

> 几个朝代迅速更迭，比最放荡的女人
> 脱衣服还快，

这一句，准确地形容了一个知识分子沸腾的大脑中的"实况"，而同时，他何尝又没有用一个清醒的"读者视角"来"观照"这一"实况"。

陈东东曾不满地说，当前的诗歌批评，有点像一类食品加工业，将诗歌清洗，达到某个卫生标准，然后用塑料纸包装，速冻起来。它又能够对诗歌写作和诗歌阅读构成什么意义呢？我认为，这种批评的问题在于去掉了诗人的个性。艾略特认为读诗的唯一理由就是乐趣。批评的目的在于"试图把某种规律性的东西引进到我们的爱好当中"，这种规律性显然不是某些批评家所误认为的在许多诗人的作品当中发现相同的词汇。曾几何时，做一个批评家是不需要什么眼光的，因为作为现代诗的批评家，当时的主要任务是证明现代诗的产生是必要的，现代诗人写得要比"传统诗人"好。批评家的高下之分也在于文章是否写得好看。在这种比赛中,在缺乏一定数量的真正批评的情况下,继续"第三代"的写作(包括"第三代"诗人在内)必须成为一个自我教育者。对此,桑克似乎早就悉知其意:

> 多少无趣熬来的,这轻松的午夜
> 我一人起床,下楼,沿着月色
> 铺成的地毯。间或,向丁香木摆手,
> 希望她尊重,我的宁静。
> 我在宁静的喜悦中,它有些慢,但
> 又是那么激烈。

桑克写作的立场也类似于这个我所迷恋的场景。他并不自封道德的代言人来审判社会,也不创造一个"词的奇景"来对抗这个世界。在《金格格餐馆》里,他逼真地还原了几个知识分子的生活。这种生活从来就没有一次出现在"第三代"的写作中。原因可能是这不是他们喜欢的题材,更有可能是,这个题材难写,难以拔高到某种有意味的形式(或抒情高度)。

> 晚上吃土豆饼,我张罗的
> 上次是大波,吃红烧肉
> 这并不表明我已改宗
> 信奉违背人性的素食主义

我信任能够写多种题材的诗人。因为某种单一风格的写作总让我怀疑一个诗人也许只是多年暗中模仿了一个我们尚不熟悉的小语种的大师。

桑克这段描写一方面依赖于自己逐渐熟练的技巧,一方面依赖于他的敏锐观察能力:中国知识分子渐渐成熟了——标志就是犬儒主义的盛行(这里的"犬儒主义"是原初的"犬儒主义",而不是目前被用错的"犬儒主义"。参阅布罗茨基《论独裁》)。在此之前,中国知识分子还是所谓的理想主义的。可悲的是,他们私下的理想就是诗人们受到礼遇的乌托邦,公开的说法是融入时代(如陈超反复说的那些)。对生活缺乏研究的他们总是在乌托邦和意识形态之间摇摆。当一个人成熟时,他必然会在犬儒主义和享乐主义(伊壁鸠鲁的)中反复考量、选择、与转换。

> 我唏嘘不已,唾液纷飞
> 话题不知被谁推向朝鲜
> 粮食价格,小型潜艇,过界的
> 人只求一顿粗糙的饱饭
> 酒瓶渐渐空掉,谈话人
> 分成若干堆,女人对时事
> 没兴趣,包括胖胖的莱温斯基
> ……

话题仍然是老话题(逼真地模拟了某个年龄段的知识分子的爱好、隐喻和知识结构),但是描写方式却是新的。至少在我国的诗歌中不多见的(非常远地呼应着拉金?)。桑克立足于反省,立足于在自身生活中发现可以针砭、讥讽乃至玩味的某种矛盾、悲哀、反复压抑仍旧不能平息的愤怒。

这种努力使桑克写出了我最偏爱的《起坐弹鸣琴》。这种轻柔语式在"第三代"的宋渠宋炜兄弟、张枣等人笔下已臻完美,但桑克有了新的突破。至少,桑克的叙述没有一丝"为轻柔而轻柔"的痕迹。整首诗长达八段,每段都是"有话可说",整首诗回环往复、流畅自如。值得注意的是他关注的不再是往现代诗中灌注"古意"(这是"第三代"的心病:始终害怕没有传统),而是在诗中关注现实,那种很难写到诗中的现实:新闻联播的现实,春节晚会的现实:贤人(鳜鱼刺)、铁桥、空罐头盒、通缉令、电影、兰州拉面。这些非诗意象如此密集,又能如此和谐地激发出诗意,主要依靠的就是桑克的演奏技巧。此种手法的演奏中,非诗意象化为了灵动的音符,参与到旋律的颤动之中。

> 船行了一半,我就想回去了。
> 回去睡觉,把书扔在一边,让鬼魂
> 读吧,回头再读给我听。
> 偶有虫鸣,也不能把我唤醒,何况是

> 梦里的虫鸣，它把我的心抻长
> 仿佛兰州面条，韧且细，还绾成三环。

正如本雅明所说，批评的职责在于说明读者总是错的。因为成熟读者的主要乐趣在于享受观念的变化，而不是术语的教鞭（我的本意是"狡辩"）。在目前很难看清楚格局的诗歌写作中，不妨暂时把"代"与"派"放一放，相互交换一下阅读诗歌中的乐趣以及乐趣的变化。这并非逃避，诗人已经有能力把时代的不适化为新的诗意，除此之外，我还想不出诗歌能有什么与时代更有效的联系：

> 三哥是我的启蒙老师，他用
> 李商隐的蝴蝶把我
> 拴在一根湿的木桩上
> 而后他离开乡村，在讲台上
> 用散文，对七十二个人说：
> 李商隐看见夕阳好像……
> "……好像一只蝴蝶飞进我的
> 窗口"，合唱队在隔壁插嘴道

2006—2007 大陆诗界回顾

周 瓒

把 2006 和 2007 两个年度的新诗界合起来考察,客观的原因不必交代,积极点讲,我以为这样恰好为观察者提供了一种拿两个年头互相比较的视点。先前的年度总结模式到这不得不稍加变通。西历的一年乃以地球绕行太阳一周为依据,中国的农历(即夏历或阴历)则依照月相变化——即月亮围绕地球公转并同时自转的周期——而划分,月亮周期性的阴晴圆缺不仅影响中国古人制定历法,也影响了中国人的自然观与世界观。因中国农历的年(春节)晚于西历的元旦,我们的年终总结就推迟到了来年的春天,从季节上呼应了前一年的开始,或者称做一个轮回(虽然这本是佛家用语)也不为过。如此,两个年头放到一起说,倒也颇符合中国国情。

一 热点扫描(上):从"梨花教事件"到"诗人行为"

2006 年上半年,虽然承继了前几年的文化积累,诗界不时被朗诵会、诗歌节或诗集出版消息所点缀,但鲜有热点话题产生。到了下半年,新诗一度成为网络大众关注的对象,虽然这种关注,是以一种非正常的方式开始的。2006 年 9 月 13 日 16 时 18 分,一个名叫"梨花教"的 ID 在天涯网的"娱乐八卦"论坛,发了标题为《在教主赵丽华的英明领导下梨花教隆重成立!》的文章,并对"梨花教"做了简略介绍:"1. 什么是梨花教?就是以赵丽华为文风代表的华丽风格的做作'文坛'作家。因'梨花'有落寞做作风格,而与赵丽华名字延伸,故为此名。也是'华丽丽'的意思。2. 梨花教的宗旨是什么?蔑视一切装 B,插科打诨的混饭文坛垃圾,并且将这种丑恶的文风发扬光大。"随后又跟帖贴出了赵丽华的资料、照片和诗作。然后就在"梨花教"、"罪犯天条"、"洗衣机里的猫"、"piu地跳下12楼"等或是故意或无意的网友的点击和戏仿下,赵丽华"梨花教母"以及"梨花教"就在天涯掀起了一股热潮。众网友或怒骂,或讽刺,或赞扬,或恶搞,都模仿所谓的"梨花体"写诗,一时间,人人都是诗人,个个出口成章。随后,媒体迅速地捕捉到了这个热点话题,一篇篇关于赵丽华、梨花教母、梨花教、梨花体的文章在天涯、新浪、搜狐、网易等各大门户网站被传阅、模仿。诗人赵丽华从此走入众人视野,掀起一股关于诗歌的全民大讨论①。

　　至此,也许得简单解释一下"恶搞"这个词。根据互联网上的相关解释,"恶搞文化","又称做Kuso文化,是一种经典的网上次文化,由日本的游戏界传入台湾,成为了台湾BBS网络上一种特殊的文化。这种新文化然后再经由网络传到香港、继而全中国"。"恶搞"多采取"滑稽模仿及其引申发挥"②的方式,创造一种特有的幽默。繁体中文网版的"维基百科"认为,"恶搞文化,指的是对严肃主题加以解构,从而建构出喜剧或讽刺效果的胡闹娱乐文化。常见形式是将一些既成话题,节目等改编后再次发布,属于二次创作的其中一种手法。"③可以说,网络上对赵丽华新诗的仿作和推广,实属一种恶搞文化现象。然而,网民们恶搞的到底是什么？赵丽华的写作能作为当代诗的代表吗？应该对网民的恶搞行为进行道德上的谴责或限制吗？在随后发生的一系列网络、媒体文化行为中,问题变得越来越尖锐。先是赵丽华在自己的博客上撰文回应网民对她的恶搞;继而,80后小说写手、赛车手韩寒在自己的博客上谈论"梨花教",并表示对新诗的不屑;再接着是9月30日,据说发明了"废话诗歌"理论因而被称为"废话诗人"的杨黎在北京组织了一场"挺赵"的诗歌朗诵会,朗诵会中途,诗人苏非舒上台,当众脱去层层衣服,直至赤裸朗诵,他的行为使得朗诵会戛然终止。自然,这场朗

---

　　① 参阅《回顾:梨花教的起源》,http://www.szonline.net/Channel/content/2007/200703/20070322/13949.html
　　② 引自 http://tag.tudou.com/%E6%81%B6%E6%90%9E
　　③ 引自 http://zh.wikipedia.org/wiki/%E6%83%A1%E6%90%9E

诵会又引发了媒体的跟风报道热。诗界内部也因此展开了一系列的讨论。

作为一种恶搞文化现象,"梨花教事件"所嘲讽的,是平庸写作者背后的显赫声名——所谓"国家级诗人"的头衔,而继之而起的部分诗人的"挺赵"所力挺和维护的,却是一个空洞的诗人之名,而一个临时"小圈子"且借助时机展示其脆弱的诗人姿态。这场网络恶搞文化现象暴露了新诗被当代文化语境深刻边缘化的现实,其责任或可能在诗人,或者在文学批评,抑或归咎于我们现存的文化体制。

然而,来自诗人的行为还没有终止,2006 年 11 月 24 日,诗人叶匡政在自己的博客上发文《文学死了!一个互动的文本时代来了!》,文中称传统的文学已经腐朽,短信、博客等电子文本将取代文学。稍后,叶匡政又贴出《揭露中国当代文学的十四种死状》、《让"当代绘画"这个骗子集团现形》、《孔子为何哭了?》、《中国文艺复兴宣言》等一系列博文,针砭当代文化时弊,并预言互联网将带来中国的文艺复兴。这些文章直接引发且参与了 2006 年末的中国文化混战,并使得这种混战延伸至 2007 年。

"梨花教事件"在当代诗人中激起的反应也很多样,除了上文提及的同情赵丽华的"挺赵派"之外,也有诗人表示对互联网恶搞和蔑视新诗的愤怒,而诗人朵渔的回应显示了他独到的反省意识和洞察力:"'梨花教'的出现有一定的必然性,在网络民主化时代,任何的靠传统意识形态积累起来的资本和权利都要经受重新审判;而网络的匿名性、娱乐特征,又会让这种审判最终演变成一种乌合之众的集体性狂欢。诗歌遭遇网络时代的审判,是迟早要发生的事情。现在,它还只是发生在一个颇具娱乐元素的诗人身上。在我看来,群众的眼睛既不是雪亮的,也不是蒙昧的,诗歌写作也从来不以'群众满不满意、接不接受、高不高兴'为创作标准。'使大多数群众都满意'无疑是扯淡的,而由一个个匿名的个人组成的娱乐化群体,则一边在揭示真相,一边在制造新的蒙昧。但诗人并没有因此而自然获得群众审判的豁免权。多年来,因传统诗教的断裂所造成的深刻隔膜,所谓的先锋诗歌已成为外人难以置喙的领域。诗人们在自己的园地里一边玩推倒偶像的游戏,一边自我繁殖;一边手淫,一边自我壮阳。诗歌的评价标准已然丧失,诗人们在'先锋'的幌子下普遍丧失了常识感,甚至连最基本的'手艺'精神也弃之不顾。这是要遭报应的。'梨花教'让我看到了'手艺'丧失之后的恶果。不要说什么'废话'理论,不要提什么'微言大义',有就是有,没有就是没有,千万别蒙人。"①

二 热点扫描(下):大众文化语境中的诗歌奖、新诗对外交流

2007年,诗歌界的奖项明显较以前多了起来。根据"诗生活"网的"诗通社消息"的不完全统计,有大大小小关涉诗歌的奖项近30种。从创设方来看,诗歌奖项大致分四类:由正式出版的综合性文学刊物(包括诗歌刊物)和文学资助机构创设的,如《十月》、《诗探索》杂志的诗歌奖、人民文学奖、鲁迅文学奖等;由民间诗歌刊物创设的,如《女子诗报》年度诗歌奖、"不解当代汉语诗歌奖"、"诗歌与人·诗人奖"、"葵诗歌双年奖"等;由高校创设的,如广东省高校诗歌大赛、未名高校诗歌奖、首都高校原创诗歌颁奖等;由诗歌中心、文化传播媒体创设的,如"珠江诗歌奖"、"中坤国际诗歌奖"、当代汉语诗歌研究中心设立的"诗之旅"诗歌奖。其中,各类民间诗歌刊物创设的诗歌奖最多,奖励对象囊括了诗界中最活跃的力量。各类诗歌奖的规模、奖金不等,花样常新。有的奖项只是个名誉,发本证书了事;大多诗歌奖的奖金从几百元到几千元不等,"中坤国际诗歌奖"是所有诗歌类奖项中奖励范围广、设奖多面、奖金最高的一个,授奖对象包括中国诗人、对新诗有影响的外国诗人、汉学家、翻译家,每项奖金为人民币8万元。唯"葵诗歌双年奖"奖金为象征性的五元,据说效仿了法国龚古尔文学奖(主办方引述说"龚古尔文学奖为50法郎,约10欧元")。另"诗之旅"诗歌奖的设立目的据称是基于旅游自古以来对众多诗人的创作有重大影响,因而设立此奖鼓励诗人旅游。其奖品是奖给诗人到中国及世界某地旅游的来回双程机

---

① 朵渔:《那一场集体的溃退……》,参见朵渔博客 http://duoyu.blog.hexun.com/5694898_d.html

票及短期旅游食宿费用或一至三个月的居住写作食宿费用。诗歌奖的设立和颁布,既是对优秀诗人写作实绩的肯定和鼓励,也是对诗歌在当前文化中的身份重要性的强调。

虽然诗人的写作动力或许并非为了获奖,但日益增多的诗歌奖也可能调动写作者的积极性。问题是,评比诗歌的标准是什么?大多数奖项是否具有公信度?换言之,如果评奖只发生在诗界内部,那么选评标准能否经得起文学史的检验?而当奖项面向公众时,又是否能获取普通读者的信赖?尤其一些民间诗歌群体所颁发的诗歌奖,看起来总像是赠给同仁朋友的一件礼物。

诗歌奖多了,客观上活跃了诗界内部以及诗人和读者的交流。2007年,中国诗人和国外当代诗人的交流也增多了。以前,诗歌国际交流基本表现为少数中国诗人应邀参加在别的国家举办的诗歌节。如今,一些中国诗歌节也开始邀请国外的诗人参加。2007年8月,首届青海湖国际诗歌节在贵州举行,诗歌节为期四天。来自英国、法国、美国、德国、俄罗斯、波兰、意大利、埃及、日本、韩国、墨西哥、西班牙、马其顿等34个国家和地区的二百多名诗人应邀参加了这一世界性的诗歌盛会。规模如此之大的国际诗歌节,恐怕在世界上的其他国家也属罕见。10月,在黄山举行的中英诗歌节上,共有6名英语诗人参加,同月,在四川举行的"成都诗人2007安仁·建川博物馆聚落笔会"还特邀了当时在中国访问的英国女诗人帕斯卡·葩蒂参加。

奖励在汉语中以译本面貌出现的外国诗人,早在2005年,就由民间诗刊《诗歌与人》首次尝试了,当年获得"诗歌与人·诗人奖"的,是葡萄牙当代诗人埃乌热尼奥·德·安德拉德。上文提及的诗歌奖中,"首届珠江诗歌奖"设有一项"珠江旅华诗人奖",一位据称即将在珠海建立世界诗歌中心的美国诗人乔治·欧康奈,获得了这一奖项。"首届中坤国际诗歌奖"有两位外国人获奖,来自法国的诗人伊夫·博纳富瓦以及来自德国的汉学家、诗人沃尔夫冈·顾彬。从这两个中国目前最具实力的诗歌奖来看①,奖励对中国新诗的发展作了贡献的外国诗人——无论他们是亲临现场参与中国诗歌建设,还是他们的作品被译介成汉语,对当代汉语诗人产生影响,称得上是当代中国诗歌界真正放眼世界,自觉发挥自身文化自主性的举措。

值得一提的是,自2006年开始,中坤诗歌发展基金便开始举办中外诗人交流活动,不仅邀请世界各地的外国诗人来中国参加诗歌节,还与国外相关机构联系,组织中国诗人出国,与外国诗人交流。2007年3月,继前一年在中国举办了上半程的"中日当代诗歌对话"之后,下半程对话活动在日本举行;4月,中国诗人陈超、骆英、欧阳江河、唐晓渡、王寅、西川、翟永明、赵野等,又赴美国,举行了"中美诗歌交流活动";10月,由中国帕米尔文化艺术研究院和英国文艺协会共同主办的中英诗歌节,在安徽黄山举办,共有6位英语诗人参加了诗歌节,他们是来自新西兰的默里·埃德蒙,英国的威廉·尼尔·赫伯特、罗伯特·米黑尼克、帕斯卡·葩蒂,尼日利亚的奥迪亚·奥菲曼和美籍华裔诗人施加彰。中方诗人则有陈先发、骆英、王小妮、西川、严力、杨炼和臧棣。在中外诗人的交流对话中,他们互相翻译对方的作品,讨论跨文化语境中的诗歌写作话题和各个国家目前的文学状况,应该说,这样的交流是富有成效,也是意义深远的。

对于这两年诗歌对外交流热和诗歌奖日益增多的现象,诗人树才评述道:"改革开放使中国经济逐渐强大起来,中国文化进而也需要向外界表明其强悍活力。中国诗歌选择了2007年作为突破点,把对外交流从方式到规模都提升到前所未有的一个高度。""诗歌奖的设立,一大原因是被逼无奈。当代文化是一种广告文化,大众传媒越来越强有力地介入到当代生活中来。诗歌写作从性质上来说,是极具个人化的语言创造行为,是一件静悄悄的语言事件。没有一张报纸会把诗人写出一首好诗当做一件新闻来报道。所以,要让大众传媒报道诗歌,就必须

---

① "珠江诗歌奖"是由已经举办了三届的"珠江(国际)诗歌艺术节"创设的。"珠江诗歌奖"共设置4个奖项:珠江诗歌大奖、珠江诗歌朗诵奖、珠江诗歌推动奖和珠江旅华诗人奖。其中,诗歌朗诵奖和旅华诗人奖都堪称首创,填补了诗歌奖项的空白。珠江诗歌大奖奖金为一万元,其余三项奖金均为五千元。

先有一个诗歌事件,这个事件才是报道点,诗歌本身倒在其次。"[1]固然,诗歌事件会一时吸引人的眼球,但作为事件的诗歌奖,最终需要凭借其公信力和持续性来获取公众和社会的信任,也因此而真正参与到积极的文学经典化和当代文化建设中。毕竟,涉及并不那么大众化的文体和艺术,衡量诗歌优劣的标准就需要得到重视,即使我们不需期待一个统一的标准,但至少各类标准都应亮相并形成对话,而这就涉及诗歌批评工作了。

三 新诗批评:两个半场空间的守望或对话

2006年发生在网络上的新诗与大众接触并由此引发的争论,确实暴露了长期以来,在大众文化语境中新诗遭遇边缘化的严重性。吊诡的是,此前,来自诗界内部不同群体间的批评中,就有一条指责所谓"学院派"和"知识分子诗人"是搞小圈子,而一当面对大众时,"圈子化"就成了新诗的整体面貌了。那时,用朗诵"为诗一辨"的恰是曾批评其他诗人圈子化的一干人。可见,圈子或许就是新诗人们的生存特征。纷乱的诗界,似乎开始自觉地、不觉羞愧地认可其圈子化了。于是,2007年1月27日,一项据称为"中国第一个诗人自律公约"的《天问诗歌公约》在哈尔滨诞生了。《公约》共八项:"第一条,每个诗人都应该维护诗歌的尊严。第二条,诗人天生理想,我们反对诗歌无节制的娱乐化。第三条,诗人必定是时代的见证。第四条,一个坏蛋不可能写出好诗。第五条,语言的魅力使我们敬畏,我们唾弃对母语丧失敬畏的人。第六条,没有技艺的书写不是诗歌。第七条,到了该重新认知传统的时候了!传统是我们的血。第八条,诗人是自然之子。一个诗人必须认识24种以上的植物。我们反对转基因。"在哈尔滨参加"让诗歌发出真正的声音"主题诗歌活动的8位诗人、批评家在《天问诗歌公约》上签了名。4月,在浙江富阳的富春江诗会上,又有19位诗人在这一公约上

---

[1] 引自《本刊编委盘点2007年的中国诗歌》,树才整理,载《星星》下半月刊,2008年第2期,第8—9页。

签了名。《公约》出台时,在互联网上引发争议,异议主要来自另一些诗人,遗憾的是,争论并没有深入下去。或许,作为"自律公约"仅可理解为诗人结群的方式,属于诗歌内部批评的一种。诗歌界内部不同群体、不同流派和诗歌观念不同的诗人之间的论争、批评和对话等,均可视为诗歌内部的交流。2007年度,来自互联网和民间诗歌群体、刊物上的新诗内部批评,总体较之往年平和、稳定,却也较少新颖的诗歌议题。

《南京评论》诗年刊于2007年4月出版,本卷除了刊发同仁诗作外,还辟以相当篇幅发表评论和诗人随笔,并推出"中国南京·现代汉诗研究计划:2006年诗歌排行榜"。黄梵的短文《我的"九宁"主张》反思了中国的部分作家的"语言不当和冒险",即相信作品"不是感受力和洞察力的产物,而是语言操作的结果",进而推出他的"九宁"主张:"宁呈现,不分析;宁清晰,不晦涩;宁纯正,不佶屈聱牙;宁写活的感受,不堆砌死的词汇;宁探寻一词背后的心灵内容,不玩弄一词背后的书袋把戏;宁用形象,不用哲学;宁清丽,不浮华;宁意境,不玄虚;宁白话,不文白合璧。"傅元峰在《关于这一个诗歌现实》中,分析了当代汉语诗歌存在的"粗鄙化写作"所体现的"诗歌写作的主体问题","诗歌抒情主体的身份感不强,文化积累不够就容易出现游离性的诗歌写作现象";而在"网络语境"中,虽然"形形色色的诗歌帮会以浓重的江湖义气进行诗歌写作与交流",但"网络文化对诗歌的致命伤害是一种主体泛化的伤害","最根本的诗歌生态问题在于,当代中国无诗魂";作者还批评了很多诗人的广告人心态,并呼吁诗人"重新回到诗歌本身",包含"精神回归和诗歌美学回归"①。另一本民间刊物《诗歌现场》共出版三期,除了刊载诗歌文本外,也还刊发诗人访谈、评论和随笔。王晓渔撰文《先锋诗歌的"外交"和"内政"》,把"重在诗歌传播"的"诗人与读者的交流活动"比喻为先锋诗歌的"外交",而把"重在诗学讨论"的"诗人内部的交流"比喻为先锋诗歌的"内政",指出目前的先锋诗歌的"外交"往往容易蜕变成"社交",即"在欢呼、签名、合影等展示性行动中产生炫耀性心态",因此,应"把这种活动控制在一定限度之内"。另一方面,当下的诗

---

① 黄梵和傅元峰的文章均出自《南京评论·诗年刊》2006卷,2007年4月出版。

歌流派正在往诗歌帮派发展，因此"内政"的困境在于："如果局限在某一个固定群体中交流，很容易形成内部循环；如果着眼于不同群体，又容易引发诗歌'内战'。"作者总结认为，"1999年的'盘峰事件'提前开启了先锋诗歌的新世纪之门，它所造成的最大影响便是混淆了'外交'和'内政'的界限。一场本来可以深入下去的诗学内部分歧，由于被扩大为公共文化事件在喧嚣中提前结束，取而代之的是旷日持久的诗歌割据"[①]。以上引用的三篇文章来自民间诗刊，可以说是来自诗歌内部的反思与批评。

另一片阵地，即公开出版的诗歌杂志、学术刊物和著作，因为主要是公开发行，可以陈列在书店、图书馆，面向公众或广大的读者群的，所以，盘点这一空间内的诗歌批评和研究状况，可以了解研究者和专业读者对当代诗的接受态度。先从诗歌批评的基础工作谈起，深圳《特区文学》杂志开辟的"诗歌版主联席阅读"栏目自2006年创设以来，一直坚持迄今。十位诗歌论坛版主共同阅读了高玉磊、左后卫、nude、余笑忠、刘翔、王顺建、唐丹鸿、杨晓芸、唐力、阿固、王敖、张海峰、桥、黄灿然、王小妮、路塞、魔头贝贝、竖、金黄的老虎、张作梗、陈舸、宋尾、苏浅、倪湛舸、吴铭越、青篦、青玉案上的瞌睡等27位诗人的作品，并推荐评析了缎轻轻、乌青、胡续冬、胡不容易、林木、沈木槿、宋尾、麦豆、槐树、林北子等超过80位当代诗人的诗作，这个专栏的阅读和评论规模是巨大的，也因其持续性而产生了相当的反响。2006－2007年度《江汉大学学报》继续开辟"现当代诗研究"专栏，陆续推出了"城市诗歌"、"诗歌史写作"、"当代诗潮与诗人重释"、"早期新诗的资源"、"现代诗人与诗歌思潮重释"、"当代英美诗歌"、"新诗与政治文化"、"台港与海外诗歌"、"当代散文诗"、"新诗教育"、"儿童诗"、"邵燕祥研究"等专题和专辑。这个专栏汇集了新诗史、当前诗歌现象与诗人论研究，可以说是近年于新诗研究倾注了最大热情的学术期刊的代表。其他一些学术期刊，如《文艺争鸣》、《当代作家评论》、《文艺研究》等，也辟有当代诗歌研究栏目，谢冕、宗仁发、龙扬志、陈超、张清华、王家新、洪子诚、张立群等

---

① 载《诗歌现场》（广州）2007年秋季号。

批评家在这些栏目内发表了有关当前诗歌的研究论文。

《新诗评论》(北京大学出版社)2006—2007年出版了四辑。作为一本专门的诗歌研究刊物,《新诗评论》的主要特征是以历史眼光看待最新的诗歌现象和诗歌事件,以知人论世的态度研究诗人,以细致而辩证的立场细读诗歌文本。《新诗评论》中值得关注的论文包括:田一坡《海甸来信:谈杨键及新诗语言的本土化》、姜涛《"中国式"的现代主义诗歌:该如何讲述自己的"身世"》、冷霜《分叉的想象——重读林庚1930年代的新诗格律思想》、臧棣《"诗意"的文学政治——论"诗意"在中国新诗实践中的踪迹和限度》、程光炜《诗歌研究的"历史感"》、陈超《女性意识及个人的心灵词源——翟永明诗歌论》等;有关吴兴华、林庚、朱英诞的评论专辑也填补了新诗史研究的空白。2007年10月,《星星》诗歌理论下半月刊创刊,该刊拟订了"每月排行榜"、"本月好诗"、"现象分析"、"园桌对话"、"回望八十年代"等18个栏目,后又增至20个。《中国诗歌研究动态》(学苑出版社)2007年出版的第三辑为"新诗卷",2006—2007年度出版的新诗研究专著有几种:陈超著《中国先锋诗歌论》(人民文学出版社),陈超把对先锋诗歌文本的细读、形式研究与社会文化阐释、审美研究相结合,探讨了一种"综合批评"。周瓒著《透过诗歌写作的潜望镜》(社会科学文献出版社),该书主要涉及的当代诗歌议题包括20世纪末的诗歌论争研究、女性诗歌专题研究和诗人海子、翟永明、臧棣的评论。柳冬妩著《从乡村到城市的精神胎记——中国"打工诗歌"研究》,收录了作者近年发表在报刊杂志上有关"打工诗歌"的专题论文。2007年度最值得关注的新诗史研究著作是北京大学出版社出版的《回顾一次写作:〈新诗发展概况〉的前前后后》,这本书收录了1958年底到1959年初,当时就读于北京大学中文系的谢冕、孙绍振、孙玉石、殷晋培、刘登翰、洪子诚合作编写的《新诗发展概况》,和其中五位作者对那次写作的回忆以及他们后来各自的学术道路的自述。作者们抚今追昔,剖析自我,反思时代与历史加诸研究者自身的种种束缚并检讨历史中个人的无奈与困惑。

根据上文的大致介绍,如果我们将民间诗歌刊物上的批评与正式出版物上的诗歌批评分作两个空间,则这两个半场的空间之间的不平衡一望可知。应该说,诗界内部的群落割据状态尚未为写作提出有力和有效的问题,而在另一空间中,新诗学术研究则在稳步推进,并反过来有挑战诗界内部的意向。

四 新诗集、新诗人、新论坛:写作活力的展示与汇聚

在回顾 2005 年的大陆诗界的一篇文章中,我曾谈到新诗集出版难的问题,这个问题迄今仍然存在,不过,近两年间,陆续有几种诗集丛书得到出版。自 2006 年起,长江文艺出版社策划推出了"中国二十一世纪诗丛",收入此诗丛的诗人有雷平阳、余笑忠、桑克、刘洁岷和哑石。这套诗丛每位诗人单独成册,力求系统地收录诗人迄今为止的主要作品。书前附有诗人生活照片二帧,书后附有"诗人简历",以说明诗人生活与写作之基本情状。2006 年出版重要的个人诗集有西川《深浅》(中国和平出版社)。2007 年 7 月,"诗探索丛书"(太白文艺出版社)推出了张曙光、冯晏、李轻松、林雪、柳沄、桑克、苏历铭、文乾义、李见心、张洪波、潘洗尘等 11 位诗人的诗集,每本诗集 60 个页码左右,既无序言,也无诗人年表之类,只是以选编诗作成册,别具一格的编选特征,似乎要求读者直接和诗歌文本对话。11 月,由北京大学中国新诗研究所主办的"汉花园青年诗丛"(作家出版社)出版,入选丛书的诗人有马骅、清平、韩博、胡续冬、王敖、周瓒。入选这套诗丛的诗人大多是第一次正式出版诗集(王敖除外,他是六人中最年轻但是第二次正式出版诗集的作者),虽然他们的诗龄都不短。"汉花园青年诗丛"今后拟两年推出一辑五至六位年轻诗人的作品。以上出版物可说是这两年来对新诗的最大规模的展示。

2006—2007 年出版的诗歌选本主要有:《21 世纪诗歌精选,第一辑"草根诗歌特辑"》、《21 世纪诗歌精选,诗歌群落大展》(以上两种为李少君主编,长江文艺出版社)、《出生地:广东本土青年诗选》、《异乡人:广东外省青年诗选》(以上两种为黄礼孩主编,花城出版社)、《第三代诗新编》(洪子诚、程光炜编选,长江文艺出版社)、《21 世纪中国诗歌档案》(高春林主编,大众文艺出版社)、《诗生活年选,2006 年卷》(莱耳主

编,花城出版社)、《中国当代女诗人爱情诗选》、《中国当代女诗人随笔选》(蓝蓝编,中国华侨出版社)、《中国打工诗歌精选》(许强、罗德远、陈忠村主编,珠海出版社)、《女子诗报2006年鉴》(晓音、唐果主编,华夏民族志出版社)。较为活跃的、多刊发年轻诗人作品的公开出版诗刊有《诗歌月刊》、《诗歌月刊·下半月刊》、《中西诗歌》等。

民间诗歌出版物,除上文提及的《南京评论》和《诗歌现场》之外,值得注意的还有:"东北亚诗丛"第一辑,编入此辑的诗人有宇向、阿西、杨勇、杨拓、宋迪非等,其中,宇向诗集《哈气》给我留下了深刻的印象;《剃须刀》2006年春夏季合刊号,黄礼孩主编的《诗歌与人》推出《诗歌与人:柔刚诗歌奖专号》、《诗歌与人:余心樵诗选》、《诗歌与人:国外五诗人诗选》,蒋浩主编的《新诗》杂志推出《新诗·杨小滨·法镭专辑》,萧开愚诗集《契约》、李建春诗集《个人的乐府》、杨子诗集《胭脂》、成婴诗集《坐房梁》等。

从以上简略的诗歌出版状况回顾,可以看出,2006—2007年度的新诗充分展示了已有的实绩,同时也涌现了不少写作状态良好的青年诗人。另一些年轻诗人在网络论坛和博客上发表自己的新作,并引发跟帖和阅读者的关注。如活跃在"诗生活网""翼·女性诗歌论坛"上的曹疏影、白玛,自印诗集《坐房梁》的成婴,在诗人博客和"诗生活网"的"诗人专栏"和有关论坛上贴了大量近作的倪湛舸、陈律、王东东、余旸等。事实上,我这里根本不可能全面列举网络上活跃的诗人并描述他们的写作。网络博客的兴起极大地影响了当代诗歌写作,这方面或许得期待专门的研究。

2007年9月,"人行道诗歌论坛"开坛,10月"今天诗歌论坛"论坛开坛。前一个诗歌论坛是由2001年创刊的诗歌民刊《人行道》同仁创办,后一个论坛是由创刊于1978年的著名文学期刊《今天》杂志所创办。"今天诗歌论坛"由著名诗人北岛、翟永明、韩东、柏桦等轮流担任主持人,加之《今天》本身的号召力,论坛开张不久,迅速聚起人气,就当代诗歌的一些话题开展了热烈讨论,取得广泛反响。2007年底,针对当前诗歌批评存在的一些问题,"诗生活网"在"新诗论坛"组织了"诗歌就该是高贵的吗?"和"诗歌标准讨论"活动,讨论引起网友和诗人们的踊跃参与。从这些讨论中,读者或许能对诗歌内部的反思以及诗歌与大众的交流产生一定的信心。

　　比照两年来大陆诗界的发展,确实可以看到一种对比强烈、此消彼长的态势。2006 年,籍"梨花教事件",新诗忽然被推到了大众文化的前台,被夸张、放大并扭曲,而接着一些颇具争议的新诗事件和代表人物,以做秀和表演的姿态在大众文化语境中自我消费了一把。2007 年,诗歌界偃旗息鼓,官刊、民刊,来自不同地域的写作群体以及各大网络诗歌论坛,大多时候平平和和、中规中矩地刊发诗歌作品。各种类型、大大小小的诗歌奖、文学奖的涌现,仿佛是对前一阵饱受冲击的新诗界的某种抚慰。两年间,诗歌出版状况有所改观,正式出版的重要诗集丛书有三种,超过 20 位当代诗人被收入丛书中以个集的方式呈现。这在新世纪以来是一次巨大的突破。诗歌批评也在稳健中推进,兼及新诗史、诗人论和新诗现象等各方面的话题均有重要的文章出现。虽然一年年回顾诗界,我时常是忧甚于乐,但希望总是需要留存的,因此,我期待着下一年……

访谈

张　鸣：林庚先生访谈：厦门大学十年
　　　　——新诗写作与文学史教学、研究
杨宗翰：殊途不必同归
　　　　——与古远清谈中国台湾新诗史的书写问题

林庚先生访谈:厦门大学十年
——新诗写作与文学史教学、研究

张　鸣

1998 年 10 月　张鸣访谈于燕南园 62 号林宅

张　鸣:从《问路集》里收的诗歌看,《抽烟》是 1936 年写的,下一首就到了 1946 年了,中间怎么隔了十年没写呢?

林　庚:这十年是抗战的十年呀。1937 年后也写的,但是没有刊物发表。那时我在厦门大学,学校搬到长汀去了。那里条件很艰苦,交通尤其不便,那地方进去不容易,出来也不容易,山路很险,说翻车就翻车的。卜路的汽车都得有两个司机。公路窄,对面来车都无法相让,得找一个宽点儿的地方让车。如果有一个车停下来了,就必须有一个司机下车拿木头支住车轮,要不车就要滑到山沟里去了。我们住在那里,报纸也没有,外面消息也不知道,偶尔我有诗被人带到重庆发表,但那时的纸张跟现在的手纸差不多,也没法保存,有些诗我也记不起来了。前一阵孙玉石还给我找到一首《秋之色》,是 1942 年在《文艺先锋》上发表的。

张　鸣:我听孙老师说,当时一起发表的有好几首,怎么只找到这一首?

林　庚:这一首是因为闻一多先生选进了《现代诗钞》,才保留下来的,其他的没地方去找了。

张　鸣:您那时写的诗,自己不保留底稿吗?

林　庚:那时都写在一个小册子上,保存了几十年,到了"文革",被抄家抄走了。当然抄走的还不止这个,但别的倒不怕,比如论文,材料还能从别的地方找。可诗歌不同呵,40 年代作的诗,到"文革"结束已经近四十年了,怎么能回忆得起来!一点影子都没有。

张　鸣:太可惜了,这首《秋之色》非常有味道。

林　庚：这首诗，我自己一点都回忆不起来，如果我知道这首诗还在，编《问路集》时我一定要收进去。这挺好的一首诗，《问路集》里没收，真是……

张　鸣：那我在整理这段谈话时，把这首诗引出来，说明您在长汀时，不仅有诗，而且相当出色。好吧？

秋之色

像海样地生出珊瑚树的枝。
像橄榄的明净吐出青的果。
秋天的熟人是门外的岁月，
当凝静的原上有零星的火。
清蓝的风色里早上的冻叶，
高高的窗子前人忘了日夜。
你这时若打着口哨子去了，
无边的颜料里将化为蝴蝶。

林　庚：你看着处理吧。

张　鸣：我们谈谈您到厦门大学后的情况吧。

林　庚：厦门大学是陈嘉庚先生办的，1937年他把厦门大学交给政府，变成了国立大学，第一任校长是萨本栋先生，他是清华物理系的，他到厦门大学当校长，就托朱自清先生邀我去厦大，但那时我还没走。直到"七七"事变后，我才在九月起身。那时北京一片混乱，后来稍好一些了，天津跟香港可以通船了，我就从北京坐火车到天津。天津的火车站在租界里，可以从租界上船。但船是不能在上海停的，那里正在激战，也不能到厦门去，因为金门一带已经有日本船了。所以船到青岛停一下，然后到香港。那时青岛还没被占领，日本人从卢沟桥打到天津后，陆路上没有往南去，只派了海军从上海往南京打，因此济南也还通车，从青岛还能到济南，到南京。当时跟我一块走的有冯友兰先生、吴有训先生，吴有训先生是物理系教授，教过我的，他们就是从青岛上岸，然后到济南、南京、长沙，清华当时先迁到长沙嘛。我就直接到香港，从香港乘小轮船到厦门。但厦门大学已经不能在厦门呆着了，学校有一个非常好的水族馆，被日本人炮轰给炸倒了，所以学校就搬到鼓浪屿来上课。鼓浪屿很漂亮，但岛很小，我们在那里借了一个中学来上课，只上了三个月，一看不行了，马上就要沦陷了，赶紧地就把厦门大学的书都先搬到长汀去。厦门大学的藏书不少，鲁迅、林语堂都在那里呆过，陈嘉庚又有钱，买了不少好书。所以我抗战期间能在那里研究楚辞、研究文学史。我自己走的时候只带了一个手提箱，就别说带什么书了。厦大的图书馆搬得早，不是仓促搬的，所以书几乎是全搬过去了，后来我们到长汀上课，搞科研什么的都很方便。

张　鸣：那段时间在长汀读书的厦大学生都是从什么地方来的？

林　庚：原先的学生都跟过来了，后来的主要就是福建、江西的学生，江西那个地方没有大学，要念大学就得到厦门大学来。还有广东的学生，广东汕头等地靠近福建的，也到厦大来，学生也还是不少了。

张　鸣：您在厦门大学的生活特别值得怀念吧？

林　庚：那时我还比较年轻，才27岁，跟学生的关系很好，所以常常跟学生在一起打篮球。在那里没有什么可以消遣的，只能打篮球。篮球嘛，也很简单，竖两块篮板，在地上划上几道线就行，一打起来，还围满了观众。在厦门大学十年，我是打了十年的篮球，就靠那个时候把身体锻炼好的。我在那里跟同学的关系处得比较好，养成了习惯，同学也愿意跟我交往，我在厦大跟学生的关系好到什么程度呢？比如说他们打球，要凑十个人吧，只有九个，还差一个，他们就能跑到我家里来，把我拉去跟他们打球。（笑）有时候，教员也组织球队跟学生比赛。1947年回到北京后，就没有多少机会打球了，体力也不行了。后来回到燕京，我依然和学生的关系很好。到了四十多岁，都老教授了，那时四十多岁就称作老教授，一般人也不如我跟学生关系好。

　　当时厦大中文系老师不多，教文学的主要是我，教语言方面课程的是一位老先生余謇，他是京师大学堂的学生，比我老多了，我所知道的一些关于京师大学堂的事情就是从他那里听到的。那时候也叫进士馆，上体操课的时候，就从军队里找一个排长之类的来喊操。排长一听说这些人都是进士,就都管他们叫"老爷",按规定点名时,就叫"余謇老爷"、"某某老爷"。这位余老先生就是进士馆的学生。后来施蛰存也到厦大了,当时中文系主要就靠这么几个人。当时学校那样的局面也不可能有很多人,学生嘛,也不比清华中文系少多少。以前清华中文系也不过二三十个人,1947年我回到燕大,燕大中文系全系的学生也不过二三十个人。厦大也就有二十人左右。

张　鸣:是不是中文系在那时是个小系?

林　庚:也不是,厦大毕竟那时局面小,抗战嘛,哪个系人都不多,一个系有三个教授就不错了,一般一个系只有一个教授,其余的也就是讲师什么的。

张　鸣:您在厦门大学主要教什么课?

林　庚:主要教文学史、历代诗歌选,还开一些选修课。在厦大我教了十年书。1945年日本投降后,厦大派人回到厦门修理旧校舍,花了一年时间才修理好,46年学校才搬回去,回到厦门后我又教了一年课,47年回到北京。在厦大的十年中,我的具体成绩就是写了那本文学史,朱自清先生写的序。

张　鸣:王瑶先生写过一篇书评吧?

林　庚:是吗?我不知道这个事。我跟他在一起这么多年,也不知道这个事。

张　鸣:好像是季镇淮先生的一篇文章中提到过王瑶先生为您的文学史写过书评。

林　庚:很有可能,那时王瑶跟朱自清先生做研究生,搞陶渊明研究。朱先生写序,他也可能写了书评。你不说这事,我还真不知道。

张　鸣:在厦大十年中,您是为上课写的文学史吗?

林　庚:那个时候没有什么刊物,没人跟你要文章,有文章也没地方发,所以我很少写什么文章,集中全力写文学史。我的文学史在出版前,就已经油印给同学当讲义了,后来回到厦门,有条件出版了,就拿了油印的文学史去付印。请朱先生写序的也是寄给他油印的稿子供参考。那时上课没有什么教材,朱先生的序中说到郑振铎有文学史，刘大杰有文学史，第三本就是我的文学史，但风格跟他们的不一样，后来的文学史，包括高教部编的文学史，跟我的也都不一样。我是从一个搞新诗的人的角度来搞文学史，跟他们不搞创作的人写的文学史是不会一样的，思路就不一样。

张　鸣：您关注的问题他们不一定关注。

林　庚：对对，他们不一定有兴趣。

张　鸣：您用这本文学史作讲义，同学的反应如何？

林　庚：还是不错的，我教课一向都得到同学的欢迎，在那里也比较叫座，除了中文系的同学，还有历史系哲学系甚至数学系的同学来听我的课。

张　鸣：厦门大学十年，在那样的一个地方，那种生活对我们现在的人来说，真是一点也不了解。

林　庚：厦大在长汀真是因陋就简。长汀是一个府，有孔庙，建筑还相当宏伟，分为两处，厦大就拿它来当做基础，图书馆、礼堂就在那里，最初教室也在那里，后来才另盖了几间教室。最初没有宿舍，那个地方祠堂很多，实际上也是住家。我们就是租这种地方住，后来才盖了一些简陋的房子。生活也很艰苦，抗战前用的是银币，物价是不变的。抗战第二年就发行纸币了，头一两年纸币贬得还不厉害，三年后就非常厉害了，到最后只得靠发实物了，钱已经不顶事了。工资是一人两担米。厦大的规矩跟清华燕大一样，如果夫妇两个在同一个学校工作，只能拿一份工资。我还算好，我爱人在长汀的侨民师范教书，她也有两担米，这样我们一家就能有四担米了。但也还是很紧张。

　　在厦大的生活非常简单，也非常朴素，但也很平淡。没有什么事。偶尔会有日本飞机来扔几个炸弹，警报响了，就钻防空洞。除了这个，其他的生活就像与世隔绝了似的，没有外界消息。报纸要隔很长时间从永安送来一回才能看到，那时省会挪到永安去了。后来美国空军在长汀附近修了一个飞机场，厦大不知是谁从他们那里弄来一台无线电，才知道一点外界的消息，那都已经是抗战后期了。那么封闭的一种状态，我们就像《桃花源记》中的"避秦时乱",等于在那里"避日寇乱"。物质条件很差,但精神生活还可以,图书馆很丰富,可以搞科研。文娱活动嘛,年轻人就打打球,同事之间就打打桥牌。

张　鸣:到厦大任教,应该说是回到您家乡了。

林　庚:是我的家乡,但我不是生在那儿的。我可以讲福州话,那里的职员一半是厦门人,一半是福州人。福州的职员跟我说起福州话来很亲近。

张　鸣:您刚才说到师母也在长汀,是不是全家都搬去了?

林　庚:是呀。我35年结婚,36年有了大女儿。到厦门我是先一个人走的,因为不知道那个地方是个什么情况,万一厦门也被日本人占领了,那我们真不知上哪儿去了。所以没敢全家一块出来。到第二年搬到长汀了,情况稍微稳定了,上海租界可以通船了,我爱人就带了女儿从北京到天津,坐船到上海,我到上海接她,在上海住了一些时候,然后到长汀。到了1943年,生了第二个女儿。我们一家就在长汀,直到47年后回到燕大。在长汀时,我爱人在侨师教生物,还教数学。侨师的师资紧张,找不到人教书,而厦大教授的夫人一般都是有业务的,所以有几位厦大的教授夫人在那里任课。回到北京后,她在燕大生物系教课,院系调整后就到北京农业学院去了。

张　鸣:回忆厦大十年的生活,您是不是很有感触?

林　庚:厦大十年,现在讲起来,主要还是简单这一点好。虽然复原后可以开展各种活动了,可以写诗了,也可以出书了,生活却也变得复杂了,人事关系也比那时要复杂得多了。在那里嘛,大家都是避乱的,都是临时的性质,又处在抗战的非常时期,谁也不计较什么,与人无争,彼此间关系处得非常好。人和人关系很简单,很单纯,既没有什么政治的利害关系,也没有什么经济的利害关系,反正都拿两担米,也没什么可争的。生活非常简朴,近乎原始生活那样的单纯。那地方就那么小,连燕南园这么平展的一块地都没有,高高低低,坑坑洼洼,就只有一块球场是平整的。住房也很简单,反正一切都很单纯。当然也有苦处,最令人担心的就是生病,学校里只有一个校医,校医还不错,老清华毕业,留美的,内科医生,可就是不能做外科手术,又没有药。除了生病没药的事外,其他都没什么,真的很单纯。单纯是一种很难得的东西,我们现在这个社会变得这么复杂,一切都被金钱、利害驱使着。那时人与人之间居然这么简单,真的很难得。

张　鸣:这都是因为处在一个特殊的时代、特殊的背景之下吧。

林　庚:是啊。

张　鸣:林先生,那时您在厦大又教课,又写作,怎么处理两者的关系呢?

林　庚:主要的精力都在教书上了,我开过两次新诗习作的课,教学生写新诗,还是做自由诗。因为我的格律诗还在试验中。不过当时学生们都很高兴,也提高了我自己写诗的兴趣。所以我自己也还在继续写诗。

张　鸣:我曾看到杜运燮先生的一篇文章,说是1938年他在厦门大学借读期间,选过您的新诗习作课,后来他就放弃了理科而改学文学了。

林　庚:哦,对对,他是学生物的,来听我的课,我对他说,你学得不错,但要写新诗,还得有点西洋文学的知识。他说,是啊,我也想学西洋文学。但厦大的西洋文学不强,当时全国最强的当然是西南联大了。于是我推荐他到西南联大去了。那时他还小呢,十几岁。临走时,我让他带了一封信给叶公超先生,那时叶公超先生在西南联大当教务主任,可能还任西语系主任吧。这样杜运燮就到西南联大去考试了。结果刚走到贵阳,就发疟疾,病了很长时间,等他好起来,赶到昆明时,考期已经过了,他身上的钱也用完了。怎么办呢?他在那里四顾无援,只好找叶先生去了。叶先生看到我的介绍信,说,考期已经过了,也不可能为你一个人再考一回呀,但你是林先生介绍来的,因路上的困境耽误时间也情有可原,那你就在这里试读一个月吧,只要你每门课都及格了,你就不用考了,就转为正式学生。结果一个月后,他考试门门都很好,就变成正式生了。美国飞虎队来的时候,他就和穆旦等人去做翻译了。

张　鸣：后来他成了很有名的诗人。

林　庚：他提倡朦胧诗嘛。（笑）

张　鸣：我看到您在1943年有一篇《漫话诗选课》的文章，说到有些写新诗的人，念了一些旧诗，反而写旧诗去了，您说，如果现在有人好好地来谈一点旧诗，也许正是有益于新诗的事情。那时，您觉得还是旧诗谈得不好的原因吗？

林　庚：对，所以我在那个时候写了《谈诗稿》，我给学生讲历代诗歌选的时候，就尽量地想法在艺术上多给他们启发，利用古典诗歌启发他们在艺术上的感受、修养。那些《谈诗稿》不是一次写出来的，写得很慢，在课上发给学生，一点一点积累起来的，主要是想补救诗选课把学生变得太旧的问题，使他们在读旧诗时不至于妨碍或割断了新诗。

张　鸣：《问路集》里《新诗的形式》是在厦大中国文学会上的报告，怎么只有半篇？

林　庚：那时厦大中国文学会是学生的团体，他们请我去作报告，我就讲了这个问题。但后来稿子的下半部分找不着了，文章就只剩了一半。

张　鸣：很可惜。那时的学生对写作新诗有兴趣吗？

林　庚：新诗习作课主要就是写诗，学生写了交来，我就给他们改一改，根据他们写作中的问题讲一讲，也利用我自己的创作经验谈谈他们习作中的问题，也没什么系统的理论。都是自由诗，没有谈格律诗，我不愿他们一下就做格律诗，因为第一，格律诗在我来说还在试验阶段中，还没有形成一个系统。第二，我想如果连自由诗都写不好，一写格律诗就必然变得非常旧。我当时的想法，自由诗能够使得我们在诗歌的语言上恢复表现的力量，然后才能谈得上格律。而在那个时候，学生们还没有自由诗的基础，马上就学格律诗，他就会按旧诗的格律去做。所以我主张写格律诗也得有新诗的基础，有自由诗的基础。

　　古典诗歌的影响是非常深的，不管你是中文系的，还是什么系的学生，像唐诗三百首这样的东西几乎是每个人都念过的，尤其是喜欢诗的人，他不可能不接触古典诗歌，这样就很难跳出旧有的圈套。而自由诗是要把诗的思路、诗的语言从旧有的模式里边解放出来，然后诗意的自由想象才能得到解放。

张　鸣：您在厦大时期，古典文学研究是怎样进行的？您在文学史研究上，还是比较注重诗歌吧？

林　庚：诗歌是主要的，重点又在楚辞和唐诗，小说也搞一些，戏剧也搞一些，例如南戏和院本的关系，但是文章写得很少。

张　鸣：您在文学史的自序中说到，您写文学史的打算已经有12年了。

林　庚：对，从34年开始，我还在北京民国学院教书的时候，没有可用的文学史，我就想自己编一本，而且那时写文学史就想着这本文学史能跟新文学衔接的，而不仅仅是把古典文学讲完就完了。我那时是在写新诗的基础上，作为一个作家去写文学史，其实也是为了谋生，因为我不能靠写诗维持生活，特别是写短诗。要想维持生活，就得教书。当时我偶尔也翻译一些国外的短篇小说，拿点稿费。实际上抗战前也没有动笔写文学史，只是弄个提纲去讲课。

张　鸣：您在序中提到有两个方面的考虑，一个是大学的课程是旧的，为了沟通新旧文学的愿望而写；二是您感到文坛上纠纷很多，就是因为没有一个文学的主潮，为了探寻这个文学的主潮，今后的形成，要回过头去看历史，参照过去文学主潮的消长兴亡来寻找我们今后的主潮。当时您具体着手思考文学史的时候，这两个动机中，哪个更重要些？

林　庚：说是两个方面，实际上也很难分开。一个是参考过去的历史经验，整个的文学发展是靠什么样的一种力量，什么时候产生高潮，什么时候衰落，这个起伏也可以做我们新文学起伏的参考。另一个是如何把文学史与新文学连起来。就拿《红楼梦》来说，它与新文学有什么可以衔接的地方呢？我在写《红楼梦》的文章时，我总强调在《红楼梦》中，贾宝玉是代表新意识形态的人，可能是一个"多余的人"，他可能自己也不明白自己要追求的是什么，但他又意识到确实有个新的东西在他面前晃着，这东西就是我们新文学史要找的东西。当然到了新文学史，是比较明确了，因为不只有我们自己的经验，我们还可以参考世界各国文学发展的经验。但当时《红楼梦》也已经带有资本主义的萌芽了。贾宝玉虽然不了解这是什么，但他朦胧地意识到了，比如说他尊重女权，觉得妇女比男的要高尚，他要解放妇女，解放丫环等等。他这种自由平等的思想，与封建社会是对立的，封建社会是个等级社会，封建家庭是封建社会的基本组织，整个王朝都是按家庭的制度构成的，一个家庭也就是一个小的王朝，这是封建社会的一个基本形式。贾宝玉就想摆脱这个东西，他觉得在这里什么都不对，那么什么才对呢？他跟小厮丫环都处在平等的地位，对丫环，你可以说他是亲近女色，那么小厮呢，并没有什么女色的问题呀。他就是认为人人平等的，他有一种朦朦胧胧的意识。刘姥姥讲的那么个雪天抽柴的故事，他也非得让人去找那个地方。他那种迷恋的情况，就像飞蛾扑火一样，他也不知道前面会是个什么情况，他就是往那儿去找。所以大家都说他讲的话谁也听不懂。其实他也不一定明白自己说的是什么，但他确乎就是在向往着一种东西，所以他是个"多余的人"，是个"无事忙"，这个"无事忙"就跟"多余的人"一样，在封建社会里是多余的，但他思想里反映的是一个新的东西。这个新的东西，就能跟我们新文学发展接上。所以我的文学史越写到后来自己也就越明确了。开始我还是按西洋文学史的方式来写，什么启蒙时代、黄金时代、白银时代，到后来我就比较明确了，一个是"寒士文学"，就是封建时代的知识分子所代表的文化，二就是"市民文学"，市民社会就是资本主义的萌芽状态。但仅仅是市民也不行，还得有作家的投入，才能使它有提高，才能出好东西，比如像"三言二拍"那种东西，如果没有作家的参与，它是提不起来的。

我们中国到了五四以后，实际上是向资本主义发展的，所以我们的文学里最初也写的是什么爱情啊、自由啊，也是这套东西，《红楼梦》中所表现的思想就跟五四潮流接上了。但到了五四时期，欧洲已经产生了一种对资本主义的怀疑，意识到资产阶级从封建社会里解放出来，有好的一面，但当资产主义成为统治势力时，它又有丑恶的一面，于是欧洲开始出现了像社会主义这样的思想。所以我总结出一条规律,社会就是不断解放的过程,文学也是一个不断解放的过程。战国时代实际上就是从农奴制解放出来到地主制,这在封建社会是个很大的发展。地主制当然比农奴制进步,至少农民有了人身自由,按过去的说法,就是废封建,立郡县,那个封建就是农奴制,就是领主制,从前是分封的,到了秦汉统一的时候,就不再分封了。立郡县就是中央集权,地方上的官不再是领主了,这就是一种解放,所以先秦诸子那一段的百家争鸣就是如何把这种解放的思想通过学术表达出来,实际上就是说,进行这样的活动、表达这种思想的就是寒士。在以前,掌握文化的是贵族,一般人根本就没有知识,从孔子开始私人办教育,有教无类,开始把知识传给一般的人,当然也不会是所有的人,而是类似于我们现在所说的平民吧。这个阶层的人成为文化的真正代表,他们有一定的知识,生活又不怎么富裕,政治上又不是统治,但也不是农奴,有点近于自由民,这就是所谓的寒士。到了后来市民文学起来,投入市民文学中的,也还是寒士,就拿戏剧来说吧,元朝来得太快,一下子就把知识分子都打到了臭老九这么个低下的地位了,因此很多知识分子与其当臭老九,受人歧视,还不如去当老八戏剧家能受人重视点,最明显的例子是像马致远那样的,他明明是个知识分子,假如不是遇到元朝这么个情况,他完全可能不会去搞戏剧,还有关汉卿也是这样。因此有很多知识分子都投入到市民文学中去了。

作家一般来说,还是出身于知识分子,作家投入市民文学,提高了市民文学的质量。市民文学中有很多很庸俗的东西,你看看"三言二拍"就能了解了,因为市民文学的主要目的就是消遣,它并不希望在其中有多么高尚的作用,而知识分子就不同了,比如先秦诸子,就是要面对人生的一切问题,要解决人生的一切问题,有一种责任感。所以知识分子投入了市民文学,就使得市民文学不仅仅是停留在消遣的层面上,而是面对了整个人生。从这点来说,没有知识分子的参与,社会不仅是经济建设不行,文化建设也是不行的,市民文化担当不起这个任务,所以知识分子的任务是很重的。

到了新文学,作家都出在知识分子中,当然也有从工人农民中出来的,但真正取得成就的还是知识分子,你看最早的鲁迅茅盾这批人,一直到后来的赵树理,也是个当教员的知识分子嘛。解放后搞文学史的时候,我就特别突出强调知识分子的作用。我们当时的政策是对知识分子不重视,以为讲劳动就是体力劳动,只有体力劳动才是劳动的。50年代就是这么个情况,结果发展到"文化大革命",就是革知识分子的命,革文化的命,就要建立一个完全体力劳动的文化。

张　鸣:那样的话,社会根本就不可能向前发展了。

林　庚:对了,知识分子之所以重要,就因为他是面对整个人生的。

张　鸣:您刚才提到,您在厦大时写文学史,是按西方文学史的写法来划分阶段的?

林　庚:对,因为在此之前,讲文学史比较乱,经史子集都混在一起,稍微好一点的,能把它们分开讲,但也不是那么清楚。按西方文学史的方法来分段,就比较清楚了。

张　鸣:您认为中国文学的启蒙时代是从先秦到两汉?

林　庚:对。但实际上两汉并没有什么太重要的东西。启蒙时代还是在百家争鸣的先秦时代。真正的第二个阶段是从文艺复兴时代的建安开始,到盛唐的"黄金时代",到宋朝就开始衰落一点了,就是所谓的"白银时代",在这个阶段,我还是把诗歌放在主要的地位。中国的古代文学,到后来就进入了一个"黑夜时代",在这一段里,文学主流在转换,状况不像建安到唐代那个时代那么明确,小说戏剧还没有被重视,昆腔稍微被关注一些,因为有知识分子参与了,但也只是有一些,因为它和市民文学太近了。而小说呢,除了那几部大小说之外,也就没有什么了。那什么时候才是黎明呢?那就是新文学了。这就是我当时的想法,我觉得要把中国文学的繁荣恢复到建安至唐朝那么个时代,新文学就得承担这个重任。

张　鸣:现在回过头来看,新文学发展这么几十年了,成就如何评价呢?

林　庚:很难评说,大家对新文学还是有很大的分歧,比如说对左联的评价,到底是功是过,就有很大的分歧。又比如全盘模仿西方的问题,是对还是错?

张　鸣：我注意到您的文学史的写作和对文学史的研究很明显地是为了新文学的发展的，这个思路跟做学术研究的一些人包括郑振铎、胡适、刘大杰他们写文学史的想法是不大一样的。

林　庚：我最感兴趣的就是文学史上创作最繁荣的时期。我对汉朝不怎么喜欢，因为那个时代没有什么好东西，没有表现出创造力。虽然那时国家的力量很强，跟唐朝差不多，但在文化上没有什么创造性，黜百家后就剩了儒家思想了，后来儒家思想又变成了礼教思想。儒家还有创新的东西，无论是孔子孟子荀子，都有创造性，礼教有什么创造性呢，是一个非常保守非常守旧的东西嘛。这跟我要求以创造为脉络的想法距离很远，所以我对汉朝兴趣不大。什么时代创造性最强，那个时代就是我最感兴奋的时候，认为这是文学最有希望的时候。战国那个时候，尽管有好几百年的战争，死了那么多人，生活又很艰苦，那是个悲惨的时代，但痛苦的社会却带来了非常强的创造性。中国的思想发展史离开了那个时代还能有什么东西？到后来几乎就没有超出先秦诸子思想的。虽然后来像王阳明那样的有点新东西，但也没有超出多远。

张　鸣：在您着手写文学史的那个时候，其实文学史的研究也是很薄弱的，写文学史的发展，本身也还是非常需要为学术而学术的。

林　庚：对，学术的基础还是得有，你不掌握资料也没法做。

张　鸣：所以我就想，那个时候在为学术而学术这个方面还不是很发达的时候，您为什么没想到要去写一部为学术而学术的文学史呢？

林　庚：因为我把创造放在第一位了，所以我去掌握文学史的资料时，也是去寻找那些能说明创造的资料。比如说，我也研究屈原，从整个中国诗歌的发展来说，屈原的《离骚》、《九歌》都非常重要，还有他的《天问》也很重要，但那个时候我没有那个力量，也不愿花那个力量去做，所以我的《〈天问〉论笺》是做得很晚的，直到80年代才写完，如果我命短一点我就写不出来了。（笑）即便是关于楚辞的研究，最早也是从文学创作的角度来做的，探究楚辞在整个诗歌发展中起到什么作用，像《〈天问〉论笺》那样资料性的东西，我就留到其他问题都做得差不多了才去做。

张　鸣：您在厦大写文学史时就提到了"少年精神"，这是您在研究文学史过程中发现的呢，还是您在写诗中感到应该有"少年精神"？

林　庚：不不不，不是先有理论才有这个提法，我是在研究建安时代的文学时，感到曹植就是富于少年精神的。

张　鸣：那您还是在研究过程中发现的。

林　庚：对，我认为建安时代对诗歌来说，是一个文艺复兴时代，因为从楚辞之后就没有文学作品了，而楚辞又只有那么一个作家，实际上就是说《诗经》之后，诗坛就很沉默了，从《诗经》到建安，战国四百年，两汉四百年，整个八百年间诗歌都是沉寂的，一直到建安时代才恢复。所以我认为那个时代对诗歌来说，就是文艺复兴时代。代表人物曹子建是富于少年精神的，他的人物性格，他写的诗，比如《野田黄雀行》，他的方方面面，都是带着一种少年精神的。我讲少年精神，最初就是从建安时代讲起，到了唐朝就更充分地发挥了。

张　鸣：那么您讲的少年精神的内涵，就是有朝气有创造性的、蓬勃向上的，即使是忧伤痛苦，也是少年的忧伤痛苦。

林　庚：对。

张　鸣：那您是从30年代在厦大做文学史时就明确了这个少年精神并一直贯穿到后的吧？

林　庚：是的。所以我跟别人常有很大的不同。比如说对王维的肯定，一般都欣赏王维后期的东西，就是《辋川绝句》那样的作品，都是很安静的东西。而我认为王维的真正价值是他的少年精神，是他早期的《少年行》，是"大漠孤烟直，长河落日圆"这样一类早期的作品。虽然他的边塞诗不多，但他年轻时的作品才是他的真正代表作，"唯有相思似春色，江南江北送君归"，这才是真正代表唐诗的。"晚来唯好静，万事不关心"这不代表王维，那已经是他的末期了，人老了，当然比较安静了，已经不是创造的高潮了嘛。他创造的高潮还是那些在民间传唱的"红豆生南国，春来发几枝，劝君多采撷，此物最相思"，"清风明月苦相思，荡子从戎十载余"，人家唱的都是他的这些诗嘛。《辋川》诗是好诗，但不是最可宝贵的东西。

张　鸣：“大漠孤烟直，长河落日圆”这样的句子，用您的话来说，就是很新鲜。这个新鲜有两个方面，一是初到边塞的人对边塞的新鲜感，一是"直"和"圆"的印象，带有一种童心的感受，一个很年轻很有童心的人对大漠对落日的感受。如果是一个老气横秋的人来写，可能就不会是这样的感觉了。

林　庚：对，没有人写得这么单纯，非常新鲜。

张　鸣：您对王维的这个评价跟很多人都不一样。

林　庚：就是不一样，很多人都把他当做"诗佛"，说他主要的特点是代表了那种安静的东西。但那不是他最有代表性的东西，他在唐朝跟王昌龄并称为"诗家天子"，他的代表作品与王昌龄一路，是属于蓬勃朝气的，"新丰美酒斗十千，咸阳游侠多少年。相逢意气为君饮，系马高楼垂柳边"。

张　鸣：有一种蓬勃向上的开放的精神。

林　庚：对。其实，我在到厦门大学之前还没有写文学史，上课时也就写点讲稿。后来到了厦大才开始写，分期的题目也是到厦大以后才有的，以前也没有那些奇奇怪怪的题目，什么"文坛的夏季"呀，"知道悲哀以后"呀，像这些东西，在北京讲课时还没有呢，只是一般地按着时代去讲就是了。到了厦大后，我把精力集中到文学史上了，光是这些题目就很能吸引同学，所以有好些外系的学生也来听课，因为题目很吸引人呀。我上课时，把题目写在黑板上，写上"文坛的夏季"，台下的学生就很兴奋。我讲汉代是"夏季的时候"，在它之前是讲先秦时代，我把先秦时代一讲称作"知道悲哀以后"，就是说，《诗经》那样的作品还是属于童年阶段的东西，还没有多少真正深刻悲哀的东西，到了战国时代呢，人们开始真正认识到悲哀了，我举了墨子的"悲染丝"、杨朱的"伤歧路"，这才是真正地认识悲哀。认识悲哀是青春的特点，是少年时代的特点，儿童时代是认识不到这么深的。所以我觉得战国时代就是动荡的、开始认识人生悲哀的时代，到了两汉呢，好像是最痛苦的时期过去了，最热闹的时期过去了，取得成果了，天下也统一了，也安定了，就像是到了夏天，有点疲倦了。春天的时候太劳累了，东看西看，美不胜收，到了夏天就进入"沉沉好睡"的状态了。我用这样的形象来讲课,学生很愿意听,所以只要题目一写出来,台下就会有很强烈的反应,这都是到厦大以后才有的。

张　鸣:可惜我们现在不能用这样的题目来讲文学史了。当时您是把文学史当作讲义发给同学的?

林　庚:对,但那是后几年的事了,一开始我还没写讲义,讲稿也比较粗糙,讲过一两年后,经过修改,把讲义像文章一样一篇一篇写下来,大约在40年以后吧,才把它当做讲义发给同学们。大家都想要,但也印不了那么多呀,所以当时也只发到前三段,到"白银时代"就完了,戏剧小说部分只有讲稿,还没搞成讲义,这部分是最后才补上的。

张　鸣:您现在回过头来看,自己怎么评价在厦大写的这部文学史呢?

林　庚:我自己也很难说怎么评价,反正这个文学史的骨架是树起来了,但确乎主要是骨架,还不够丰富,各方面的资料都不够丰满。这部文学史只有二十多万字。我后来修订的文学史是拿那个文学史做蓝本的,主要的思想基本上还是那本文学史。我在解放后出了《中国文学简史》的前半部,是54年出的,在那个年代,我也不可能有什么"文坛的夏季"之类的题目了,得正规一点了,一来是因为在那种年代很容易挨批判,二来北大跟厦大不一样,厦大没有什么人搞文学史,我爱怎么说就怎么说,北大不一样,比我早十年二十年的先生都还有,我这种创作性过强、太不合规矩的东西不行,而且解放后要求讲阶级性、人民性,我也不能一点都没有,所以这个上半册就比较正规化了。

张　鸣:我看过50年代出的文学史上半部,为什么只有上半部呢?

林　庚:这里有两个原因,一个是上半部出来后,在58年教育革命时受到批判,《诗人李白》更是被批判得不得了。当时批判的风气很厉害,《红楼梦》被批判了,胡风被批判了,我也没精神再把下半部写出来了,那也是很花精神的。另一个原因是,新的章程里文学史课分为三段,我讲课只讲到唐代就完了,往下的课有别人讲,所以我只写到唐代不再往下写也没关系。

张　鸣：在厦大文学史的自序中，您说到一个观点，产生优秀文艺的时代才是真正伟大的时代。

林　庚：对，文艺是为人生服务的，它之所以能领导人生，就是因为它可以启发人的创造性，一个时代，只有富于创造性，它才是伟大的时代。拿西方文艺来说，它曾经有过一个黑暗的时代，就是它们的农奴时代。他们没有中国这样的地主社会，所以他们也没有封建文化，跟中国的战国一样，打了一千年的仗。到了十二三世纪，开始从黑暗时代走出来，也就是文艺复兴。也就是说，西方文化走出黑暗，并不是因为它的物理怎么样了，数学怎么样了，而是因为文艺复兴，由于文艺复兴，才逐渐地把欧洲这个社会领到了一个富于创造性的自由发展的时代，同时也就使自然科学得到更大的发展，所以才会有了这个时代的胜利。所以我说文艺是领导人生的，欧洲正是文艺复兴领导着整个欧洲的现代发展，因此，十八九世纪是欧洲文艺发展最了不起的时候。音乐、绘画、建筑、诗歌、戏剧，大作家都出现在这个时候，哲学家，从康德开始，直到黑格尔、马克思……文学家，歌德、拜伦、雨果、普希金……音乐，巴赫、莫扎特、贝多芬、舒伯特……还有欧洲十八九世纪的建筑、绘画。你不要以为这个时代是物质文明发展很高的时代，它之所以有那么高的物质文明，是因为它整个的从哲学到文学到艺术，都达到了一个高潮，是文艺复兴领导了整个欧洲的发展。所以我认为我们也要有一个文艺复兴那样的时代，有文艺在领导着人生，我们才不会因为物质文明的发展而堕落。

张　鸣：我们现在正是缺少这么一个过程。

林　庚：对，是缺少这么个过程。我们现在的物质文明是跟着欧洲的发展，而不是自己创造出来的，欧洲的物质文明是他们自己创造出来的，我们现在要赶上人家，得有一个自己创造的时代，才能跟人家比。要不我们什么都是从人家那里借一点来，买一点来，学一点来，你也不可能把人家的东西都拿过来呀。

张　鸣：所以要真的跟西方比或超越西方，还是要有自己的一个新的文艺复兴时代的引导，现在我们缺少的正是这么一个时代。

林　庚：对呀，不只是物质文明要发展，精神文明也要发展，精神文明发展的时候，我们的物质文明才是自己创造出来的，所以我们不能全盘西化，我们应该在自己的创造过程中创造自己的文化。当然我们要参考别人的东西，我们的物质文明也要学习更新，西方比我们先进，我们要学习。在文学艺术方面，他们有他们的特长，有比我们好的地方，我们也要学习，但是不能全盘西化，我们自己一定要站在一个创造性非常强的立场上，而不是仅仅在学习人家的东西。

张　鸣：文学与艺术的一个重要作用，就是开发人的创造性能力。

林　庚：而且文学应当站得高。物质文明一方面是改善了我们的生活条件，另一方面也会使人堕落，使人追求物质享受，而在精神上层次很低。市民文学往往没有很高的追求，也就是取乐、消遣，而文艺追求的不是享受，是追求崇高的人生，所以，当它的创造性发挥出来之后，物质文明的发展就不会转向，就能平衡过来，也就是说，物质文明虽然容易使人堕落，产生拜金主义，但如果人在精神上有很高的追求，人就不会堕落下去。

张　鸣：您在厦大文学史的序中还提到"我则只要求那能产生伟大文艺的社会"，这是针对什么而说的呢？

林　庚：这个在那篇序里已经说得很明白了，总之文艺应该成为启发人生，追求人生目的的力量，而社会环境乃是一种条件而并非目的。当然条件也很重要。

张　鸣：朱自清先生在序中谈到三部文学史的各自特点时，说您的文学史主要是追究文学的主潮，以文学的主潮来作为贯穿文学史的中心，他的评价很高。同时还提到过您曾有一封信给他。

林　庚：我在请朱先生写序时，写信给他，告诉他当时寄给他的书稿只有前三部分，第四部分还没印成讲义，我只能先把总目录和总的想法告诉他。所以他才会知道我最后一章的目录是《黎明的曙光》。

张　鸣：朱先生在序中摘了您信里的一些话，可惜我们看不到全信了。

林　庚：有些内容在我自己的序中也有的，不过我记不得我是不是把自序给他看了。

张　鸣：可能给了，朱先生的序中提起过。

林　庚：哦，那就是序中的话了："我们搞文艺的人就是希望出现一个能产生伟大文艺的社会。"

张　鸣：还说到"文学是唤起一种真正的创造精神"。这个观点不仅在当时重要，在现在尤其有针对性，因为现在很多人都已经把文学只当做一种"玩艺儿"了。

林　庚：这就是市民文学的特点了，我们缺少一种能使文学真正站起来的东西，所以就被经济浪潮冲成这样，大家就跟着市民走，无非就是这样嘛。市民最喜欢的就是消遣，它缺少一种面对整个人生的非常高尚的追求，没有那种追求，当然就会被物欲带着走了。1984年我在做关于"诗的国度与诗的语言"的报告时就说过，我们人类这种原始的精神力量是很重要的，如果我们缺少这种精神，那么我们就会成为我们自己创造的物质的俘虏。

　　那时候我就已经感觉到这个问题了。我们的物质文明程度高了，强了，当然是好事，但我们不能成为它的俘虏，怎么样才不成为俘虏呢？那就得在精神方面艺术方面有这个意识。精神方面的影响主要靠艺术的熏染，而不能只靠哲学的概念，或一个什么口号，那是教条。光用口号告诉人们应该怎样怎样，那是没有用的，得靠艺术的熏染。哲学当然很重要，但哲学容易成为教条。都说中国是儒家的学说占主要地位，这也没错，但对于人的精神影响，主要的还是诗教，中国是诗的国度，诗是讲和谐的，正是因为诗的熏染，中国人就比较平和，不那么强调斗争。当然也可以说这是个缺点了，跟西方竞争就争不过人家。但从另一个方面来说，这也有好处，在诗的熏染下，没有矛盾，人就很容易相处呀。

张　鸣：我觉得现在的问题是诗的精神失落了，基本上没有什么诗意了，人们对诗没有了兴趣，做什么事情，说什么话，也都没有了诗意，很无聊的感觉。

林　庚：对，人要是这些都没有了，剩下的不就是物质享受了嘛。其实呢，物质享受也是很有限的，比如说吃，你再能吃，又能吃多少呢？

什么奇怪的东西都吃了,吃到蚂蚁了,也就没什么意思了。(笑)就算吃到蚂蚁了,又能怎么样呢?

张　鸣:而诗是人类独特的东西。

林　庚:对了,这才是跟动物有所区别的地方。

殊途不必同归

——与古远清谈中国台湾新诗史的书写问题

杨宗翰

杨宗翰（以下简称"杨"）：2008年1月您的《台湾当代新诗史》（文津版）顺利面世，总字数达35万，厚度超过500页。我认为这本书的出版，和2006年政治大学张双英教授的《二十世纪台湾新诗史》（五南版）一样，都是中国台湾诗学界的"大事件"。不过很可惜，作为首部由中国学者撰写的新诗史，张教授这本书并没有激起评论界或诗坛太多回应（哪怕是批评）。我从前一直认为写诗人真是够寂寞了，没想到搞诗史更惨，写了几十万字竟只换来二三篇短评。衷心希望你这本书不用踏入相同的冷酷异境。

古远清（以下简称"古"）：跟文津出版社签的契约里，规定三年内不得授权印行简体字版，所以这本书近期内大概只有中国台湾朋友看得到。当然也希望台湾的诗友们多多批评指教。拙著是海峡两岸首次出现写至2007年的《台湾当代新诗史》。这是以"隔岸观火"、"旁观者清"自居的大陆学人写的《台湾当代新诗史》。这是力求客观公正，让西化/中化、外省/本省、强势/弱势诗人均不缺席的《台湾当代新诗史》。这是既写诗人，又写诗评家的《台湾当代新诗史》。这既是一部诗歌创作史，又是一部诗坛论争史。这是富有挑战精神的文学史——挑战主义频繁的文坛，挑战割据称雄的诗坛，挑战总是把文学史诠释权拱手让给中国内地学人的学界。不过，像这种既不能带来财富，又只能带来"骂名"的文学史，有谁愿意写，写了又有谁会为其鼓掌啊。

杨：我跟孟樊教授目前也在从事《台湾新诗史》的写作，其中前半部分第一到四章已经在刊物上公开发表过。我们固然有了一部由台湾学者撰写的新诗史，但是"一部"仍嫌不足。我们更希望看得到由台湾"学院诗人"自己书写的新诗史。惭愧的是,去年我们两人都忙,居然没有什么新进度可言。写史毕竟是一项浩大的工程,非短期内可以完成,但这不应该是借口。我今年三、四月左右就得赴菲律宾服务一年,只盼望人虽在异乡,还是可以和孟樊快快努力写完这部《台湾新诗史》。我对两个新诗史写作计划间的差异很感兴趣。应该可以这么说,一、以时间而论,您的《台湾当代新诗史》强调"当代",故以1950年代为起点,止于2006年;我们的《台湾新诗史》则以日据时期为开篇,迄于近年来风起云涌、新意不断的数位文学或网路诗潮;二、以架构而论,《台湾当代新诗史》除了讨论诗人、诗作、诗论三者,还特别强化了诗社和论战的部分;而后两者,正是我们的《台湾新诗史》最想远离的梦魇。

古:"梦魇"一词很有意思,这也许就是"当局者迷,旁观者清"吧。我一直认为:诗社及论战应该还是诗史架构中的必需品。台湾是个很特别的地方,文坛"帮派"很多,谁都想当老大,诗人还为了这个打"群架"——这不是我讲的,是台湾新文学史家周锦说的。这个人现在已经过世了。另外一点是重要诗人都"官司"缠身,陷入笔战。余光中不久前跟北京的赵稀方就不用说了,之前还有跟陈鼓应。余光中的论敌不少,两岸三地都有。又譬如洛夫跟郭枫、葡萄园与笠诗刊之间都有论争,关系一度十分紧张。诗人的地位主要是靠作品,可是我们不能忽略诗人、诗社与论战之间的关系,这也是诗史中重要的部分。我觉得张双英就欠缺这个,《二十世纪台湾新诗史》在这方面比较不足。

杨:他的架构恐怕不是以这个为出发点。我看过您之前发表的文章,其中就批评孟樊与我合撰的《台湾新诗史》,对于诗社与部分论战刻意不加处理或只是备而不提。

古:这与我个人写过陆、港、台三种当代文论史有关。我这本书只是大陆观点、大陆立场。"一个中国"就更不用讲了。

杨:如果我没有记错,这本书是以"结语:在'蓝天绿地'笼罩下的台湾诗坛"作结。哈哈,还蛮勇敢的!我读过你去年底发表的散文《当下台北文化风景线——第五次入台记》,全篇第一句就是:"台湾政党轮替后,形成所谓'蓝天绿地'的政治板块。南部是民进党的'绿地',而北部尤其是台北由国民党掌控,是为'蓝天。'"我在想,题目不是"文化风景线"吗?

古:我后面的几个小标题如"向出版社讨'债'"均是在谈文化。不过,身份和立场还是很重要的。像笠诗刊把我的文章放在"国际交流"专栏,把我归类到"外国"。在会议场合,很多笠诗刊的人知道我是从大陆来的,但他不说我是大陆来的,而说我是中国来的。我这次到台湾访问,时时注意或警惕某些人的"蓝"或"绿"倾向。这是一个实际的问题,评论家就是要找出诗人与政治有染的文化身份。

杨:这点我跟你很不相同。我觉得每个人都有他的政治选择与文化认同,诗史撰写者没必要拿这些来解剖化验。就像你会把余秋雨"文革"历史问题那样"挖"出来费力拆解,换做我就会做些更好玩的事。

古:这是评论家和文学史家的工作,不一定要得到评论对象本人的认同。

杨:我承认这当然是评论家一部分的工作。这部《台湾当代新诗史》的特殊之处,除了满到溢出来的政治色彩,还包括你不厌其烦地为每个诗人做"立场定位"。到目前为止,我还没看到哪个台湾诗评家敢这样做。你之前的著作《分裂的台湾文学》也是采取这个做法,对于"南"、"北"之别十分在意(陈信元就曾撰文批评你这本书"极尽分化之能事")。

古:《台湾当代新诗史》前面部分没有,是在"下编"(特别是"结语"部分)才放进这个元素。我只是将隐性的现象讲成显性而已,我是客观的。台湾就有人说"你们台北文学怎样怎样……"

杨:是啊,我就很怀念以前《台湾日报》副刊上的专栏"非台北观点"。虽然我30年来都生在台北,活在台北,将来应该也会葬在台北,可是我不太喜欢这里,一心一意只想远离。

古:这种南北不同观点的论述根本不需要回避。这牵涉到我这本书的研究方法论,第一个是审美的研究方法,第二个是政治文艺型态学。对于政治文艺型态学很多人都认为过时了,但我可不认为。政治文艺型态学刚好可以讨论台湾统独文学,或像是1980年代就有的"台湾结"与"中国结"问题。现在民进党执政之后,很多台湾诗人就不敢承认自己是中国作家。台湾文学本土派会讲他的主体性,而我这本书是突显大陆学者的主体性。这主体性是从书名到内容到研究方法一以贯之的。

杨：或者该这么说，"立场是学术的，但不回避政治"。这点我觉得很有趣，因为包括张双英、孟樊或者是我，对于诗史中的政治面向显然是采回避策略的。

古：你生活在台湾，且又是台湾诗坛一分子，你大概怕踩到地雷吧。这种台湾立场，跟"隔岸观火"的大陆立场不一样是很自然的。

杨：地雷我不怕，只怕无雷可踩，那就太寂寞了。《台湾当代新诗史》这本书在取章节名称时特别用心，也衍生出不少争议。譬如结语题为"在'蓝天绿地'笼罩下的台湾诗坛"，刊出后在对岸的《华文文学》上就引起批评（新书出版时已把讨论意见收录进去）。类似有争议性的标题还真不少，而且大多与政治有关。譬如第三章第五节"纪弦是'文化汉奸'？"，不去讨论他作品方面的成绩，却把他的政治倾向或选择给突显出来，这种做法让我开了眼界。还有像是下编部分，你强调"掺有毒(独)素的政治诗"、"'语'多'诗'少的'台语诗'"，这些我都不太认同。此外，最后一章（第十八章）以乾坤诗社/诗刊为主，其中四节分别是"不薄新诗爱旧诗"、"恳切感人的蓝云"、"追寻存在意义的一信"、"关怀现实、富于童趣的林焕彰"，我个人对一、四节没有什么疑问，但无法认同蓝云及一信在诗史中占这么大的分量——恕我直言，应该有更好的选择吧？我甚至觉得《乾坤》所占的比例稍嫌过多，毕竟在整个下编部分（1980年代中期至2006年）总共举出《台湾诗学》和《乾坤》，其他诗刊或诗社真有这么"轻"吗？我认为这些绝对会是本书最大的漏洞。还有，书中关于"作品解读"的篇幅还是少了点，不知道是因为字数设定上的限制，还是因为每个诗人就只有这么多页，故无法多谈。

古：仔细看，解读还是不少。第四章第二节就有纪弦诗作的专门讨论。章节名称的选取是为了增加可读性，这是我一直很注重的。《台湾当代新诗史》这本书有一个特点：标题亮丽、整洁生动。标题就是重点。

杨：我最后还是要称赞一下，不能尽是批评。否则我真的变成你说的"人不凶，笔很凶"了！你对本地资讯的掌握还是很有一套。《台湾当代新诗史》中连这两三年间新兴的"林家诗社"都提到了，可见作者的敏感度不因隔海远观而有太大差距。至于"两岸新诗关系解读"的部分也很珍贵,这些是我们在台湾不能够理解也不太可能知道的资讯。

古:我花了不少精力与金钱在买台湾书上。史料很少是别人送的,很多是我自己购买的。吕正惠和他的孩子到我家,他的小孩说:"爸爸,古先生的家里都是台湾书,怎么我们家里都是大陆书?"

杨:研究台湾文学的大陆学者之中,"双古"称号由来已久。既然完成了《台湾当代新诗史》,不知你怎么看古继堂那本《台湾新诗发展史》?你在这本书"自序"中还提到我曾经批评他是"拥抱教条马列主义美学残骸的学者"。

古:我认为开创之功不可没,有古继堂的框架,才刺激出后续的研究。当然台湾有很多人对他的批评很严厉。还有人看我们都姓古,乱猜说我跟古继堂是不是兄弟关系乃至父子关系? 其实,他是河南人,我是广东人,只不过在同一所大学(武汉大学)同一年毕业。

杨:张双英的诗史出版后,你是否有再修改过《台湾当代新诗史》?

古:参考过。不过,他那本还是教材型的,我这本比较接近新诗博物馆。我的书写到2006年乃至2007年上半年,写到"红衫军"兴起时不同派别诗人的不同反应。

杨:这大概是台湾研究者不太会去谈的"文学研究",不过我还是表示尊重。我看你的书里面,几乎把全部作家的政治倾向都做了定位,叫人眼界大开。虽然我的《与余光中拔河》也曾做过类似的讨论,不过还是差多了。

古:把全部作家的政治倾向都做了定位? 并非如此! 我刚编好一本《余光中评说五十年》,估计要给文化艺术出版社出版,也收了你那篇文章。台湾的出版环境很不错,文津出版社这次对《台湾当代新诗史》的内容完全没有做调整或删除。由于研究台湾文学,我和许多作家打交道,也因此认识了不少出版社的老板。这十年来,我几乎平均每一、两年就在台湾出一本繁体字的书。文津这次不是以书抵酬或只有象征性的报酬,而是给了我不错的版税。

杨:这就是台湾的可贵。不过台湾的出版界也有其结构性问题,对诗集、诗刊、诗论的出版及行销都不算友善。诗人要战斗的对象可多呢。

人物简介

洪子诚，北大中文系教授。

李鹏飞，1972 年生，湖南益阳人。北京大学中文系获古代文学博士学位后，留系任教。主要研究唐代文学以及中国古代小说。出版过论著《唐代非写实小说之类型研究》等。

敬文东，1968 年生于四川剑阁，文学博士，现为中央民族大学文学与新闻传播学院教授。

张伟栋，生于 1979 年，现为中国人民大学 07 级现当代文学专业博士生。

程　凯，1974 年生。1993－2004 年就读北京大学中文系，获现代文学博士学位。现任职于中国社会科学院文学研究所，副研究员。

段从学，1969 年生，北京大学文学博士，现为海南大学副教授。

刘皓明，耶鲁大学哲学博士，现任教于美国瓦萨学院（Vassar College）中日文系。

姜　涛，1970 年生，北京大学文学博士，现为北京大学中文系副教授，著有《新诗集与中国新诗的发生》、诗集《鸟经》等。

王东东，1983 年 3 月生于河南杞县。写诗，兼事评论。现为河南大学文艺学研究生。

一　行，1979 年生于江西湖口，2006 年毕业于海南大学社科中心，获硕士学位，师从张志扬教授学习哲学。个人主要研究方向为现象学、形而上学、法政哲学及诗学。著有诗学专著《词的伦理》，译有汉娜·阿伦特《黑暗时代的人们》及吉尔丁《设计论证：卢梭的社会契约论》（合译）等。

曾　园，自由学者。从 1991 年开始在《诗刊》等杂志写作文学作品。后写作半学术性随笔，多发表于《南方都市报·阅读周刊》等媒体。2006 年成为澳门利氏学社（Ricci Institute）研究员，为该研究机构提供书评并策划 2007 年当代中国文学国际研讨会。

周　瓒，1968 年生于江苏，1999 年毕业于北京大学中文系，文学博士，现为中国社会科学院文学所副研究员。2006—2007 年度美国哥伦比亚大学访问学者。出版有学术论著《透过诗歌写作的潜望镜》、《当代文学研究》(与萨之山合著)，诗集《松开》。

张　鸣，北京大学教授。1954 年生，1977 年考入北京大学中文系，1984 年研究生毕业，留校执教至今。曾任北大中文系古代文学教研室主任、中文系副主任。主要从事中国古代文学史教学与研究，有《宋诗选》、《从白体到西昆体》、《宋代"转踏"歌舞与歌词》、《宋金十大曲笺说》等论著。

杨宗翰，1976 年生于台北，中国台湾佛光大学文学系博士侯选人，玄奘大学中文系兼任讲师，著有评论集《台湾现代诗史：批判的阅读》、《台湾文学的当代视野》，诗合集《毕业纪念册：植物园六人诗选》。

编后记

　　如何进行有效的"阅读",是困扰现代诗歌的一个基本问题。近年来,有不少学者、批评家和出版者,都在积极实践,希望通过对具体诗作的细致解读,舒缓读者与诗人之间的紧张关系。然而,什么是理想的诗歌解读?当某种学院化、知识化的"细读"方式被普遍推崇的时候,是否该注意分寸和限度,在利用专业能力"驯服"不安的文本的同时,是否该"留出空间给予难以确定的,含混的事物,容纳互异的、互相辩驳的因素"?本辑刊发的洪子诚教授的文章,通过分析几种现代诗的读本,就提出了这样的问题。这可能是一种朴素的提问,但也提醒我们有效"阅读"的实现,不仅需要知识和技术,一种谦和、诚恳、自我敞开的态度也尤为关键。为了打开"细读"的空间,本辑也特意约请了三位专业背景不同的作者,希望他们从各自的角度出发,在单一的模式之外,呈现"进出"文本的更多可能。可幸的是,三位作者的文章满足了我们的愿望,或在与古典文学的参照中发掘出当代诗歌的修辞特征,或挥洒自如地展开对"消逝之物"的思辨,或从哲学的层面把握一首诗呈现的心灵戏剧。三篇文章关注的问题不同,方法和文风也迥异,但都说明,每一次有效的"细读",都不是封闭于文本之内的智力游戏,而是连缀了不同的知识背景、价值立场和心智能力,正因为与生活世界、精神世界的广泛联系,"诗歌"通过阅读才能显示出持久的文化活力。

　　《回顾一次写作——〈新诗发展概况〉的前前后后》出版后,引来了学界的广泛关注,北京大学中国新诗研究所也在2007年末组织了一次研讨会,相关的问题也得到了讨论。程凯的《当事者叙述的背后》、段从学的《反思如何有效并可能》两文,可以看做是讨论的进一步延续,它们都没有局限于对书本身的评价,而是着眼"那一次写作"背后的思想、学术、政治状况,分别探讨了"无产阶级知识分子的召唤"中主体确立的问题和现代权力对日常生活的渗透。这样的分析所指向的不只是过往的历史,也包含了对当下学术生活的内在反省。

刘皓明是《新诗评论》的一位重要作者,他的研究气象恢弘,往往能发挥跨语言、跨学科的学术优势,在总体性的知识背景中,勾勒出观念、思想的形成过程。本辑全文发表的长文《从"小野蛮"到"神人合一":1920年前后周作人的浪漫主义冲动》,通过细致的资源考察,敞开了周作人"杂学"系统中西方浪漫主义的一面,从理路到方法都不同于国内一般的周作人研究,为理解20年代周作人的新诗写作、儿童观念以及社会思想,提供了重要的维度。本辑之中的其他文章,也都值得关注:一行的《风景与物语》聚焦于云南诗人邹凌昆,作者的目的不在于挖掘出一个"被文学史忽略的诗人",而是力图从诗人的写作中提取出某种卓异的诗学,文章与它所评论的诗作一样,清晰饱满、细腻开阔。周瓒的《2006—2007年大陆诗界回顾》,就近两年来诗歌界的热点事件、批评活动、写作实绩进行了全面扫描,显示了《新诗评论》在注重历史研究和理论探讨的同时,对当下诗歌动态的及时关注。张鸣教授对林庚先生的访谈是在10年以前,有关林先生在厦门大学的生活、写作、教学活动的部分,此前尚未发表,此次能够在《新诗评论》上刊载,无疑会有助于我们更细腻地感知历史,深入理解林先生新诗写作与文学史研究之间的内在关系。

《新诗评论》自创办以来,已逐渐形成了相对稳定的风格、理路,比如偏重于新诗史研究和史料整理,与热闹的当代诗坛保持适当距离,更多地从学理、历史的层面回应相关问题等。因而,在有些写诗的朋友眼中,这份诗歌出版品或许过于"老成持重"了,似乎缺少了一点锋芒和活力。作为一份学院内的辑刊,这种特征与它的定位有关,"老成持重"在所难免,但对于可能存在的"封闭",也应有一定的警惕。在本辑之中,一些新诗"圈子"之外朋友的参与,以及几位新锐作者的加盟,在某种意义上,都体现了我们开放空间的努力。在坚持稳健学术立场的同时,增强面对当下现场的批评意识、提问意识,也是《新诗评论》今后设定的方向。